———— 阅读之前 没有真相

午 夜 文 库

玻璃鸟不会归来

[日]市川忧人 著

穆迪 译

新星出版社 NEW STAR PRESS

目录

1	序 章
9	第1章 玻璃鸟（I）
44	第2章 大厦（I）
63	幕 间
69	第3章 玻璃鸟（II）
91	第4章 大厦（II）
105	第5章 玻璃鸟（III）
121	第6章 大厦（III）
129	第7章 玻璃鸟（IV）
141	第8章 大厦（IV）
156	第9章 玻璃鸟（V）
177	第10章 大厦（V）
228	第11章 玻璃鸟（VI）
244	尾 声
282	参考文献

序　章

　　第一次闯入外面的世界，一切都那么炫目，那么忙碌，那么喧闹。

　　小女孩看到许许多多未曾见过的人从各个方向走过来，又走过去。时不时有人向她投来讶异的目光，就像看到了什么奇怪的东西一样。她呆呆地站着，直到有个装扮奇怪的大块头——后来有人教她说那是"保安"——对她说：
　　"喂，小姑娘，你在这儿干什么呢？"
　　那声音很粗鲁，小女孩慌慌张张地从原地逃开了。

　　她跑了一会儿，来到了一个宁静的广场。
　　地上铺满了正方形的扁平石子，周围环绕着葱郁的树木。树木后面林立着金碧辉煌、高耸入云的大楼。那些形状像窄长箱子一样的大楼本应是她眺望窗外时看惯了的，现在看起来却像是第一次见到的风景。
　　——这儿是什么地方啊？
　　比自己的睡房，比和家人一起吃饭的房间要大得多。往上看去，映在眼里的不是天花板，而是高不可攀的蓝天和流淌的白云。风摇动叶子，抚摸着小女孩的脸颊和发丝。

她收回视线，看见围着广场的树木前方摆着一条窄长的褐色椅子——那叫"长凳"，这也是后来有人教她的。

那条长凳的正中间，坐着一个黑色的人影。

是一个成年男人——好像是。

他穿着全黑的衣服，双手轻轻交握在腹部，靠着椅背呆呆地仰望着天空。她看不出他的年纪，个子比自己高的看起来都像是大人。

没有别的人。

跟她刚才待的地方完全不同，这里没有路过的行人，也听不见吵闹的说话声。宁静的广场一角，他——应该是"他"吧——一直坐着，如同石像一般。

小女孩向男人走了过去。

她自己也不知道为什么。刚才碰到的那个大块头让她害怕，可对眼前这个男人，她完全没有产生害怕的感觉。

男人转头对着小女孩。

他盯着小女孩看了一会儿，问道："你怎么了？"

很平静的声音。她还是一点儿都不觉得害怕。小女孩没回答，他又问："你从哪儿来的？"

她扭头往自己刚才所在的那个方向——最高的那栋大楼指了指。是吗——男人喃喃道。

之后他们继续断断续续交谈了几句。

你爸爸妈妈呢？——不知道。没有。

那哥哥姐姐呢？——有。

你找不到他们了？——不知道。不是。

你自己一个人来的？——嗯。

对小女孩的回答，男人只应了一句"是吗"。

时间在沉默中流过。

"你在干什么？"这次换小女孩问道。

一时没有回答。男人又盯着天空——没干什么，就这么待着，等时间过去。他这样回答。

小女孩不知道该说什么，就把刚才他问自己的问题问了回去。

你从哪儿来的？——不记得了。我已经忘了。

你有哥哥姐姐吗？——没有。我的亲人都已经不在了。

你找不到他们了吗？——不是。但从某种意义来说，也许是。

你自己一个人来的吗？——嗯。

沉默再次降临。

男人抬头看天。小女孩爬到长凳上，坐到男人旁边。长凳对她而言太高了，她坐在上面双脚够不到地面。

她把视线移向天空。她觉得坐到这儿的话，也许就能看到男人在看的东西了。

可她只看到云朵在辽阔的蓝天上缓缓飘过。

她又看向旁边，男人正低头看着自己。然后他又仰起头，闭上了眼睛。

——他怎么了呢？会不会是看不到他本来在看的东西了？

男人刚才在看的，自己也能看到吗？她又一次仰望天空，可映入眼帘的依然只有蓝色的天空和白色的云朵。

不知不觉眼皮沉重起来，小女孩闭上了眼睛。

瑟瑟风声惊醒了她，蓝色的天空开始暗了下来。

"醒了？"她听见男人的声音在耳边响起。

她愣愣地坐起来。身上盖着一块像黑布一样的东西，本来从长凳边垂下晃荡着的双腿被直直地摆在长凳上。

男人还坐在刚才那个地方，上半身变成了白色的。他伸手拿起盖在小女孩身上的布，没一会儿男人的上半身又变回了黑色。

"早点儿回去吧。"男人跟她说。

哥哥姐姐的面孔突然浮现在眼前，胸口袭来一阵窒息般的痛楚——我得回去。

她跳下长凳，成功站稳了没有摔倒。她往回跑，好几次跑着跑着就停下来回头看，每次回头男人的身影都变小了一些，最终隐没在树后面看不见了。

回到家，大姐一副泫然欲泣的表情紧紧抱着她。

你回来了——她从抱住她背部颤抖的双臂感受到了姐姐无言的心声。"对不起。"小女孩小声说。

二哥的表情分辨不出情绪，又像放心了又像在生气，或者是在悲伤，他嘟囔着说——你赶紧走了才好呢。"你说什么呢。"姐姐敲了哥哥的头一下。

他们俩总是这么吵嘴。其他的哥哥姐姐都在专心致志地吃饭。她全身都沉浸在"我回来了"的感受中。

可是……

为什么呢？

她明明应该回来——可为什么胸口的痛楚不会消失呢？

几天后，她奋力穿过喧嚣的人群来到广场，发现男人依然坐在长凳上。

他好像还记得自己，男人微微张开眼睛，喃喃道："是你啊。"

她跟上次一样，爬上长凳坐到男人旁边。男人什么也没说，看了她一眼，又和之前一样仰望天空。

他在看什么呢？

小女孩心里想着，嘴上问了出来，男人的视线回到她身上，又再次看着天空回答她说：

——往昔的记忆。

"往昔的记忆"？

小女孩学着男人的样子仰起头，可映在她眼里的依然和之前一样，只有蓝天和云朵。别人是看不见的——男人唇角泛起笑意。

那笑容带着些微寂寞——可小女孩第一次看到他笑，她有点儿高兴。

那之后，和男人并排坐在广场的长凳上成了小女孩每天必做的一个小功课。

小女孩每次去广场，男人总是穿着黑色的衣服坐在同一条长凳上。有时候有人看着她，或者有客人来，那天她就不能到广场来了，可只要小女孩去的时候男人肯定坐在长凳上。

自己不在的时候他也会来这里吗？可不知为何这个问题她问不出口。

男人什么也没说。

他有时会零零碎碎地问她一些问题，比如有没有朋友，学校在哪儿。她回答说不知道，男人就和之前一样只回她一句"是吗"，之后就什么都不问了。

总在长凳上坐着，她好像慢慢有点儿明白，这个广场是个什么样的地方了。

首先，并不是完全没有人来。

上了年纪的人跟一种有四只脚的温顺生物——好像是叫狗——一起散步，高大的男人或女人"哼哧哼哧"气喘吁吁地跑步横穿过广场。也有一些视线投向自己，但没人露出奇怪的神情。甚至有人会露出笑脸对自己轻轻挥手，这时候小女孩不知道该如何回应，就含糊地也向对方举举手。

只是经过的人非常少。有的时候从她来到广场坐在长凳上，和男人一起看天直到回去，这之间没有一个人从这里经过。

为什么呢？

天空这么高，风这么舒服，可为什么几乎没人来呢？

因为这是个被遗忘的地方。男人回答她。

——不在主干道上，附近也没有商店。只有散步的人会信步经过这里。大家都到挨着主干道的大公园去了。

男人的解释很难，她连一半都没听懂，可被遗忘的地方这句话神奇地留在了她的脑海中。

是嘛……被遗忘了啊。

身在此处的自己，说不定他也是，都被好多人遗忘了。

自己还有哥哥姐姐，可这个人说不定已经没有一个人记得他了。

那种痛楚又一次贯穿她的胸口。

压在胸口的痛楚让她难受得想哭。

她坐在长凳上，把身体向男人挪近了一点点。男人看向她，什么也没说，又重新把视线投向天空。

就这样过去了好几天，直到那一天。

小女孩一如往常去到广场，看到了一样她不熟悉的东西。

在长凳下边。男人左脚边放着一个大大的黑袋子。

"那是什么？"小女孩指着袋子问。男人向脚下瞅了一眼，像是才注意到似的低声说："哦，是行李袋吧。"

——是谁遗失的吧。可能有人偶然在这儿休息了一会儿，走的时候忘了拿。

遗失在被遗忘的地方的东西，感觉好奇怪。她蹲下去看那个行李袋，男人就把脚移开了。小女孩从长凳下把行李袋拽出来，很重。她摸索着想要怎么才能打开这个袋子，男人出声制止了她：最好别打开。

——不该看里面的东西。如果能的话，最好能原封不动还给失主。

还给失主，那要怎么做呢？她不知如何是好，男人就教她：这应该交给警察。

她不知道男人说的"警察"是什么，但是她见过"保安"，交给那个人就好了吗？

小女孩用双手抱起行李袋。对她而言有些重，但还不至于拿不动。

——行不行？要不要我帮你？

没事——小女孩摇摇头，背对着男人往回走。其实她心里很不安，但她总觉得男人若是离开了长凳，瞬间就会变得不是他了。

行李袋摸起来硬硬的，还能听到轻微的奇怪声音。她很想看看里面是什么，可想起男人说的话，又忍住了。

要快点找到那个"保安"，把这个交给他。这样这就不是"遗失物品"了。

如果遗失物品不再是遗失物品——或许总有一天，他就也不是被遗忘的人了。

　　她走过她每次都走的路，回到了那个忙碌的地方，在熙熙攘攘的人潮中寻找"保安"。

　　找到了。

　　在交织穿梭的人群对面，她好像瞥到了一个人影。

　　就在小女孩迈开脚步的瞬间——

　　行李袋里响起轻微的咔嚓声，一道闪光炸开。

※

　　爆炸声轰响。

　　窗户破碎的声音，哀号和惨叫。

　　围住广场的树木背后，不祥的黑烟冲天而起。

　　警笛响彻大街。他从长凳上站起来，盯着黑烟——

　　他迅速离开了广场。

第1章 玻璃鸟（I）

一九八三年十二月二十日 19：30——

"我们以往开发的产品'SGMN05'——也就是折射率可变玻璃，实现了'负折射率'，并且单体上的可变范围极大，这些功能方面的特点自然大大优于其他公司产品，然而遗憾的是未能如预期发展出客户群。"

有意识地将声音压得比平时更低，特拉维斯·温伯格开口说道。

不能说得像在找借口一样，但也不能表现得事不关己。整体上要尽量只讲事实，但同时还要见缝插针融入遗憾之意。即使如今已是一名大公司的部长，如何准确拿捏这方面的分寸依然不是件易事。

"其一，受到上次意外的影响，向顾客提供样品工件的时间延迟。据销售部说，这期间其他公司——他们的产品既不是单体玻璃，性能也劣于我们的产品——向各用户提供了大幅低于我们的价格。

"另一个原因是，'折射率可变'这个功能未必与现在顾客的需求吻合。这个性能确实高端，但是实际使用起来，能够彻底发挥出其性能的场合并不多。至少目前而言是这样的——问题应该出在这里吧。"

"这种事儿很常见——"休·桑福德投来冰冷的视线,"标榜高性能的产品被性能不及但价格低廉的商品取而代之这种事儿。"

灰色的眼睛、发际线后退的白发、被脂肪和肌肉包裹的庞大身躯散发出与房地产王这一称号相符的气场。

特拉维斯的心脏缩紧了。他勉强维持表面的平静——他应该做到了——可他的神经还没那么粗,听着公司上层,而且还是法人代表的社长丢来的侮辱性话语,还能保持平静。

而这位休先生只披着睡衣,巨大的身躯靠在奢华的沙发上,满脸通红地晃着红酒杯。

这不是听下属报告时上司应有的穿着。而特拉维斯现在所在的地方,本来也难说是适合研究部门做成果报告的场所。

宽敞的房间里铺着长毛地毯,靠墙摆着冰箱和餐具柜,墙上挂着金色的挂钟。坐镇房间中央的是一张大理石茶几,休的右前方放着一瓶看起来昂贵的红酒,应该是F国产的。

这是典型的富豪家里的客厅。但在这位休·桑福德的城堡之中,这大概还算朴素的。

窗外一眼望去的是仿如繁星的窗灯和霓虹灯,这是被誉为"百万美金的美景",U国屈指可数的夜景。

一九八三年十二月二十日,NY州M市中心,"桑福德大厦"顶层。

该大厦约一年前投入使用,是休最新的一座城堡。共七十二层高的大厦,整个顶层都用于休自己和家人居住。此时特拉维斯就站在客厅——作为客厅而言这房间大得过分。

休晃着红酒杯,用他独特的沙哑嗓音接着说道:

"产品的商品价值和技术含量不是一个层面的。你们这些技术人员总以为只要性能够好，顾客就会自己找上门来，但很遗憾，那只是你们自以为是。"

特拉维斯的右眼余光看到恰克·卡特拉尔的脸在微微抽搐。

他有着深褐色的卷发，同样深褐色的眼睛。实际年龄已三十岁了，但他的面容像学生般稚气。他本人似乎也很介意这点，最近开始戴起黑色细框眼镜，但就算是恭维话都说不上跟他相配。

拜托了，你可别这时候发作——特拉维斯边在心里告诫年轻的下属，边对休深深低下头，尽力显得庄重地说"我知道了"。

"经过反省，这次的项目我们从零开始，重新审视了研发课题。我们对顾客做了问卷调查并且进行了分析。另有详细资料，请您稍后过目。调查结果指向的不是折射率，而是'透光率'可变的课题。"

"又是可变？真没新意。"

休的声音带着嘲讽的味道。恰克表情扭曲正要站起来，就在这时——

"您说错了，社长。"

隔着特拉维斯，坐在恰克对面沙发左侧的青年——伊恩·加尔布雷斯用平静的语气边说边站了起来。

他的金发微微晃动，嘴角甚至浮着一丝笑容，美丽的蓝色眼睛望向休。面对商界活着的传奇、亿万富翁，这个年轻人没有一点儿畏惧的样子。

"在光学中，折射率和透光率严格来说是两个不同的概念。

"折射率是光在物质内部的传播速度与在真空中传播速度的比，是有关'速度'的数值。而透光率正如其字面意思所指，是有多少电磁波既没被反射也没被吸收，直接穿过物质的比例。这是有关'反射'和'吸收'的数值。

"两者都是有关电磁波与物体的相互作用的物理概念，这点上是一致的，公式上也有关联的地方，但将折射和透光混为一谈，就像因为同是击打球类的竞技，而把棒球和网球当成一类一样。虽然也许对不熟悉体育运动的人来说看起来都一样吧。"

特拉维斯吓得肝颤。面对算是属于科学产业界的公司社长，这个男人居然出言不逊地说"你不懂科学"。

但没法去斥责他。伊恩是隶属大学的研究员，不是特拉维斯的下属。而且他从来听不进别人的忠告。多年的合作研究，特拉维斯对这一点再清楚不过了。

休看起来并未因此坏了心情，反而饶有兴趣地盯着伊恩。

"不管怎么说，既然是两个不同的概念，那支撑这两个概念的理论也要分别构建。您应该也知道，玻璃是数千年前就已经存在的工业产品，可至今尚未确立统一的基础理论，是一个神奇的……"

"别长篇大论了。"休傲慢地打断他的话，"用语的定义还有理论这些东西，对大多数人来说比棒球的规则还要陌生。要是没有蠢材都能理解的明确而且有用的特点，对消费者而言就没有任何意义。"

伊恩拧起眉毛，耸耸肩，像是在说这家伙根本不懂。

特拉维斯慌忙插话道："总之，您说的我们会认真听取。在刚才提到的调查之上，这次样品制作的工程有了大幅度的改善。之前我们过于追求完美，曾发生过好几次样品工作的进度落后于其他公司的情况。这次有所反省，将速度放在首位——当然绝不是说不重视性能——来开展工作，第一号雏形已经完成了。恰克，拿样品。"

是——恰克表情略显僵硬地点点头,从沙发边上拉过来一个小型皮箱,松开扣锁,小心翼翼地打开。他只把盖子打开少许,从中取出一样东西,放在了大理石茶几上。

那是一块灰色的板件。

表面光滑,尺寸跟笔记本一样大,厚度约有一厘米。四边的边缘包着防止撞击的橡胶层。靠近长方形的两条短边分别平行设有银色的细长电极。从电极伸出的电线连接到带开关的电池盒上。

"在电压为零的状态时,正如您所见,是不透明的。而在这个状态下施加电压的话……"

——关键的时刻到了。

绝不允许失败。特拉维斯感受着心脏的狂跳,打开了电池盒的开关。

灰色的板件顿时变成了透明的玻璃。

哦?休的眉毛动了动。

"就会像这样变成透明的。而切断电源的话……"

再次按下开关,玻璃又蒙上了灰色。

"就会恢复原先的有色玻璃。大致情形就是这样。仅通过接通或切断电源就能在透明和不透明之间转变,可以预期在各种场合发挥作用,比如住家的玻璃窗或办公室的隔间、水槽,将来还可以考虑面向私家车发展。

"虽然该样品是灰色的,但我们也在考虑用更深的黑色,以及红、绿、蓝三原色等。我们想尽可能快地研发出各种颜色的产品。"

"有意思。"

休嘴角上扬。

成功了。特拉维斯拼命压抑着唇边的笑意。

※

等待一个人回来竟会如此抓心挠肺，就在几年前她还不知道这种滋味。

好像听到了脚步声，塞西莉亚·佩林猛地抬起头。她盯着门口，可不管等多久也不见有他进来的迹象。

难道听错了吗？

她叹了一口气，目光落回放在膝盖的信纸上。

一切都好吗？爸爸妈妈都很好。我们很感激你一直给我们寄钱，但希望你千万别勉强。下次什么时候回来？——不算能干却老实憨厚的父亲的声音，此刻仿佛就在耳边响起。

只是关于家里生意的经营情况却一个字也没提。父亲不想让女儿担心的好意，反而让塞西莉亚胸口作痛。

她把信放回包里，身子靠到椅背上。不愧是寸土寸金之地的酒店，躺椅坐上去舒服得无可挑剔，然而她总也等不来睡意。

窗外是一片淡然美丽的灯光海洋，仿佛五颜六色的玻璃碎片撒了一地。NY州中心区的夜景，这是故乡的黑夜无法相比的。

自己的身影映在玻璃上，仿佛与那片光的海洋重合在一起。

没有值得一提的特点，平凡而低调——说难听点儿就是阴沉的面容。就连恭维也说不上丰满的身体。她想着至少要把自己力所能及的做好，所以穿着和发型应该还算整齐，但整体形象只能说是平庸。留到背部的黑色直发映在玻璃中，与夜晚的黑暗融为一体。

床上枕边放着时钟，那是最新式的数字钟。像时钟以及计算器这些只需极少的电压就能驱动的小型液晶显示器，如今已经彻底融入了人们的日常生活。

可能是跟自己的专业有关，她总会不自觉地留意这些东西用的是哪种液晶材料，驱动电压是多少伏特。

时钟显示已经过了二十点。他是十八点去的大厦顶层。这次的报告按理说不会花上几个小时，是被留下来吃饭了吗？对方是不会考虑客人方不方便的，他自己也说了不知道什么时候能回来。他是说了——

可要回来晚至少跟我联系一下吧。希望他这么做是我太任性了吗？

这时，门铃响了。

没听错。对讲机里传来一个声音："塞西莉亚，是我。"

"伊恩！"

塞西莉亚扑向门口，打开链锁和门锁，拉开门。

"我回来啦。"恋人站在门外，一如平常浮起纯真的笑容，"哎呀，真伤脑筋。说桑福德的行程有变还是什么的，晚了一个多小时才开始。"

伊恩的手揽住塞西莉亚的腰。塞西莉亚任由他把自己拉过去，接下了他的唇。

"门还没关呢……"

已经交往几年了，可塞西莉亚还是对这种行为感到羞耻和无措。伊恩依然一副笑脸，反手关上了门。

"留你一个人孤零零的，这是小小的赔礼。"

这种肉麻的话从他的嘴里说出来居然显得很自然。他会挂心在酒店里已经快等疯了的自己，这让她高兴。她把脸埋到了他的胸前。

然而，这喜悦也只是暂时的。

"那……怎么样？"她抬起头问道。

"当然成功了。"伊恩眨了眨一边的眼睛，"都通过了 N 杂志的审核，理论依据没有任何可担心的。之后的难关就看他们能不能做出东西了，看来他们搞得不错。"

"是吗——太好了。"

她听说在 M 工科大学当助教的伊恩和 U 国屈指可数的资产家休·桑福德名下的玻璃制造公司——SG 公司开始合作研究，正好是在他们刚开始交往的时候。

伊恩一入学就被誉为"奇才"，教授们无一不晓他的名字。加入研究室的同时接连发表数篇关于玻璃状态稳定性理论的论文，年仅二十四岁就破例取得了博士学位。伊恩·加尔布雷斯的名字在固体物理学界渐渐传开，国内外多家玻璃制造公司来邀请他进行合作研究。而他之所以选择了 SG 公司，是因为 SG 公司说"本公司的大楼是最豪华最漂亮的"。

伊恩在学术上的这些成绩，刚交往的时候塞西莉亚一无所知。

塞西莉亚从同级的女生口中听过一些似是而非的传言，而且也和伊恩同属网球社团，可对她而言，伊恩只不过——这么说或许有些失礼——是站在远处，让她有些莫名憧憬的学长而已。

他有着高挑的个子，中等偏上的端正容貌，开朗的性格。在社团内伊恩理所当然是一个备受瞩目的人，然而在恋爱方面，居然没传出过任何花边新闻。

"人不坏，脑子聪明而且挺帅的，可怎么说呢，像个小孩子一样。"

这是社团内的女生对伊恩的评价。

伊恩的性格从那时起一直没变。说好听点儿是表里如一，说难听点儿就是心里想的都会直接说出来或表现出来。因为他毫不怀疑自己身为研究者的才能——正因为这是事实所以更糟——他的行为曾数次让合作方的负责人对他产生不好的印象。

合作研究成员内部举办晚宴的时候她也受邀参加了，那时一个好像是对方负责人的——他报上的名字是特拉维斯·温伯格——不经意抱怨了几句。虽然他不是在责怪塞西莉亚，可塞西莉亚不由得满心过意不去。

所以这次，伊恩不会把对方惹得不高兴了吧？她一直在担心——

"怎么了？"

"啊？"她似乎不知不觉沉浸在了自己的思绪中，"什么怎么了？"

"你好像不怎么高兴啊。"

塞西莉亚心脏一阵发冷，挤出一个笑容摇了摇头。

"没有啊。就是……这次只是得到了同意，继续合作研究吧？我忍不住想会不会跟之前的折射率可变玻璃一样，搞到一半就散了呢。"

塞西莉亚自己也在攻读 M 工科大学博士课程，是一名默默无闻的科学家。她跟伊恩的学科不同，但也知道在研究室里拿出成果和将该成果推广到世上实际应用，这之间有一道高不可攀的厚厚墙壁。十年前得到"掀起航空工学界的革命"这样极高评价的"真空气囊"，最终成为气囊式飞艇的核心技术——像这种例子，不过是在世界各地几乎每天都会创造出的无数"研究成果"

中的沧海一粟而已。

"傻瓜。"伊恩摸着塞西莉亚的头发,"对我而言已经成功了。理论上毫无瑕疵,样品也得到了实践证明。至于有没有市场,那是 SG 公司要考虑的事儿,我没必要操心。本来合作研究一向都是这样各自负责自己的部分的。"

以前塞西莉亚曾问过她的恋人,难得做出了出色的成果,结果还没问世就结束,不会很不甘心吗。

——不甘心?为什么要不甘心?

伊恩像是打心底觉得奇怪。研究者的本分就是研究,不是卖东西。那种事儿交给别人来做就好了——这是伊恩一贯的观点。

现在也是这样。伊恩的笑容中没有一丝阴影。

"今天的报告也一样。对特拉维斯和恰克来说怎么样我不知道,但桑福德从头到尾看来心情都不错,他们也能暂时松口气了吧。"

"你真不该这么说哦。"

塞西莉亚微笑着。

微笑着——同时感到胸口深处传来锥刺般的痛楚。

※

"社长,再次感谢您今天抽出宝贵的时间。"

特拉维斯施了一礼,休·桑福德欣然接下。

"在你的努力下,提前走到样品制作这一步,这是慰劳你的。但是你要搞清楚,你的工作是打造能大卖的量产产品,不是陪不谙世事的研究者玩儿。"

"我知道。"

特拉维斯郑重其事地回答。不知是染过发还是天生的,他梳得光滑的黑发中没有一根白发。体态也和休不同,哪怕隔着西装也能看出来他身上没有多余的赘肉。听说他年龄是四十四岁,但外表看起来年轻了差不多有十岁。

本来,作为一家公司的部门经理,他总体来说略欠威严。现在他也在努力装作面无表情,但很容易看出来他内心正在直冒冷汗。

此处是桑福德大厦的顶层,桑福德新居的餐厅。

从做报告的客厅换到这个房间,休招待特拉维斯共进晚餐。休知道像这样适当地让下属尝到"曾受到特殊对待"的滋味,能够加强他们的忠心。

然而这一手只在干部级别的人身上有用。对底层的人用同样招式,基本上只会让他们生出傲慢情绪。

所以现在坐在休面前的,只有特拉维斯一个人。同来的另外两个人——伊恩和恰克,报告一结束就让他们回去了。餐厅里只有休和特拉维斯,还有站在斜后方待命的女佣而已。

没看到罗娜,又跑哪儿玩儿去了吧。想到亡妻留下的独生女,休的嘴里尝到一阵苦涩。

伊莎贝拉——休在心里对妻子诉说。

——那孩子跟你太像了。像猫儿一样可爱,又像小狗一样纯真。可是最近,他甚至不知道那孩子在想什么。

不管容貌如何相似,妻子和女儿都是不同的两个人。对女儿的爱不能替代对妻子的爱,也不能保证会得到女儿的爱。

如果再多几个孩子——那是他和他妻子所期望的——那这份孤寂也许能排遣掉一些。可她太早就离开了这个世界。他也没想过重新娶一个女人。当然,他不是断绝了和女人的一切交往,但让除了妻子之外的女人生下自己的孩子，不知为何，休感到强烈的厌恶。

地产之王的财富，秘密的收藏——就连那些鸟，都只能满足欲望，却无法填平胸口缺失的那一部分。

休呷了一口红酒，把空了的酒杯放在桌子上。穿着女仆装的女佣——帕梅拉·埃里森走上前，为他的杯子添上红酒。

好女人。不必一一对细节发出指示，她也能察觉主人的心意并采取适当的行动。作为上一个女佣的继任，她已干了两年。以前雇的女佣或秘书中，没有一个像帕梅拉这么会察言观色的。

黑红色的长发在脑后扎成一条辫子。不是别具一格的美人，但笔挺的背脊和四方框的眼镜给人一种理智知性的印象。可她隔着女仆装也能凸显出的丰满胸部，又酝酿出一种无法用言语形容的肉欲氛围。这种不和谐的对比屡屡夺走看到她的人——特别是交易方高层人士的视线，这点休是知道的。

年龄大概三十出头，正是女人最美的时候。在床上她会发出无比美妙的声音吧。在脑中描绘尚未亲眼见过的帕梅拉的裸体，对五十过半的休而言是一种轻微的刺激。

喝了一口为他新倒上的酒，他突然想起另一件事情。

"说到样品，'毯子'那件事儿现在什么情况？"

"在那边。"特拉维斯的视线投向靠墙放着的置物篮里的手提箱，接着移到帕梅拉身上。"方便说吗？"

"没事。"

帕梅拉的嘴很牢，这点可以打包票。她是从 I 州的偏远农村来到 NY 州的，经历极为平凡，这点也通过他的顾问律师调查过。

特拉维斯还没站起来，帕梅拉就已经走向墙边，把手提箱拿了过来。特拉维斯解开金属扣，从中取出那件东西。

喔？他不由发出低低的一声。

"在加尔布雷斯博士的理论基础上，听取了技术顾问的意见。制造条件依然很苛刻，对装置进行秘密操作也极为不易。"

"性能呢？"

无视下属的诉苦，休直接问。

"没问题。"特拉维斯回答说，"目标性能全都达到了。要卖给军方应该足够了吧。问题是量产能力——"

"民用的平板玻璃和这个，顾客及市场的性质从根本上就不一样。敌国在海那边搞事的时候，军方也不会计较钱的。公司内外，除了你还有谁知道这件事？"

"只有恰克。出于专利的战略考虑，跟加尔布雷斯博士和技术顾问都没说具体内容。"

做得好——休让帕梅拉把东西放到保险柜中，继续吃饭。

席间，特拉维斯始终维持不变的表情，但两杯酒下肚，话就开始多了。他似乎正在考虑让大女儿上私立中学的事，看样子家庭生活应该挺幸福。掌握下属私人生活的信息，也是组织首脑的重要工作。

用完餐，帕梅拉撤下了餐具。又过了一会儿，特拉维斯试探着开了口。

"对了，社长，我听交易方高层人士说——您在自己家里养了特别珍稀的生物……"

"喔？"

休扬起一边的眉毛。特拉维斯顿时狼狈起来——尽管表面上只流露出那么一点儿情绪变化。

"不不，对方也不过是听来的传言。"

休在心里暗暗哑了一声。那个动植物园原本是为了慰藉自己才建的，不是为了让好管闲事的人拿来嚼舌根的。他也只给财政高官看过。是谁说漏嘴了？跟SG公司有来往的企业为数众多，但是需要技术开发部部长亲自接见的人就没那么多了。之后必须去敲打一下。

他再次观察起面前的下属。那么，该怎么回答呢——

这个人不太会将自己的想法彻底隐藏起来，但只是在休看来如此，其实他控制自己情绪的态度和技术都相当不错。他看上去对工作似乎有那么一些不满，但只要不过界，也可以看作对公司执着忠诚的表现。就算是为了能让女儿上私立学校，他应该也不会放弃现在的地位和收入。能提前完成新样品，光凭这点就已证明他有足够的能力。

拙劣地掩饰不是好办法。让他知道一点儿秘密反而能提高他的忠诚度。

"你想看吗？"

他放出诱饵。

特拉维斯睁大了眼睛——犹豫了好半天，才点头说：如果方便的话。

休让从厨房回来的帕梅拉跟着，和特拉维斯一起出了餐厅，沿着走廊向前走。走廊尽头左边有一架电梯。这架电梯从大厦一楼直通顶层，是桑福德家专用的电梯。保安在一楼二十四小时监视，外部人员无法进来。

但现在他们不需要下楼。休转头对着正面。

眼前是一扇厚重的木门。帕梅拉上前推开了门。

门内是类似宴会厅的房间。中央放着椭圆形的木桌，围着木桌摆着六把带扶手的椅子。对面靠墙摆着高高的成排书架。

这应该是为招待重要的客人会餐而布置的房间，但说实话，有点多余了。像刚才那种少数人参加的报告会，在客厅更能安心喝酒。而要是人数较多，本来就不适合到自己家里来开会。

不过其实没什么关系，反正这只不过是障眼法。

三个人一起绕过木桌，站到一个书架面前。

帕梅拉把手放到书架上，推了下去。

书架无声地向后移去。

侧目看着瞪大了眼睛的特拉维斯，帕梅拉将缩到里面去的书架横向拉动。书架就像滑块拼图一样移动，消失在右边书架的后面。

敞开的空荡荡的空间内部，一扇乳白色的铁门出现在眼前。

红色的"紧急出口"标志挂在铁门上方。铁门很粗糙，与铺着奢华地毯的房间很不相配。

"社长，这是？"

看着这像侦探小说里才会出现的一幕，特拉维斯不由呆呆地问道。

休没理会下属的问题，向铁门走了过去。帕梅拉闪身让到一边。

铁门旁边嵌着一块数字键盘，休输入十六位的密码，按下了执行键。一阵响过后，门锁打开了。

"那么，带你参观一下吧。"

休拉开了铁门。特拉维斯咽下一口唾沫。帕梅拉在书架前行了一个礼。

走入门内的瞬间，鼻尖就嗅到一股不该出现在大城市高层建筑中的淡淡的腥臭。

那是野兽的体臭和粪便的臭气混在一起的独特味道。特拉维斯微微皱了皱眉。在城市及研究所生活的人大概接触不到这种气味。开着空调，还不至于熏得皱起眉，但明显跟刚才那无臭无味的空气不同。

他并不在意。这是饲养野兽的人的宿命。他幼年是在农村度过的，只要一到牧场，空气中总是理所当然地漂浮着这个程度的气味。

铁门另一边一片漆黑。身后的门只打开了一条够一个人通过的缝，宴会厅的光亮只能照到休和特拉维斯的脚边。

听见了动物叫声：低吠声、高叫声，还有如在歌唱般的啼声。

伸手按下墙上的开关，天花板上的灯瞬间为他们取下了黑暗的幕帐。

昏暗的灯光下，摆着好些透明的笼子。

每个笼子里都关着仿佛从幻想世界里跑出来的奇形怪状的生物。

房间本身比宴会厅要大得多。

宽十几米，内长超过二十米，中央立着一根粗粗的柱子。

地面是乏味的亚麻油地毯。柱子和天花板，还有四周的墙壁是裸露的水泥。光看这内装，就像建到一半停工的美术馆一般，冷冷清清的。

而在这单调的空间里，陈列着几十头颜色形态千差万别的生物。

笼子是玻璃做的。从地面直到天花板的高高的玻璃板将生物围在里面。这是让SG公司的制造部特别生产的产品。因为关系到排泄物的处理及喂食、空调管理等，笼子里边底部是垫高了的，但是作为在室内建造的笼子而言依然十分巨大。

"这是……"

特拉维斯喃喃道，声音里混着惊愕和兴奋的语气。

休像平时一样，从左前方的笼子开始看过去。从天花板上投射下来的灯光很微弱。考虑到这群家伙的生物钟，夜间照明调得暗。

玻璃笼子里，一只狐猴正抬头看着这边——不是在动物园也能看到的那种普通的狐猴。

通体覆盖着白色的毛，眼睛也带着红色。

"是白化病吗？"

"从O国议员手里买下来的。照顾得不好，刚到我这儿来的时候老生病，毛发也粗糙得不像话。"

哦——特拉维斯应了一声。休走到下一个笼子前。

是一条蟒蛇——有两个头。

"从动物贩子那儿买来的。他们找上来说弄到了一只罕见的动物。不过其中一个头基本就是装饰。"

"确实是非常珍贵的动物。"下属压着声音说，"连这种动物都能经手，这动物贩子的路子很广啊。"

休没回答，从蟒蛇的笼子前走开。特拉维斯慌忙跟了上去。

下一个是一只山猫。身上有跟豹一样的斑点。不同于平日生活中看到的猫，它的眼神和身姿都带着强烈的野性。

山猫的旁边是科莫多巨蜥。脖子周围泛红，灰色的巨大身体贴在地上慢慢爬着。

这两只都没有白化病或双头这类身体上的异常，但下属看到它们的时候睁大了眼睛。

"J国的自然纪念物……这条蜥蜴也是——在国际公约里。"特拉维斯猛地抬起头,"社长,这些您是怎么……"

"当然是从动物贩子手里买来的,怎么了?"

特拉维斯无言以对——经过对当事人而言感觉几乎是永远的短暂时间后,表情从他的脸上消失了,恢复成做报告的时候,完全在淡淡地阐述事实的面孔。

"你明白了?明白我为什么要带你来这里?"

这种事不犯法吗——他要是问出这类的话,桑福德会立即放弃他。就算叫来警察,他也有的是办法对付。结果只是去举报的人丧失自己的地位而已。

知道了主人的秘密依然跟从,你是否做好了这样的思想准备——对突然面临的考验,特拉维斯看来基本正确理解了个中含义。

首先给他个合格吧。知道自己没看错人,休在心里窃笑。

之后他们继续观赏。

笼子并不是整整齐齐摆放的,而是特意摆得像迷宫一样,有分岔路,还有死胡同。这是考虑到当有人入侵或动物逃出时,无法轻易逃到外边。不仅是笼子,连通道的隔板用的都是玻璃,以达到迷惑来人眼睛的目的。

虽说是迷宫,但若是看着平面图,幼儿也能找到出路,充其量不过只有这个程度而已。休自己也记得路线,而第一次来的特拉维斯似乎不可避免地感到混乱,他频频扭头看向身后或者铁门的方向。

陈列的不仅仅是陆地生物,还有养在水槽里奇形怪状的深海鱼,以及在U国极难见到的稀有植物。大部分都是用非法手段搞来的。

特拉维斯已经基本上看到任何生物都不至于露出失措的反应了,可在最里面的一株植物前,他停下了脚步。

是蓝玫瑰。

沿着支架生长的茎干,顶端开着一朵玫瑰花,深蓝色的花瓣层层重叠在一起,气氛诡异。

"这不会是——弗兰基·坦尼尔博士的?"特拉维斯凝视着这株上个月才公布说在基因工程上得以实现的蓝玫瑰,"这应该还没进入市场吧。"

"我跟F警察署的署长有交情。坦尼尔博士出事的时候,他把当证据没收的玫瑰分给了我一株。这可是我格外喜欢的一个收藏。哎,不过迟早会遍地都是的。"

休望着这株被命名为"深海"的蓝玫瑰,过了一会儿才转向特拉维斯。

"现在能让你看的就这么多了,怎么样?"

"我只能说出极为平庸的感想……那就是,无法用语言形容。"特拉维斯叹息道,"请允许我再次感谢您给我观赏这些的机会。"

他之所以没放开了大肆赞美说"太精彩了",大概是称赞用非合法手段找来这些的人,会让他受到良心的谴责吧。没关系,他要是这时候还拍马屁,休反而会瞧不起他。

"社长,请问……"特拉维斯的眼睛投向过道深处,"那边是?"

从休一行人进来的铁门看过去左斜前方的最里面,水泥墙的一角,有着明显不同于自然裂纹的直线切割痕迹,呈现出一个长方形。

那是一扇门。门的右边装着跟刚才的铁门同样类型的数字键盘。

"那里面放着特别珍贵的收藏。遗憾的是特别不好照顾。给人看的次数屈指可数。"

特拉维斯的嘴巴动了动，又闭上了。他大概是想问里面是什么东西吧。到了这一步还能抵挡诱惑，这得有相当的自制力啊。

休发现自己的心情居然难得地不错。一种让人窥看禁忌盒子的愉悦感包围了他的身体。

"——不过，反正机会难得，要去看看吗？"

"可以吗？"特拉维斯问。

休点点头："但是……"他故作夸张地扬起了嘴角。

"你千万要小心。稍一大意就会被魅惑住的。"

※

夜晚的 N 市闹市区中，没有一处可供一个形单影只的年轻人放松的地方。

抬头望着灯火辉煌的摩天大楼，恰克·卡特拉尔踢了人行道的地砖一脚，发泄心中的怒火。

平安夜就要到了，路边的窗户上都装点着红白绿三色的小挂饰及华丽的彩灯，显得五彩缤纷。看向街角及餐厅的窗户，触目可及都是成双成对的恋人或一家人，还有应该是朋友及熟人或同事关系的成群结伴的男男女女。他找不到一家适合一个人用餐的店可进。真没想到会在 U 国数一数二的大城市里，落得为晚饭发愁的地步。

当然，他心里明白其实不必去在意气氛什么的，只要找家店进去就可以了。然而以前他鼓起勇气进了一家酒吧，一进去就被一个喝醉的客人嘲笑说"小子，这儿可不是高中生来的地方"，想起这件事，恰克犹豫了。

或者找家汉堡包店吃点东西充饥，可难得来趟 N 市，晚饭却是汉堡包，情何以堪啊。

突然，一个他不愿想起的人的面孔闪过脑海。

伊恩·加尔布雷斯——今天一同出席报告会的那个年纪比自己小的合作伙伴。他要是处于和自己相同的状况，会怎么做呢？

他肯定会毫不犹豫地找一家昂贵的餐厅推门而入。再说伊恩本来就有女朋友，他在项目的晚宴上曾打过照面。直直的黑发留到背部，是一位内敛又感觉清爽的女性。有得天独厚的才能的人，似乎在恋爱方面也得天独厚。

要不干脆叫他们一起吃饭？恰克马上丢开了这个愚蠢的念头。恰克不知道伊恩住在哪里。更重要的是，对方曾邀请他"要不要一起吃饭"，是他自己拒绝了的。

恰克也有一个算是女朋友的恋人，但不能随便带出来。她应该也知道自己今天会来这个城市，可今天连看都没看到她。

上司特拉维斯留在了大厦里，现在应该正跟社长优雅地会餐。他这才注意到，只有自己一个人被丢在了冬季的天空下。

他咬住嘴唇。作为研究者只能得到中等评价，在社会上地位也不高，就连这次的报告会，自己也只是负责准备样品的小角色。

……不知不觉走到了一个广场。

这是一处高楼大厦之间豁然开阔的休憩空间。水银灯照在广场中央的喷泉上，周边的石块路一直通向耸立在正面的大楼底下。这里应该也在那栋大楼地界内。大概早就过了工作时间，周围一个人影都没有，大楼窗户透出来的灯光也稀稀落落的。

有个白色的影子仿佛从大楼顶端擦过般缓缓穿过天空。那是水母船。这个城市大概聚集了很多富裕阶层的人,尽管是空地较少的大城市,但这种从平滑的椭圆形气囊底部伸出四根支架的机体并不罕见。

恰克在围着喷泉的矮墙上坐下。那么,该怎么办呢。

休息一下,先回酒店吧。少吃一顿也死不了人。

他正想着——

斜后方响起轻快的脚步声,两眼突然被蒙住——"猜猜我是谁?"恰克的心脏猛地一跳。

"罗娜?!"

"猜对啦。"

伴随着轻快的声音,蒙着双眼的手松开了。转过头去,看见一个面容可爱的少女正笑嘻嘻地看着他。明明是晚上,她鼻子上却架着一副有色太阳镜。

"你怎么……会在这儿?"

"什么'会在这儿'啊。"罗娜·桑福德鼓起腮帮子,"恰克你啊,难得到我家来,都不来看我一下就走了。我想你是不是变心了,就一直看着你。"

从大厦出来她就一直跟着啊?自己完全没注意。

"对、对不起。在你爸爸面前,我总不能在你家里面乱走。话说回来,我去的时候,你一直在大厦里?"

"我爸不让我打扰他工作。"罗娜噘着嘴,"我委屈嘛,就让帕梅拉说我出去了。"

假装去厕所到她房间看一下就好了。恰克感到些许后悔。

"不过,恰克你脸色一直阴沉沉的,没精打采地乱走……怎么了?有什么不开心的事吗?"

她担心地瞅着恰克的脸，水汪汪的瞳孔极惹人怜爱。恰克不禁胸口一紧。

"没怎么啊。就是——觉得自己很不中用。"

"别这么说嘛。"罗娜用力握紧了恰克的手，热烈的眼眸让恰克目眩，"恰克怎么会不中用，我比世上任何人都更了解恰克。"

"谢谢你，我很高兴。"

这是真心话，不带任何杂质。自己的词汇量太匮乏了，让人着急。他强忍着发热的眼眶，抚摸着罗娜的头发。少女的脸上浮现出陶醉的笑容。

不管是在家里、学校，还是在职场，自己最多也只是中等偏上的水平，可却能得到举世闻名的大富翁休·桑福德的独生女的青睐——这个事实恰克直到现在还无法完全相信。

这个罗娜有可爱的面容、富于变化的表情，虽不够丰满但匀称的娇小身体。她灰金色的柔软头发扎成一条马尾，像小狗一样爱撒娇。几年前，在合作研究人员出席的宴会上第一次见到她的时候，还以为她刚上初中。可后来知道她实际年龄要大得多，恰克记得自己当时特别惊讶，压根儿忘了自己也有一张娃娃脸。如今她已经过了十九岁，可那时留下的印象完全没变。

罗娜有点儿——不，应该说相当——容易钻牛角尖，嫉妒心又重，可她从未拿大富翁的千金这个名头来压过人，对年龄大她一轮的恰克也只是单纯地仰慕。这样的罗娜让恰克渐渐产生了感情。

然而，若要问他这是不是真爱，他大概答不出来。

因为她爱我，所以我必须爱她——难道他不是出于这种义务感才跟她交往的吗？

等到她说想和他共度一生一世的时候，休·桑福德及周围的人都会打压他吧?他能忍受"你跟她不般配"的评论吗?

——这种不安一刻都不曾停止过。

自己不过是一介技术人员,而她是社长千金。出于立场不同的顾虑,恰克没跟身边的人说过和罗娜在交往一事。当然,休就更不用说了。罗娜也知道父亲的性格,所以表面上也不会告诉任何人她跟自己的关系。

"你看你,又沉下脸了。"罗娜站起来,单手叉腰,另一只手拉着恰克的胳膊,"来,起来,我们走。"

"啊,嗯。"

罗娜也不等他回答,就拉着恰克的胳膊跑了起来。经过的路人投来好奇的目光,恰克觉得心脏几乎冻结了。

罗娜曾数次跟她的父亲一同出现在电视上,在 U 国的知名度比混得不怎么样的演员都高。一想到要是这场面让她父亲或者记者看到了,他就心慌。

但不知是不是周围的人觉得罗娜·桑德福不可能跟一个其貌不扬的男人在街上嬉闹,没发生什么特别大的骚动。

可就算这样——

"去……去哪儿?"

他上气不接下气地问。罗娜依然拉着恰克的手,回头给了他一个恶作剧似的笑脸。

"当然是一个秘密的地方啦。"

秘密的地方……吗?

在高高的玻璃箱之间猫着腰往前走,恰克不由紧张地吐出一口气。手表的指针显示已过了二十二点,这在某种意义上来说,也算是夜场了。可是……

桑德福大厦顶层，罗娜家的房子深处。

恰克和罗娜二人在这间似乎叫作"收藏室"的大房间里探索着。

这的的确确是"秘密的地方"。书架后面有暗门，门内成排摆着关珍奇生物的玻璃箱——确切地说就是动物园的笼子。这实在过于"秘密"，恰克几乎惊得跌倒。

得白化病的狐猴、双头蛇，东洋的自然纪念物巨蜥。这里自然不会像动植物园那样配上说明文字，大部分他连名字都不知道。但恰克也能凭直觉明白，这些恐怕全都不是通过合法手段收集起来的。

没想到娇柔的少女邀他同来的居然会是这么离谱的地方。若说恰克没有淡淡的期待被打破的失望，那是骗人的。但他被这里异样的气氛镇住了，足以让他把那些微不足道的情绪全都抛到脑后。

"怎么样，厉害吧？这些都是我爸心爱的东西。"罗娜天真地笑道，"他说只给有资格的人看。其实他也不许我进来……不过恰克是特别的，对吧。"

特别吗？看来带自己来这里，是她以她的方式在安慰自己。"谢谢，怎么说呢……我真不知道说什么才好。"他控制着自己面部的抽搐，做出一个笑容。罗娜唇角的笑更深了。

但不管怎么说……他们不会被人发现吗？

他脑中浮现出顶层的平面图。他们所在的收藏室隔着宴会厅的另一边就是桑德福一家的生活空间，一想到和她的父亲只相隔几十米，背上就直冒虚汗。

特拉维斯是不是已经回去了，或者还在陪着休？

"没事的，帕梅拉会帮我打圆场。"

罗娜说出了女佣的名字。女佣好像知道恰克和罗娜的关系，而且还帮忙瞒着休。来这里之前，两个人坐上直达顶层的电梯时被保安看见了，她还答应帮忙想办法堵住那个保安的嘴。

两个人在像迷宫一样错综复杂的过道上悄悄前进。罗娜皱起了眉。

"有酒味儿……我爸是不是来过啊。"

让她一说，好像是有一股酸臭的酒味混在野兽的气味里。报告会之后，休借着酒席顺便带特拉维斯进来参观了吗？但现在似乎已经没有那两个人的气息了。

他们走到了收藏室的最里面。玻璃箱内放着一株深蓝色的玫瑰。恰克甚至已经不会再生出"这是从哪儿搞来的"的疑问了。

左边再往里，有一扇灰色的门，颜色像是拟态水泥墙。门的右旁排着一些数字按钮，跟大房间入口的暗门是同一类型的。

罗娜走上前，手法熟练地按下按钮"19641113……"他的目光只跟得上看到第八位，密码和第一扇门好像相同，是罗娜的生日。第九位数往后的数字是什么呢？

"我妈的生日……我爸啊，总是满口晦涩的话，但这方面可单纯啦。"

不知是不是注意到了恰克的视线，罗娜的唇边浮起一丝落寞的微笑。她大概是想起早早离开人世的母亲了吧。就在按下第十六位数的同时，响起轻轻的"咔嚓"一声。应该是门锁打开了。

"来啊，恰克，快进来。"

罗娜把手放到门上，向他发出通往异世界的邀请。恰克任由她拉着自己的手，踏入了禁忌之地。

门内被黑暗覆盖。

一种如歌唱般优美的啼声流入恰克的耳朵。

——鸟？

罗娜在右边的墙上摸索着。啼声停了。天花板的灯光瞬间照出了玻璃对面的她。

停在树上，深深抓入树枝的爪子。

艳丽的蓝黑色羽毛。

尖尖突出的艳红的喙。

如玉石般剔透的眼球。

站在那儿的，是恰克从未见过的最美的生物。

"这是玻璃鸟。"

他听见罗娜娇柔的声音。

"我爸最喜欢的。他说是我妈死了之后才开始养的。可能是这个原因吧，除了特别有地位的人，我爸从不给人看这些鸟。"

笼子里的不止她一只。

总共六只玻璃鸟一齐盯着恰克这个不速之客。恰克从未养过宠物，但也看得出玻璃笼子里的玻璃鸟性别及年龄都不一样。

唯一的共同点就是——他们都非常美丽。美得任谁看了都忍不住叹息。

休是从哪儿、怎么搞来的，这点无从得知。只是轻易便可察觉，休是用心对容貌和毛色甄选过的。

恰克最开始看到的那只——也就是靠他最近的一只开始啼唱。和刚才听到的一样，音色高亢而优美。

他连声音都发不出来。一种类似恐惧的感觉令他全身麻痹。

这太……令人震惊了。

恰克惊恐地战栗着,把手掌贴到了玻璃上。他无法控制背上流下的汗水。

"还取了名字哦。最左边的那只是——"

连罗娜的解释他都没听进去。

盯着歌声清澈的玻璃鸟,恰克恍惚地颤抖起来。

※

N市的冬夜很冷。抬头望了望耸立在寒夜中的桑福德大厦,维克多·利斯特走进了入口。挂钟指向二十二点十分。

有一个人从入口大厅的左方走了过来,他的脸似乎在哪儿见过。这个男人单手拿着手提箱,黑发整齐地向后梳,从外表看年龄三十多快四十。

维克多在记忆中搜寻。他应该是特拉维斯·温伯格吧。

他是SG公司技术开发部的人,有一次跟雇主洽谈时他也在场。后来什么时候听休的女佣说过,他现在已经升职当上部长了。

特拉维斯精神恍惚,表情像是见到了什么不属于这个世界的东西一样。他看来完全没注意到维克多,快步从其身边走过,直接走出大门离开了。

这个时间才从大厦出来,他也是被休叫来的吧。真是辛苦了。本来他跟自己的处境就没什么不同。

在休·桑福德手下做事已经好几年了,那个人动不动就错把法律顾问这个职业当成跑腿的还是什么。在吃过晚饭洗完澡,就差上床睡觉的时间接到电话并被叫过去,都是家常便饭。而且等他赶过去,结果只是为了"上次那个诉讼的情况跟我说一下"这类无关紧要的事情。

"以思考的速度行动"——这句话引自休的著作。这话说起来好听,但换言之只不过是当时想到什么就随便抓个人下命令而已。"行动"的是身边的人,而不是休自己。

维克多摇摇头。不知从何时起,他对事情感到不满和发牢骚的时候多了,是年龄的关系吗?

他往左走,穿过入口大厅,沿着过道拐了两次弯后,看到右边有一扇大门。

两个保安站在大门两侧。维克多把身份证明给保安员看过之后,通过大门——顿时头上的警报响了起来。

"律师先生,您又忘了。"其中一个保安指着维克多的手提包。

"啊——抱歉。我这记性太差了。"他尴尬地打开手提包。夹在笔记本和各种纸张资料之间,有一个厚厚的铝制文件夹。这是他妻子在超过四分之一个世纪前给他买的纪念品。他知道这里有金属探测机,但带着回忆的东西他无法弃之不用,所以几乎每次都会触动警报。

一个保安员往手提包里看了看,右手做出一个OK的手势,他再次通过大门。

沿着一条短短的走廊走到尽头,等着他的是一扇装饰华丽的双开门。那是一台电梯,直达大厦顶层休·桑福德的城堡。

通往顶层的电梯只有这一台,而且中途不能在别的楼层下去。

SG公司的总部办公室在十五楼,要从顶层去办公室,就要先搭直达电梯下到一楼,再搭别的电梯重新上十五楼。因工作关系，有时在顶层跟休谈完事之后，要去办公室查看事务资料，每次他都会觉得很不方便。

逃生楼梯倒是每层都有，但要征服共七十二层、超过两百六十米的高度差，对年过五十的维克多而言无异于自杀行为。

按下上行的按钮，维克多坐上了电梯。

电梯轿厢里面装着镜子，镜中的身影刻着与年龄相符的岁月痕迹。

维克多蓝色眼睛的眼角聚着细小的皱纹，褐色的头发褪色严重，双耳上方已经完全白了，脸颊瘦削。他年轻的时候还算有点儿胖，可当上律师之后，过度繁重的工作导致他心力交瘁，彻底消灭了他的赘肉。

即便如此，妻子还在的时候，他还能勉强维持着健康的体重——可现在妻子已经不在了。

……我是老了啊，可明明这个年纪就开始怀念过去还为时尚早。

电梯门关上，以极大的加速度开始上升。维克多闭上眼睛，斩断了追忆。

如他所料，休·桑福德找他来根本没什么急事。

"关于和解金的交涉情况就是这样。"维克多合上夹着资料的文件夹，视线回到他的雇主身上。"整理重点说，就是死亡的三名员工中，其中两名的家属要求的赔偿都高于我们提出的金额。他们说如果我们不答应，就算公开他们所谓的'事实'并提起诉讼也在所不惜……交涉到上次为止都很顺利，对方却在这个时候强硬起来了。他们的律师大概是觉得能争取更大的利益才趁势进攻的吧。"

"真是贪得无厌。"

休舒舒服服地躺在躺椅上，不屑地笑了。他年纪应该比自己大，但是从他身上散发出的活力丝毫不显年老的征兆。

这里是休的寝室。

维克多穿着西装，而休却随便穿着睡衣。他穿得如此休闲——或者说正因为如此——却让人感到一种王者的风范。

主人椅的旁边摆着一张铺着柔软被褥的大床。枕边放着一个相架，照片上有男女三人，大概是全家旅行的一幕。一位二十来岁惹人怜爱的女人，还有一个跟她容貌相似，约莫一两岁的可爱女孩。而单手抱着小女孩，另一只手搂着女人的腰在笑的，是年轻时候的休。

"好嘛。你去跟他们的律师说，他们想起诉就起诉，想干什么都行。只要做好遭到反击的准备就好。"

"我不太建议这么做。"维克多不由叹了口气，"不管责任轻重，只要实际发生了事故，就不可避免要给家属赔偿。假如在法庭上争执，会给陪审员留下我们想要抹杀事实的印象。赔偿金额搞不好会涨到对方要求的金额以上。"

"到那时就像对公司内部的解释一样，把过错都推到死了的作业员身上就行了。不是已经确保证据都对我们有利了吗？"

"可以说是对我们有利，但那充其量只是最后的底牌。就算赢了诉讼，到时候看舆论的偏向，也有可能需要再次控制舆论。结果在这上面花费高额费用，那就是本末倒置了。而且还要考虑对SG公司事业的影响。如果能不把事态闹大、平静收场是最好不过的。"

"真是操不完的心。"休事不关己似的笑了，"不管怎么说，一切都只不过是假设。难得我们伸手讲和，他们却得寸进尺来威胁我们,这样的话就只好把他们击溃了。我不同意增加和解金。不许答应对方的任何要求。"

"——知道了。"

己方若是表现出强硬的姿态,对方也极有可能会妥协。这一点倒不能否认。

这时,响起了敲门声。"老爷,可以进来吗?"门外传来一个女人的声音。

"帕梅拉吗?进来。"

门打开了,穿着女仆装的帕梅拉·埃里森行了一个礼,走了进来。

"刚才小姐来电话了。她说要晚一会儿回来——大概还要一个小时。"

"真是……跑哪儿疯去了。"

休摇着头,带着不安埋怨了几句。他身上那俨然王者的威严即刻消散,露出了一个随处可见的为孩子操心的父亲的一面。身为房地产之王,处处受人敬畏的男人,也会在一关系到独生女时就不顾形象——身为同一年纪的男人,维克多对休产生了一种类似共鸣的感情。

"小姐好像跟社团的朋友在一起。虽说您会担心,但小姐也已经是大学生了,二十三点就回家反而算早的。老爷您先早点儿休息吧。等小姐回来之后,我会告诉她来跟老爷说一声的。"

"知道了……回头我得严厉说说她,大晚上出去玩儿这事儿要适可而止。"

嘴上这么说,等真见到小姐,他绝对不会"严厉"批评的——这是工作之余,帕梅拉偷偷告诉维克多的内幕。休过于担心,曾派好几个保镖跟着小姐,反被小姐埋怨说"爸你别这样,我都不是小孩子了,你让我跟普通人一样好不好"。那之后他按女儿说的,至少不再让保镖出现在她的视线范围内了。为了不让千金的隐私遭到父亲干涉,帕梅拉也曾出面堵住周围人的嘴,休几乎完全不了解女儿的动向。

"那么我告退了。"

帕梅拉行了一个礼走向门口,维克多也正要告辞,却被叫住了:"哎,你等等。这么难得,陪我喝一杯。帕梅拉,拿酒和下酒菜来。"

哎呀……

维克多的前任辞职已经是十年前的事儿了。理由他不知道,但有传言说那位前任对休公私不分的行为感到厌烦,还有传言说他被对休怀恨在心的暴徒袭击了。但至少现在,维克多觉得前者比后者更可信。

话虽如此,但喝酒并不痛苦。而且跟这位有名的房地产王能勉强算是朋友一样交往,他心里也觉得有些自豪。

而且——反正就算回去也只是睡觉。不管回去多晚都笑脸相迎的妻子,如今已经不在了。

那之后过了一个多小时,休才放维克多回去。

※

"那你回去吧,恰克……嗯,知道了……我好喜欢你。"

从走廊前方传来甜甜的娇声低语。

帕梅拉·埃里森停下脚步,闪身站到阴影处。对雇主一家的私事绝不插手,这是帕梅拉为人处世的原则。

谈话终于结束，传来电梯门关上的声音。帕梅拉等了几秒，装成一副刚过来的样子走进电梯间。

"啊——帕梅拉。"

灰金色的头发扎成一条马尾的少女——罗娜转头看向她。

"您送他走了？"

帕梅拉看着电梯问道。

"嗯……谢谢你。"不知是不是不舍得跟恋人分开，罗娜表情落寞地点了点头。"我爸呢？"

"温伯格先生回去了，之后老爷一直在房间里跟利斯特先生聊天。小姐你们在收藏室里的时候，没人到宴会厅附近来。所以您不用担心卡特拉尔先生。"

"知道了。我过会儿去跟我爸道晚安。"

罗娜转身像逃走似的沿着走廊跑了。看着罗娜仿佛带着心事，不像平常那样轻快的背影，帕梅拉走进了宴会厅。

为防万一，她从里面锁上了门，绕到桌子另一边移动书架，输入暗门的密码。点亮收藏室的灯，沿着迷宫般的过道边走边谨慎地一块一块玻璃查看。

花了二十分钟左右，她检查完了。

从暗门出来，回到宴会厅，把书架移回原位。最里边的房间玻璃上留下了掌纹。看来小姐不知发什么神经，带恋人去看了玻璃鸟，真是让人头痛。她姑且先把掌纹擦去了，但如果小姐以后还继续玩火，迟早会让休发现的。必须警告小姐一下。

从宴会厅出来，走到电梯间，帕梅拉按下了电梯的按键。电梯门极为厚重，只能隐约听到井道里的声音。

等了将近一分钟，电梯升到了顶层。虽然是从一楼直接上来的，但楼层太高总要相应花点儿时间。电梯门静悄悄地打开，帕梅拉走了进去。

一楼——不,她按下的是往楼顶去的按钮。电梯门关上,随着轻微的加速度感,电梯无声地动了起来。

大厦内的电梯受到二楼监控室的监视。但是出于保护隐私的理由,顶层——楼顶之间的运行不在监视范围内。只要一楼入口的保安不把耳朵贴到电梯门上听,应该也不会知道电梯正在从顶层向楼顶移动。

这次等了不到十秒就到了楼顶。电梯门前方还有一扇门,门的右侧有数字键盘,跟通往收藏室的是同一类型的。帕梅拉按下相同的密码解开锁,打开了门。吹来的风顿时弄乱了帕梅拉的头发。

楼顶非常空旷。

平坦的空间差不多有十个网球场大,正中央的地上用粗粗的白线画着一个巨大的圆。除了电梯和消防楼梯的出入口,映在眼里的只有平平的地面和低低的栏杆,还有美得如梦似幻的万千灯光在闪烁。

她看了一眼手表——到时间了。

听见头顶传来破风而来的声音。不见星星的夜空中,一具椭圆形的巨大白色身影静静地靠近。

自动航行式水母船对抗着从侧面吹来的风,降落在了楼顶。

第2章 大厦（I）

一九八四年一月二十一日 9:00——

"哇。"

仰望着在阳光下闪耀的大厦，玛利亚·索尔兹伯里发出惊叹的声音。

听说是玻璃外墙的高层大楼，她还以为是多脆弱的建筑呢。可到了近前观看，发现这座大厦彻底颠覆了她先入为主的观点。这是一座既漂亮又时尚，却又不失沉稳、兼具威严的巨塔。在这处摩天大楼林立的地方，它名副其实地比周边的建筑高出了一头，惹人注目。

"所以这就是那个休·桑福德的新城楼啊。涟，准备好了没有？"

"哪有什么要准备的。"

下属九条涟回了她一个无奈的表情。

J国人微带黄色的皮肤，眼镜衬托出理智知性的气质，合身的西装让他看起来不像刑警，反而更像一个律师。他打理得整齐的漆黑刘海随着穿过大楼之间的风微微晃动。

"没有搜查令，也没事先预约，别说向本人问话了，我估计最多到接待处就会被赶出来。"

"那有什么办法，哪个都拿不到啊。"想起跟署长徒劳无功的对骂，玛利亚咬住嘴唇。"有个怕事的上司，下面做事的真是辛苦。你不觉得吗？"

"是啊，我正在以现在进行时体会着在散漫而不计后果的上司手下做事的心情。"

"你什么意思啊？"

涟无言地耸耸肩。

这下属真不招人喜欢。

进入新的一年已经过了三个星期，今天是一月二十一日。NY州N市，M地区。

这是世界屈指可数的金融街，摩天大楼鳞次栉比，楼与楼之间如网眼般交错的街道，无数信号灯亮起或熄灭，汽车喷着尾气，穿着西装和大衣的人们在人行横道上交织如梭。

时间是上午九点。眼前的景象在玛利亚居住的A州肯定是见不到的。州首府P市也规划得相当齐整，但也许由于土地便宜，建筑大多都非向上延伸，而是平面占地大。像这里这种大城市的街景，虽不是没有，但只是极少一部分。

坐落在这U国数一数二的大城市里，崭新而巨大的玻璃幕墙的大厦——"桑福德大厦"格外醒目。

大厦位于被街道隔出的一区。大概出于可在此小憩的用意，不与道路相邻的两面留出一大片空地用作公园，整体上呈现公园和街道将大厦和周围的大楼分隔开的布局。

涟说大厦是大概一年前竣工的，是名副其实的新楼。总高二百六十米，七十二层的建筑，这数字意味着什么，在听涟说明的时候玛利亚不太理解。可像现在这样站在近处仰望，就切身体会到了大厦逼人的气势。

在 A 州的人看来，附近的大楼也足以称为高层建筑，可这些高层建筑在楼高近三倍的大厦前，就如同在国王面前下跪的平民。

蓝天之下，大厦的顶层看上去几乎只有一个点。那位房地产王是不是正不可一世地仰坐在这高楼之巅呢？

玛利亚没来由地感到生气——我可是既不能去观光也不能边逛街边喝酒，都忍着呢啊。

"走了，涟。"她回头对下属说。

"是。"涟边叹息边应道。

※

U 国屈指可数的实业家休·桑福德涉嫌珍稀生物的非法交易——玛利亚等人获得这个消息是在约两个星期前。那是新年刚过没多久，一九八四年一月四日的事。

"真的？"

"错不了。"

在侦讯室里，面对玛利亚的追问，一个男人用生涩的 U 国语回答道。

这个男人是新年刚到的时候，在 F 市的酒吧被逮捕的。A 州南部跟 M 国接壤，因此难以杜绝偷渡及违法物品走私。偷偷越过国境的人每年还有不少跑到北部 F 市的，这些人因身份不定，往往染指昧着良心的交易，屡屡被逮捕。

这次的男人也是因此被抓起来的一个小小的偷渡者——本来只是如此。

在酒吧，喝醉的客人发生斗殴，刚好在场的玛利亚出手平息了事态。在对所有人调查问询的过程中，有个人举止可疑，所以对他进行了进一步的审问，发现他是非法居留人员。这种情况很常见——舒舒服服喝着酒却被扯到麻烦里去。

然而，等涟和其他搜查员一起去搜索他的住处，调查他是否与人同住时，事态发生了大转变。

在厨房柜橱深处，他们发现了一摞蒙尘的笔记本。

好像是管理记录的底账，上面写着日期、简略的地址、首字母——还有一些不常见的词语。不明其意的清单记了好几十页。

检查笔记的涟脸色严峻起来。

Caretta caretta（蠵龟）、Xipholena atropurpurea（白翅伞鸟）……这些是动植物的学名，都是国际公约中禁止交易的珍稀生物。

进一步搜查后，在郊外的一间小屋里发现了十几头珍稀动物，事态的性质就此转变成了走私案。

警察署内紧张起来。底账上记录的日期最早的是大概二十年前。这么长时间来居然一直瞒过了警察的眼睛暗地交易，这一事实让那些搜查员——特别是老搜查员受到了不小的打击。

而且买方也是个问题。

联邦议会的执政党议员、大公司的干部、知名演员……尽管只写了首字母，没暴露全名，但好些地址都是高级住宅区或别墅区，正是那帮所谓上流社会的人出入的地方。

其中不定期但频繁出现的首字母是"H.S."，后面的地址是休·桑福德名下附属公司的物流仓库。

"算下来大概从十五年前就开始了——那个词儿怎么说？'老主顾'吗？那地方就是'老主顾'的。"

他说自己只是送货的，没直接见过休。他只负责收货，再把东西送到指定地点。工作背后有人斡旋，每次拿东西来的人都不一样，不知道那些是什么人，也不知道背后有没有别的组织——走私贩子这样说。

尽管没得到更深一层的证言，但也足够让搜查员们瞠目结舌了。那本底账和这个男人的证词都暗示了珍稀生物走私途径的规模远远超出他们的想象。

这实在不能曝光给媒体。怀疑牵涉其中的知名人士有不少与财政界关系极深，现阶段见光还为时尚早。

他们一边讨论是否要向邻近的警察署要求协助，一边打算慎重地进行暗地调查。就在这节骨眼上——

署长下达了停止搜查的命令。

"啊啊，真是，想起来就一肚子火，那个蠢货。"

前往 NY 州的路上。在 F 市郊外的机场，玛利亚一脚踢在候机室的椅背上。

大厅里人不多，也没人来指责她。又来了，涟皱了一下眉，恢复成认真的表情问道：

"玛利亚，这样真的好吗？虽然你每次都独断专行，但这次不同，连你自己都没办法全身而退。我这么说可能不太妥当，但对方的嫌疑说到底只是动植物的非法买卖，并没有威胁到人命，就算逮捕他也未必能重判。"

"这谁不知道。"

他知道玛利亚肯定会这么回答。

"管他对方是谁，罪名是什么，手上有证据还放过嫌犯，这可不是警察该干的事儿。要炒我那就炒呗。"

明明根本不想好好工作，偏偏遇到这种事儿的时候不能成熟点儿，连玛利亚自己都觉得这种性格很吃亏。

"先不说我，涟，你才是，这样好吗？跟着我连你都会被牵扯进去的。"

这次出差，名义上是去ＮＹ州进修。是涟找到了一个地点和时间都合适的研讨会，拿到出差批准的。

"要是放着你不管，对上司监管不严，我一样会被责罚。反正不管怎么做这份工作都难保，那就只有两弊相权取其轻了。"

"你呀，是不是把我想成天灾地变还是什么的了？"

"哎？难道不是？"

这下属总是这么讨厌。

涟再次恢复了正经的神色。

"可真没想到上头居然这么快就施压了。这是不是说明休·桑福德的权力绝不一般呢。"

"事情还没那么严重吧。至少这次没那么严重。"玛利亚不屑地断言道，"不是对方向我们施压，是署长自己先害怕了。听署长老婆说，署长和休·桑福德是同一所高中出来的。"

"当时两人之间关系如何仿佛浮现在眼前。"涟的毒舌对署长也同样不留情面，"但这么一来，对方可能会得知我们的行动，你要怎么办？"

"那肯定是正面击破啊。"

这么理所当然的事儿有什么可问的。涟皱起眉，长长地叹了一口气。

"我是Ｊ国人，跟Ｕ国的你说那是佛前讲经，但绝不可轻视休·桑福德的权力。"

打开笔记本，涟开始说起休的生平："——休·桑福德。一九二八年生于Ｕ州。就读于Ｐ大学时在亲戚的房地产公司帮忙，其才能得到肯定，二十岁过半就继承了经营权。他着手开发了为数众多的知名房产，并成立了玻璃制造商 SG 公司等多家企业。四十来岁就跻身 U 国屈指可数的亿万富翁行列——真是典型的成功故事的主人公啊。"

"玻璃制造公司？"

以通过房地产发家的人而言，这行业性质有些不一样。

"他太太家里是开玻璃工艺品店的。因为经营不善，正在考虑卖掉土地和房子的时候，休找上门去谈生意。他对店家女儿一见钟情，连土地和经营权一起买下，用了不到一年的时间就恢复了店面的业绩。这促成了他跟店家女儿结成良缘，之后以破竹之势扩大规模。偏僻乡村的个体户最终成长为总部设在大城市、拥有数千员工规模的大公司……在 SG 公司的新人培训中，这是必然会被提及的一节。"

伟大的成功传说，足以作为一流企业的公司历史了。

"只是在成功的背后，有着在法律边缘打通有关政府部门的关节，直接或者间接妨害竞争对手，或者用钱抹杀丑闻，这种像阴谋小说般的负面传言也从未间断。说一个例子吧——你知道三年前 SG 公司的研究所发生的爆炸事故吗？"

玛利亚在记忆里翻找。说起来她记得当时电视上确实大肆报道过类似的新闻……不，那是别的案子吧？

"你没留下什么印象也是正常的。我查了一下当时的报道，只在事故当天有一则'似乎有数名死者'的短讯，之后几乎再无下文。据提交给警察的报告书所写，事故中有三名死者和七名伤者，只是关于事故的详细经过只有半页纸的记述。"

涟娓娓道来。看来为了这次的事儿，涟自己把休的周边查了一遍。

只是——事故的原因经过只有半页纸？那是什么时候来着，警车追赶逃跑的汽车时撞上对方，导致车体凹陷一块的时候，她记得自己被逼着写的检讨书都比那长得多。

"官方的事故调查书几乎完全照搬SG公司的内部调查报告，然后就直接结了案。只要发生爆炸事故，不管是否祸及近邻或报道声势的大小，警察及消防等政府机关都要慎重进行调查。可这些基本都没做，连官方记录的详细内容都被抹去了——那可是关乎人命的记录。"

对休而言，向官方机关施压什么的不过是小菜一碟——涟是想说这个吧。

"事故的原因是什么？"

"报告书上写的是'可能是由于现场作业人员错误操作设备引起的'，不过现在还不知道真相为何。据辖区的警察署说，出于保密理由，SG公司几乎没提供任何信息……不过有传闻说其实不是现场的操作错误，而是监管的指令本身就有问题。"

上层的无能却由现场作业人员付出代价啊？真像某军队或者某警察署。

然而——

"有必要做到这个地步来掩盖事实吗？如果要保密的话，直接封锁不就可以了。"

"不是掩盖，是不想把事情搞大吧。我也不是直接了解到的，但据说以前也发生过跟休·桑福德有关的爆炸案，时间比三年前的事故早得多。"

——想起来了。

说到休·桑福德和爆炸案，更早的时候有过一件事情不得不提。

"你是说十年前的恐怖袭击爆炸案?"

涟点点头,目光落在笔记本上。

"爆炸现场是NY州的邻居,PE州P市的高层大厦。那是当时休·桑福德名下的大厦之一。死者有十几名,伤者超过百人。有一个小女孩拿着装有炸弹的行李包,刚进一楼入口起爆装置就启动了……据说那是一件残酷至极的案件。拿包的小女孩身体几乎没剩下,依然身份不明……这实在是令人痛心的惨事。对休·桑福德的事业应该也有不小的打击。"

玛利亚的记忆鲜明地复苏。尽管规模不及N市,但P市也是国内屈指可数的大城市。光天化日之下在城市里发生的巨大惨事在U国引起极大骚动,一时间连乡下购物中心的入口都有保安把守。她记得当时她还很生气地说不至于连促销活动都取消吧,现在想来那实在轻率。

"掩盖三年前的爆炸案,主要就是害怕十年前的事情重演?"

"恐怕是。"

民间的混乱终于平息,对许多人来说那场爆炸案成了过去。可对休而言呢?

对自己的事业造成打击的恐怖袭击,U国屈指可数的实业家不可能说忘就忘。不是为受害人考虑什么的,而是纯粹从商业观点出发,休把公司内的事故封印了起来……这推想未必不对。

"玛利亚,请你千万不要做出操之过急的行动。据传言,要进入大厦顶层的私人住宅,必须经过金属探测器。对方如此小心,你只要露出一点儿可疑的行迹,大概会被不由分说地关押起来。那样的话,连搜查的搜字还没写完一切就都结束了。"

"我知道啊,我无论何时都很沉着冷静的。"

玛利亚条件反射性地反驳道,可她全无信心。

※

"请回。"

桑福德大厦十五层,SG总部办公室。

玛利亚和涟装作是不请自来的推销员硬上来这里,谁知坐在前台的接待小姐的回答如此冷漠。

"等,等等?!你这么简单就——"

"社长不会接见没有预约的人。"

这两个人连常识都没有吗——接待小姐投来的视线仿佛在这样说。

"如果无论如何都要见社长,请另行提交书面申请,待社长同意后再调整日程。"

典型的官方应对。玛利亚真想回她一句"我们是警察",可好歹忍住了。

尽管说要从正面突击,但正如涟所说,休·桑福德这个男人在财政官场上皆有门路。一开始就傻傻地亮明身份只会暴露底牌,这也是玛利亚的判断。

"那最快要什么时候?"

"请稍等。"接待小姐的目光落在日程表上,"是二月十五日。一九八七年二月十五日。"

"那不是三年后了!"

"社长他非常繁忙。"

跟你们这种人可不一样——她的语气近乎赤裸裸地流露出这样的言外之意。就在玛利亚想给那冷淡的脸一巴掌的时候,旁边的涟向前一步。

"您刚才查看的桑福德先生的日程,我想顶多只是工作上的日程。比如说，尽管不太礼貌，就餐的时候拨出十分钟左右也好，能让我们跟他谈一下吗？"

"这样啊……"

接待小姐的态度一下柔和起来。看来她是看人下菜碟的类型，也不知道她是喜欢涟的外貌，还是看玛利亚不顺眼。

"社长是不分工作时间和私人时间的……关于包括非工作时间在内的日程，由相当于私人秘书的专人负责。我想可以问问私人秘书。"

"那你能不能跟那个什么私人秘书联系一下？"

"请就此事提交申请书。"

对方声音冷冰冰的。玛利亚握紧了拳头，涟挡到了她前面。

"真不好意思，我们会回去预约之后再来。能给我们一份申请书吗？"

几分钟后。

"等等，你为什么乱插嘴！"

一楼，在通往入口大厅的走廊一角，玛利亚对无礼的部下大发雷霆。

"不，我觉得你应该感谢我'居然一直忍耐到那个时候'。"涟无奈至极，"本来你要假装商社的推销员这就已经行不通了。何不照照镜子看看自己的打扮。"

——你什么意思？！

涟看来丝毫不在意玛利亚的愤慨。

"但不过……"他接着说，"并不完全是白跑了一趟，你注意到了没有？"

"嗯？"

玛利亚不自觉地压低了声音回答。

没有预约不能见面，接待小姐是这么说的。她没说桑福德不在。

休·桑福德现在就在这栋大楼里。至少在SG公司的官方行程表上是如此。

"不管是刚才办公室所在的楼层还是别的楼层，他只要在这栋大楼里，我们来访一事很可能不久就会传到休·桑福德的耳中。这样一来，也许对方会对我们采取什么行动。"

休如果让保镖之类的人来跟他们接触，那也许反而会助他们见到桑福德——会吗？事情演变得像间谍电影一样。不过那也是在假设接待小姐不会把他们来访一事瞒下的前提之上的。

走廊前方站着两个保安。他们看来没怎么注意玛利亚和涟。保安之间能看到像是大门的入口，那就是通往休的城堡的大门吧。

"总之是闹出更大动静就好了呗。要不把约翰叫来？"

玛利亚说出一个她认识的青年军人的名字。虽然不记得具体行程，但好像听约翰说过年底还是年初这段时间他因军务要去东海岸。

"你是黑社会的手下吗？"涟不由叹了口气，"——分头去打听一下吧。休·桑福德搞来的珍稀生物极有可能就养在这栋大楼里。"

他的意思是说不定能找到目击证人吗？

他们分开行动，或许对方会掉以轻心，做出什么举动的概率也会更高。尽管这样做会置身险境，但玛利亚也是警察，知道怎么保护自己。

话虽这么说，但更大的可能是休甚至没注意到他们的行动，结果一切都成了杞人忧天或白忙一场。不过就算那样也无所谓，总比什么都不做直接回去要好得多。

"好的，就这么办——两个小时后在入口大厅会合，好吧？"

涟点点头，递给玛利亚一张叠成细长条的传单。那是楼层示意图，上面画着整栋楼的大致划分及商铺楼层的平面图等，到地上十四层为止都有详细记述，但十五层之后就只有"办公区""居住区"几个字。就是说剩下的自己去查啊？

大致说好各自负责打听的区域，玛利亚正要转身，她的下属突然叫住她：

"玛利亚，千万要谨慎。这次的对手在各种意义上都和以往的棘手程度不一样。绝不可乱来。"

"我知道啊。你才是，要是感到危险就赶紧给我撤。"

冲着更为不安地皱起眉头的下属，玛利亚扬起了嘴角。

※

果然不出所料，保安守着的那道门是通往休·桑福德的城堡的入口。

"大厦顶层好像是那位大厦主人的家。"

地下一层，食品卖场的一角。

热狗店刚上年纪的店员微微拖长了声音说："对面那个年轻店员说，他看到过好几次大小姐从那道门进出。"

这家店跟新建的超高层大厦并不般配，有种乡土气息，但顾客以游客为主，生意居然挺火。

"说到大小姐……是叫罗娜吧。"

玛利亚也知道休·桑福德有个女儿，记得曾在电视上看到过她和她父亲一起出现。现在似乎父女二人一起住在顶层，好像还有个相当于私人秘书——也就是管家的人。

大小姐的母亲似乎不在了。据涟说,休的婚姻生活持续的时间并不长。独生女出生后不到几年妻子就病逝了。那之后休没有再婚,而他本来就有些强硬的经营手段以这个时期为分界线,之后愈加剧烈。

"家在顶层,但是要从一楼出入,是有专用的电梯吗?"

"好像有啊。从大楼顶上一条直线唰地就到下面了。能造出这种东西,有钱人可真厉害。"

直达电梯啊。就是说只要能通过那道门,就能一口气闯进休的心脏。恐怕上面也沉睡着暗地交易珍稀生物的证据。

要怎么突破保安那道防线?现在涟不许她采用暴力手段,这就成了一个既单纯又困难的问题。

"这层楼有个店员是大小姐的崇拜者,他还叹气说一点空子都找不到,没法接近大小姐呢。说什么一楼还有其他保安也在虎视眈眈,别的电梯又只能到中间的楼层,想爬楼梯吧可楼层太高了,而且本来我们这些店员就不能擅离岗位。"

原来真有不屈不挠的崇拜者啊。

"休息的时候在外边守着不就好了?"

"那样好像很难碰到大小姐。大小姐很任性,听说她父亲都不知道她在哪儿干什么呢。这当爸的该多担心啊。咳,不管多漂亮,我可不喜欢如今这种游手好闲的小姑娘,还是你这样的好。"

"哦?你这话说得我真高兴。那能算我便宜点儿不?"

"要是你能稍微穿得像样点儿的话。"

这什么意思啊——玛利亚不情愿地按标价递过硬币,接过夹着香肠的热狗,从前端咬下去。口感不错,相当好吃,真想再来一杯啤酒啊。

"话说那位大小姐啊,她会到地下来吗?"

怎么可能——店员笑了。

"她大概都不知道地下有商店吧?我从大厦开始营业的时候就在这儿做生意了,从来没在地下见过大小姐的身影。"

如果店员的话是真的,那直达电梯至少不通地下。确实,没有像电梯门的地方,也没有保安的身影。

那,再往下呢?

看楼层图,停车场在地下三层。出远门的时候休应该也要用私家车。直达电梯能到停车场也不奇怪。

从不易被人看见的停车场直接到顶层,这条路线能够用来搬运珍稀生物。

玛利亚向热狗店的店员道了谢,向地下三层走去。

结果扑了个空。

玛利亚以应该是电梯缆绳的地方为中心,在停车场走了一圈,可没找到任何像是出入直达电梯的门,也没看到像是休用的高级车。而且根本没有保安,只有长长的坡道尽头,连接地面的出入口附近有个保安室。

她失望地叹了一口气。不过仔细想想,休根本不必亲自到地下停车场来,只要让司机开车就行了。而且休的车不可能跟普通车停在同一处停车场。

为了慎重起见,玛利亚又绕着地下停车场走了一圈。什么都没发现。没有暗门,也没有秘密出入口之类的。通往地下停车场的电梯最高只能到三十五层。

直达电梯只有地上部分,地下没有出入口。从安全防范的观点看也只能得出这个结论。

回到地上一层。大厦内的电梯,包括直达电梯在内,都像蜡烛芯一样集中在楼层中央。只有直达电梯另设出入口,其他电梯都要从楼层中央的电梯间乘坐。

玛利亚确认了一下电梯的到达楼层。二层到十四层,十五层到二十五层,二十六层到三十五层——再往上就没有了。她没找到一部电梯能到三十六层以上的。

顶层是七十二层。她记得来之前听涟说过大厦的上半部分是公寓。那能不能换乘电梯接近顶层呢?

正好,通往三十五层的电梯门打开了,玛利亚冲上了电梯。

三十五层空空荡荡的,只有两三家不知名公司的办公室。

在这层下电梯的只有玛利亚一个人。在一楼上电梯的人不少,可所有人都在前面的楼层陆续下去了。到了最后只剩下一个穿着制服的女人,她不加掩饰地投来疑惑的目光。玛利亚引人起疑了吗?

没找到往上去的电梯。

不管是在大厅,还是在楼层的其他地方,都没有往楼上去的电梯。虽然找到了一部应该是用于搬运货物的大型货梯,但本该是操作按钮的地方有个盖子,上了锁,大概是为了不让一般人使用。

这不太可能!这样一来公寓的住户不就没法到楼上去了?

话虽如此,但现实中没有的东西她也没办法。热狗店店员说的"电梯也只能到中间的楼层",就是这个意思吧。

想到直达电梯那儿有保安把守,那货梯能通到顶层的可能性也不大。这样的话,用电梯运送珍稀生物这条路就基本不用考虑了。

这么快就走到死胡同了。那么，该怎么办？

话说回来，为什么电梯只到三十五层呢？难道让公寓住户爬楼梯？

爬楼梯的话楼层也太高了——

楼梯？

玛利亚在电梯间四下张望，看到了隐藏在一排电梯门后边的一扇不加装饰的铁门。门上方有"紧急出口"的红色标识。

她走过去推开门，看见室内用的折返式楼梯分别向上、下延伸。这是消防楼梯。

往上看，上一层的楼梯平台挡住了视线，看不到楼梯到底通往多高的地方。

检查一下门。可能因为是室内楼梯，从楼梯间也可以正常打开门，不用担心被锁在里面。

上去看看？

都到这里了，要是就这么回去，那就跟去了观光景点却什么都没看就走了一样。到跟涟集合还有充足的时间。按上一层楼要花三十秒来算，到七十二楼粗略估计要用不到二十分钟。这不算什么。顺利的话说不定还能抓住休的把柄。

玛利亚意气风发地迈出了一步。

她太天真了。

"去他妈的——"

浑身大汗淋漓，硬拖着抽筋的双腿往上迈，玛利亚恨恨地抱怨。皮鞋里脚尖好痛。"谁干的……干吗把……台阶……修得这么高？！"

大厦总高二百六十多米。从三十五层到顶层也就一百多米。

这强度充其量不过是轻松的山路而已，而且她对自己的体力也挺有信心，应该不怎么费劲就能爬到——她刚开始爬的时候是这么想的。

对不习惯登山的人来说，一百多米这个高度绝不可小看。而在爬了十层左右的时候，她才明白坡道和楼梯的倾斜度压根儿不是一回事。

昏暗的空间。楼梯平台处有日光灯，但跟一楼亮堂的入口大厅相比，这里简直阴暗至极。

她爬了几十分钟了吧。好不容易爬到七十层的时候，玛利亚就像刚征服一座雪山般，已经上气不接下气了。

她瘫坐在平台上。还剩两层，仅仅几米的高度却似乎险峻得遥不可及。

手表的指针指向上午十点。这里安静得不像上午的时间，除了自己粗重的喘气声和微弱的机械声，听不到任何别的声音。

也没有遇到过任何人。她擦着额头的汗，突然看到通往楼内的门——跟在三十五层看到的相同的铁门。一块用重物固定的"严禁进入"的路障堵在了门口。

明明有人住，为什么电梯不停？现在想来这个结论下得过早。大概"有人住"这个前提本身就是错的。

不只是她现在身处的七十层，她刚才经过的每一层，紧急出口都被路障堵住了。中间她试了一次能不能打开门，但门把根本扭不动。

这就是玻璃大厦的内部啊。

感觉就像不得已看到了纸糊人偶的内部。租金一定很贵，不可能轻易就把所有楼层全都租出去，可自投入使用以来都过了一年了，上半部分仍然空着，这情况肯定连休也预料不到吧。

但她没义务去为休担心,要担心的反而是她自己。

到了顶层之后,不管能不能闯进休的私宅,至少应该能拜见一下他家玄关的大门吧。看来她想得太简单了。

但如果顶层的紧急出口也跟别的楼层一样被堵住了呢?

别说拜见他家玄关了,只能落得一个什么都没见到,垂头丧气地打道回府的结果。

——开什么玩笑,我好不容易这么辛苦爬了上来……

玛利亚的思考被打断了。

一声沉重的钝响。

脚下一晃,接着电灯灭了。

幕　间

十二月二十日（周二）

该写些什么好呢？不，我根本都不知道该不该写下来。万一我发生不测，这本笔记让别人看到，那罗娜还有桑福德社长的处境说不定会很危险，当然我自己的处境也是。

但我还是决定写下来。因为这是我第一次见到她的记录——而且毫无疑问，也会成为我的忏悔录。

今天向桑福德社长做了新产品开发的报告。

报告本身成功地结束了，可我的心情糟透了。从头到尾，这次报告只要有伊恩和特拉维斯在就够了，我在场的意义为零。

结束之后，我无处可去，就在街上闲逛，结果见到了罗娜。她是追着我来的。我很高兴，心态稍微放松了一些。

然后罗娜她——带我去了那里。

具体的就不写了吧。有太多东西都是不该看的。写成文字感觉挺猥琐，但如果是那种意思的话该多好啊。

最后罗娜带我到了最里面的房间，让我看到了玻璃鸟。

简直太美了。除此之外再无话可说。

我有生以来第一次看到那般罪孽深重却夺人心魄的存在。到底该怎么形容呢？那澄澈通透的羽毛、润泽的喙、纯净的双眼、搔动耳朵的叫声——不行，不管怎么写都像在说谎。

艾嘉，是叫这个名字。

其他鸟的名字也告诉我了，可我忘了。六只玻璃鸟都很美，但对我而言艾嘉的美丽是出类拔萃的。

听罗娜说，桑福德社长是在她母亲过世之后开始饲养这些鸟的，而怎么搞到手的她也不知道。

说不害怕是骗人的。不管是用非法的手段把他们变成自己囊中之物的桑德福社长，还是对自己父亲的所作所为没有任何疑问就全盘接受的罗娜，都让我害怕。

——我想罗娜是无罪的。

她只是不明白而已。肯定是因为从小就理所当然地接触这些，她意识不到父亲养的大多数生物都是违法的。

但这些不能由我来教导她。

我要是跟她说了，她会去问社长吧。社长会反问罗娜是谁告诉她这些事儿的，这样他就会知道我偷偷溜进过那里——知道我曾见过玻璃鸟。

不行，那种事我做不到。

而且，我哪有资格去批判他们呢。

在我认同了艾嘉——认同了玻璃鸟"美丽"的那一刻，我就已经是同罪了。

十二月二十六日（周一）

我把回老家的日子往后推了推，去见了罗娜。

这是今年最后一次约会。这个时期各界高层的聚会很多，她说要陪她爸爸出席，会很忙。但她仍为了我腾出时间来。虽然不能大张旗鼓跑出去玩儿，但也很开心。

最后，罗娜又一次带我去了那个地方。

艾嘉存在。确确实实地存在。几天前的相遇并不是做梦——这么一想，连我自己都无法相信，自己会感到如此安心并且满心欢喜。

社长好像说过被玻璃鸟迷住的人数不胜数。这我也理解了，没人能在那双眼的回望下还不动心。

一月一日（周日）

在家乡过的新年。

可能我太心不在焉了，让爸妈察觉到了不少事情。对方是罗娜，这我实在不能说，但被逼着答应了"下次带回来"。

罗娜在干什么呢？今天总能轻松一下吧。

在高层大楼顶层，仅跟父亲两个人在一起，这事儿放在我身上估计要窒息了。但罗娜说"比之前的家好多啦"。

她以前的家不知是周围太过闲散，还是地理位置的原因，过往车辆太吵，有时候甚至让人无法入睡。跟那相比，现在的住处防音做得极好，出乎意料地安静（这么说之前去做报告的时候，也没觉得有多吵）。

更重要的是，她很喜欢那里购物方便。这点很像个女孩子，很可爱。之前的家虽然同在NY州，可比M地区靠北得多，她说是个很大但很孤单的地方。

我想起年底分别的时候，她低声说好想快点儿见到我。

我也是。满脑子想的都是早点儿从老家回去见她。

不，骗人的。

见罗娜，然后去看艾嘉。我满脑子想的都是这个。

一月三日（周二）

分别一周之后我去见罗娜，在那个地方与艾嘉见面。

好像是女佣帕梅拉负责照顾玻璃鸟（我见过她几次，看起来嘴很牢而且很能干，但总觉得是个不好相处的女人）。也许因为她很会照顾，每次见面都觉得艾嘉更美丽了。

一月七日（周六）

跟罗娜约会之后，又去了那个地方。艾嘉今天也很美，似乎是记住了我的脸，来到我旁边隔着玻璃用优美的声音鸣啭，仿佛在为我歌唱，说见到我很高兴。

分别时，罗娜脸上的表情有些落寞。

一月八日（周日）

不行，不能这样下去了。

艾嘉是宠物，只不过是恋人的爸爸养的一只宠物，不是我自己养的鸟。被区区一只鸟魅惑而冷落自己的恋人，这不行。

罗娜爱着我，我不能以这种形式背叛她。

停止吧。

绝不能再见艾嘉了。老是到那个地方去，从各个方面来说都太过危险了。下次约会时我要把心思都放在罗娜身上。

一月十五日（周日）

誓言连十天都没坚持到。

"今天去不去看玻璃鸟?"罗娜问我的时候,我心动了。我本应回答说"今天不去了",可口中说出的却是"难得有机会就去看看吧"。罗娜笑了,笑容是那么落寞,我的心仿佛被剜下一块。

但是,那么强烈的后悔和负罪感,却都在看着艾嘉的时候消失得无影无踪。

罗娜……对不起。

我实在太差劲儿了。我应该一直注视的,是爱着我的你啊。

我都不知道该怎么跟你道歉。我明明应该全心全意地接纳你啊。

一月十九日(周四)

明天是项目组的晚宴。这是几乎每年都有的例行节目,可这次偏偏在罗娜家——大厦顶层举行。

我要用怎样的表情见罗娜呢?这么下去可不行。只有这个念头在不断跳动。

干脆把艾嘉偷出来吧——我甚至冒出这样的想法。

追根究底,是社长违法饲养玻璃鸟和其他生物的,不是吗?应该放了他们。放了他们,让他们回到他们原本该在的地方,不是吗?

不行,做出那种事,只会毁了罗娜和自己。

太可怕了……

居然会把玻璃鸟和罗娜放在天平上比较孰轻孰重,这样的我太可怕了。

是放弃艾嘉保全罗娜的幸福,还是得到艾嘉但再也无法见到罗娜——如果只能选择一样,我会怎么回答?

别傻了。

我怎么会以为自己有选择的权力,真是自作多情。被罗娜看穿,而且再也见不到艾嘉。如果还这么拖拖拉拉继续现在的状态,那我只是在等待这么一个无可奈何的未来。

睡吧。
与其想些有的没的,还不如赶紧睡着。

第3章 玻璃鸟（II）

一九八四年一月二十一日 8：00——

"玻璃为什么在常温下能维持固体形态，在热力学上，或者在分子构造上，究竟达到了怎样一种稳定的状态，其实这尚未研究清楚。"

——哦？是吗？

"很多研究者提出这样那样的设想，但还没有一个理论得到认可说是唯一正确的答案。高温熔化原料之后骤冷——只有制作方法在好几千年前就已经确立了，然而人类尚未发现能说明该现象的理论，真是情何以堪。"

——就像编了一个程序运行，但不知道运行的原理是什么……是这种感觉吗？

"哈哈，这比喻真精彩。"

——但我听过这样的说法，说玻璃其实不是固体，而是黏度极高的液体。放到时间轴上看，短期看像是凝固了，但若在更长时间的范围内观察，其实是在一点一点熔化。实际上中世纪教堂的彩色花窗下方变厚，而且越旧的玻璃表面就越多波纹……

"未必。"

——啊？

"物质呈固态、液态、气态其中一种形态——我们一直都受到这样的教育。然而实际上呢,比如说有一种叫'超临界状态'的,也就是既不是气体也不是液体的状态,在高温高压条件下是可以存在的。与那相同,玻璃也一样,既不是固体也不是液体,而是一种变化为'玻璃态'的第四种形态的物质,一旦达到那种状态,就算经过无限的时间,玻璃也依然是玻璃——这也是非常有可能的,你不觉得吗?"

——唔……怎么觉得被绕进去了呢。

"你要那么说的话,你说的那什么彩色花窗才是迷信呢。古老的彩色花窗下部较厚是因为当时建筑技术上的问题,有波纹也不过是加工技术不够成熟而已。若玻璃流动的幅度能凭肉眼观察到,所需时间应该比宇宙的年龄还长哦。我计算下来是这样的。"

——是这样吗?

"哎,反正即使是专家,如今还有不少迷信的人呢。我的工作就是用理论给那些人一巴掌,把他们打醒。"

——你的意思是……"玻璃的固体化理论"已经确立了吗?你一开始说的应该是玻璃为什么会变成固体还不清楚……

"噢?你真有意思。"

——啊?!

"我还是第一次碰到在这个话题上跟我聊得这么深的女孩子。我对你产生兴趣了。"

——别、别拿我开玩笑。

"哈哈。话说回来,你要是能再随性点儿我就更高兴啦,塞西莉亚。"

※

醒来的感觉就像从泥沼往外爬一样，昏昏沉沉的。

最先进入视线的是浅灰色的粗糙天花板。裸露在天花板上的日光灯发出阴郁的光。

感觉浑身极其无力，头也很痛。身上盖着被单，腰下好像是硬硬的弹簧。这是床，就算说恭维话都称不上舒适的床。

坐起身体，目光往下看。自己穿着像病号服一样的、朴素的白衣服。

她没见过这衣服。这是什么时候换上的？我是被送到医院来了吗？在身上摸了摸，好像没受伤，也没有被做过什么的感觉。只觉得浑身无力和头疼。

打量四周，发现这是一个小房间。溜滑的灰色墙壁，其中一角有一扇门。门的材料似乎跟墙壁一样，也是滑溜溜的灰色。如果没有门把和长方形的界线，就分不清门和墙壁。

地面是直接涂在表面的亚麻油地毡，没有窗户。家具只有自己现在坐着的床。在日光灯的人造光映照下，这房间令人憋屈。

这是哪儿？

要说是病房，那也未免太过单调。简直就……像监狱一样。

自己为什么会在这种地方？

甩开无力的感觉，开始回忆。关于自己的事情都可以毫无困难地想起。塞西莉亚·佩林，二十六岁。M工科大学博士研究生在读。有个男朋友——

终于想起来了。

昨天，应该还是昨天吧——一九八四年一月二十日，男友伊恩·加尔布雷斯的合作研究伙伴SG公司组织了项目组的晚宴。

自己和伊恩一起出席了晚宴。

NY州N市M地区，桑德福大厦顶层。就是那位桑德福的新居，也是一个月前伊恩去做报告的地方。那时受伊恩邀请，她也一起来了NY州，但未能去大厦顶层。

昨天——就当是昨天吧，她第一次踏上顶层。安保非常严格。

一楼的正门和入口大厅，还有通往直达电梯的大门，各处都配备了虎视眈眈的保安。上电梯前必须把贴有照片的证件——拿到这个证件事前要办理烦琐的申请手续——拿给保安看。大门还设了金属探测器，并且连随身物品都要检查，那让她觉得很难为情。

通过大门，坐上电梯后，一路直达顶层。

下了电梯，有个女人站在电梯间，应该是女佣。她把塞西莉亚和伊恩领到一间屋子，大概是客厅。塞西莉亚和伊恩两个人等了一会儿，又有两名客人跟女佣一同出现了。

对方是几年前曾在晚宴上打过照面的人。没有其他来客。看来算上自己，这就是受邀前来的全部客人了。

这次似乎是仅合作研究的中心人物聚会的家宴。虽然发给伊恩的邀请函上也写了自己的名字，也就是说同意她跟伊恩一起出席，但她还是会觉得只有自己是外人，心里有些胆怯。

休本人因工作要稍微迟些才来，他们四个人先简单吃了点小食。

女佣领着他们——路上有一位客人说要跟家人联系一下借用了电话——这安排和一开始想象的不一样，她觉得有些奇怪，但摩天大楼的绝美景色让她乐在其中。之后便是享用摆在桌上的食物。

那之后的记忆就没有了。

醒来时就在这房间里了。感觉就像在飞机上迷迷糊糊睡着,醒来的时候已经到机场了那样,中间的记忆少了一块。

不,比那更为异常。她不认得这个地方,也找不到自己的随身物品。本来穿在身上的礼服也被换成了朴素的白衣服。内衣还是原来的,但她还是羞得脸上发烫。

找不到伊恩,也不见另外两名客人和女佣的身影。发生了什么事?自己,还有大家都怎么了?

疑惑和恐惧几乎填满了她整个内心。就在这时,她听到墙壁的另一边传来啪嗒啪嗒的脚步声,门打开了。

"塞西莉亚!"

是伊恩。他和塞西莉亚一样穿着像住院病人的白衣服。

"伊恩!"

她从床上跳起来,扑过去紧紧抱住恋人。头上感觉到伊恩温暖的手,只有这一刻,对自己身处何种境地的疑惑和恐惧都消失了。

"太好了……你没事。"

"嗯,但是……"

"——这就是全部的人了?"

听见一个低沉的声音,塞西莉亚慌忙松开伊恩。

恋人的斜后方站着一个男人,他身上也穿着朴素的白衣服。

这是受邀参加宴会的其中一人,名字叫——特拉维斯·温伯格。以前也曾和他在晚宴等场合有过一面之交。他看起来很年轻,但她记得听说过他已经四十多了。梳得整整齐齐的头发跟这身病号服很不相配。

"不是全部,那个女佣还没找到。"

特拉维斯旁边一个戴着眼镜的男人声音苦涩地说。

他也是来参加宴会的一人,恰克·卡特拉尔。他自然也穿着和大家一样的白衣服。年龄应该比伊恩大,但外表看上去只有二十岁出头,搞不好甚至可能会被当成青少年。

感受到特拉维斯和恰克的视线,羞耻感再次涌了上来。尽管这身穿着并不暴露,但感觉就像刚起床穿着睡衣的样子被人看到了一样。

"伊恩——这是什么地方?我们为什么在这里?"

"不知道。"伊恩摇摇头,"吃着吃着饭就失去了意识,醒过来就已经在这儿了。"

特拉维斯和恰克的表情也严峻起来。就是说大家都遇到了同样的事情吗?

"醒来的时间也没多大差别。我也刚和他们碰到。"

伊恩催着她从房间门口走到外边。亚麻油地毡冰冷的触感传到光着的脚上。

"可能被下了安眠药。"特拉维斯低声说,"脑子里像有团雾……这很像在药物作用下强行睡着之后的感觉。"

塞西莉亚的脑子也是这种感觉。现在她依然觉得头疼,昏昏沉沉的。

谁会干这种事情……不,只凭大家所说的判断,只能想到一个人。

首先要找到出口。四个人开始沿着过道往前走。

这是一个怪异的空间。转角和岔路不规则地交错,要是不画张地图可能会迷路。塞西莉亚已经快分不清自己刚才在哪个房间了。

路上看到了几扇门,每扇门用的都是跟墙壁相同的材料。那是有色玻璃吗?

怪的是钥匙孔。

每扇门都只有房间外侧有钥匙孔,内侧什么都没有。伊恩挨个打开房间门检查,都是只能从外边上锁的构造。

"一样的,跟我——不,跟我们醒来时的房间一样。"

没法从里边锁门的房间?

不知是不是开着空调,尽管穿得单薄,但没怎么感觉到凉意。然而塞西莉亚的体内却升起一阵寒气。

这到底是哪里?这地方是用来干什么的?

天花板到处亮着日光灯,周边足够明亮。但是塞西莉亚好几次感到呼吸困难。

没有窗户。不管是房间里还是过道的墙上,没有一处与外界相连的地方。空气让人觉得有些浑浊,还微微有股野兽的腥臭……不,这是心理作用吗?

"怎么会遇到这种事?"

没人回答恰克的问题。大家肯定或多或少都怀有相同的想法。

他们忽然走到了一处开阔的空间。

这是一个大房间,像个小小的门厅。正面有一扇粗糙的乳白色铁门,跟他们之前看到的门明显不同。这是一扇两开的大铁门,门上有一个半圆形的活动拉手。

铁门嵌在裸露的水泥墙上。这里应该是最外圈的一角。

然后——

"各位早上好。"

门边站着一个穿着女仆装的女人。

是休的女佣。来大厦的时候接待塞西莉亚他们并且准备餐饮的就是这个黑红色头发、戴着眼镜的女人。她的年龄应该比塞西莉亚大四五岁——应该是三十多岁吧。

"各位睡得可好？昨天未能好好招待各位，实在失礼了。"

女佣背脊直挺地行了一个礼。

"招待？"恰克掩饰不住愤怒，逼上前去，"帕梅拉，这是什么地方？是你把我们搞到这里来的？你为什么要干这种事？看情况我会跟社长汇报。"

"请便。"女佣——名字似乎叫帕梅拉——声音沉着地回道，"这次的事统统都是在老爷的授意之下进行的。"

"社长的……"

恰克僵住了。帕梅拉点点头。

"老爷说要在别第招待各位。很抱歉用这种先斩后奏的方式把你们请来。请不必拘谨。"

"少开玩笑了！"恰克更加愤怒了，"趁我们失去知觉的时候让我们穿成这样，还说什么不必拘谨！你马上叫社长来。我要听他怎么说。"

"非常抱歉。"她的口气极为礼貌，"老爷命令我，让大家在这里先休息一会儿。"

"所以——"

伊恩突然动了。他不理会正在争吵的恰克和帕梅拉，走到门前握住了拉手。

铁门并没有打开。看来是牢牢锁着的，不管是推还是拉，都只发出一阵如同晃动铁板的钝响。伊恩耸耸肩，把手从手柄上拿开。

被关起来了？

为什么？为什么要把他们关起来？帕梅拉说是休的授意——

"钥匙在哪儿呢？"

特拉维斯问帕梅拉。尽管他极力想保持威严，但声音里不免露出焦躁的气息。

"没有钥匙。钥匙是电子式的，不可能从里面打开。"

让她一说，确实没看到铁门上有钥匙孔。

这和其间所有的房间一样。至少看上去应该是无法从里面上锁开锁的构造。

"这不可能吧。那为什么你在这里？难道说你跟我们一样被关起来了？你肯定有备用钥匙什么的，要不就是有通信手段。"

"我只是照老爷的吩咐行事。老爷没给我任何备用钥匙之类的东西。"

"说这话行不通。又不是 J 国的忍者，在这个自由的国度你找这种托词！"

"那么，您要搜一下吗？"

帕梅拉把手放到自己衣领上，开始从上往下解开纽扣。

"不，不行。"塞西莉亚想也没想就出声制止。

"知道了……所以，那个，你别做那么丢脸的事。"

"好的。"

帕梅拉把纽扣扣回原状。手的动作如同机器人一般。

真吓人。她那不是算好会遭到制止的动作。如果塞西莉亚没插话进来，帕梅拉也许真的会脱得连最后一件内衣都不剩。

这毫无感情的反应真让人害怕，就连特拉维斯也说不出话来。

她是认真的……真的要把他们拘禁起来。

她的行为真的如她所说是出自休·桑福德的命令，还是有第三方的意思在起作用，他们不知道。但知道塞西莉亚他们受到桑福德邀请一事的只有寥寥数人，应该不是毫无关系的人在主导。

"为什么?"塞西莉亚又一次问道,"为什么要这么对我们?"

"我也不了解详情。只是老爷让我给大家带句话——

"他说'答案你们应该知道'。"

听见吸气的声音。

特拉维斯的表情绷紧,伊恩皱起了眉。

"什么意思?"

自己——

自己现在的脸色怎么样?不会被察觉到吧?

"我不知道。"帕梅拉重复着同一句话,"我只是把老爷的原话一字不差地向各位转达。至于话里的意思,我不清楚。"

这算什么事!

所以要把他们关在这里吗?因为那触到了休的逆鳞,所以要遭受这种对待吗?

如果是这样,那休接下来打算怎么处置他们?是像惩罚调皮捣蛋的孩子把他关进衣橱那样,让他们在这个地方待上几个小时——或者几天吗?

不……真的只是那样而已吗?

只要把他们幽禁起来就算给他们惩罚了,休·桑福德会想得这么简单吗?

一股莫名的不安和恐惧涌上喉咙,就在这个时候——

听见了鸟鸣的声音。高昂清澈,仿若歌声般美妙的鸟鸣。

蓝色的翅膀轻巧地带起风从塞西莉亚他们之间掠过,她高高地飞舞在空中,轻轻抓住了恰克的肩膀。

——鸟?

塞西莉亚不由得揉了揉眼睛,哑然看着这意外的闯入者。

美得夺目——塞西莉亚有生以来第一次见到这么美的鸟。

如同玉石般的红色眼珠,从钴蓝渐变成漆黑颜色的羽毛。鲜艳透彻的羽毛就像没有一丝杂质的玻璃工艺品。

此刻她尖尖的爪子抠进恰克的肩膀,嘴巴轻轻戳着恰克的脸颊。喉中咕噜噜噜地娇柔叫着。

"'艾嘉'——"

恰克的脸上放出光彩。爪子抓着他的肩,他却完全不见感到疼痛的样子,反而一脸无比幸福的表情摸着她的头。

"玻璃鸟……"特拉维斯的声音颤抖,"为什么会出现在这里?"

"玻璃鸟"!?

塞西莉亚理解不了,只能呆呆地站着。

没听过什么鸟叫这个名字的。但恰克和特拉维斯好像知道——

伊恩也一脸震惊地盯着玻璃鸟,但很快舒缓了嘴唇,带着讽刺说了句"原来如此",把脸凑近塞西莉亚的耳旁。

"那应该是桑福德的宠物。我也耳闻过一些传言说他饲养罕见的生物。不过这是第一次见。虽然不知道怎么回事,可能是从笼子里跑了出来,误飞到这儿来了吧。真是的,桑福德到底从哪儿找来这么漂亮的鸟的。"

"从哪儿找来的……不是这个问题吧。"

连对生物并不熟悉的塞西莉亚也一眼就能看明白。

那个——那个玻璃鸟,不是人类能去触及的存在。在那透明的美面前,会生出"饲养"的想法,这本身就让塞西莉亚难以相信。

"你们说来说去也无济于事。"伊恩耸耸肩,"SG 公司的二位看来已经通过桑福德见过了呢。而且恰克看来相当迷恋。"

正如伊恩所言，恰克像是忘了大家的视线落在他身上，摸着玻璃鸟的头问："你怎么跑这儿来了……其他人都怎么了？"那声音里含着温柔的爱意。玻璃鸟也没露出反感的样子，反而贴着恰克反复鸣啭。"恰克……你什么时候？"特拉维斯一脸难以置信的神色摇着头。

"艾嘉！"突然，帕梅拉的斥责声在房间回荡，"快离开客人，你太无礼了！"

帕梅拉用严厉的视线瞪着玻璃鸟。玻璃鸟不理睬帕梅拉的声音，仍轻轻啄着恰克的脸颊，可等帕梅拉走近，她的爪子松开恰克的肩膀，想要飞走。

说时迟那时快。

帕梅拉迅速伸手抓住了玻璃鸟。玻璃鸟短促地惊叫一声，蓝黑色的羽毛落在了地上。

"你干什么！"恰克逼上前。

"卡特拉尔先生。"帕梅拉巧妙地抓住玻璃鸟，低声回道，"请您搞清楚自己的立场。这鸟是老爷的私人物品，不是您的东西。"

恰克如同触了电般僵硬起来。他呻吟一声握紧了拳，用力得指关节都变了色。他凝视着帕梅拉。

"请您放心。"帕梅拉用轻柔的声音安抚他，"我不会伤害这孩子。否则老爷和小姐会难过的。"

正如她所说，被帕梅拉一直抚摸着头的玻璃鸟渐渐平静了下来。那手法很娴熟。帕梅拉停下了手上动作，捡起掉下的羽毛，转身对着塞西莉亚他们行了一个礼。

"实在失态了。我要去把这个收起来。请各位在屋里稍事休息,之后我会来请大家,再回答具体的问题。"

就算让他们休息,也不可能休息得了。

伊恩跟帕梅拉说他想到处看看,帕梅拉只回了一句"请便",就抓着玻璃鸟走去过道了。

"那么,我们继续探险吧。"

伊恩转身对着大家。那依然沉着冷静的样子反而激起了塞西莉亚的不安。

关于如何行事大家有了一番小小的争执,但最终按伊恩的提议,全体共同继续"探险"。

现阶段就算逼问帕梅拉,似乎也得不到有用的信息。应该自己把这个地方搜查一番,这点大家都一致同意。

紧挨着大房间,有一处类似餐厅的空间和厨房。

和别的房间一样,都是单调无味的地方。靠墙有灶台、洗碗池、餐具架和冰箱。再没别的了。房间本身倒是挺大,可没有桌椅。亚麻油地毡冷冰冰的。

他们逐个查看了餐具架和洗碗池下面的柜橱。里面放着几套盘子及勺子、叉子等餐具,菜刀大小各一把。其他如炒锅、锅铲这些基本的厨具一应俱全。但也只有这些东西,大部分的架子都是空的。

冰箱里有纸包装的果汁、牛奶,还有肉、新鲜蔬菜以及面包。看分量应该够五个人吃几天的。至少暂时不必担心挨饿,塞西莉亚心头的一块大石放了下来。至于食品耗尽之后的事情,她不太想去考虑。

包括洗碗池和灶台在内,家具和生活用品都是崭新的,也没有使用过的痕迹。这些都是在最近才装好的吗?

这里是什么地方？休·桑福德的别第，帕梅拉是这么说的——

离开厨房，四个人继续往下走。

这里结构很复杂。尽管可以供人居住，但转角和岔路太多，好像特意要让人迷路。设计师难道是个性格分外扭曲的人？

"这是迷宫啊……这么复杂，就算有一两个密室或者机关也不奇怪。"

特拉维斯喃喃地说。那口气听不出是在开玩笑还是当真的。

塞西莉亚试图在脑中画出一幅平面图，可最后放弃了。正如特拉维斯所说，完全判断不出是否有密室存在。走在旁边的恋人浮起笑容说"我明白了"，他伸出手指在空中比画，"大概是这样的"。他画得太复杂，视线要跟上很吃力。

"要是有纸笔就好了。"伊恩苦笑道。

但即便如此，在他的说明下，还是大致弄明白了整体的结构。(参见图1)

整层楼应该呈一个大大的长方形。外围被裸露的水泥墙围起来，墙内的房间及过道的布局如同迷宫一样。

只是——他们查看下来，还没发现窗户或者楼梯之类能通向外部的地方。唯一的例外只有大房间的铁门。

而设施方面，刚才那单调的厨房是一处。从铁门看过去，靠对面外墙的浴室是一处。其他就是客房及像是储物房的房间，共十几间，这些就是全部了。

浴室相当大，应该是公用的。

一进门有一块应该是更衣处的空间，正面往里走是厕所。左边是铺着瓷砖的洗浴间。墙上装着几个淋浴头。铜色的水管从地面延伸到天花板附近，淋浴头像枯萎的花朵般挂在墙上，只有这

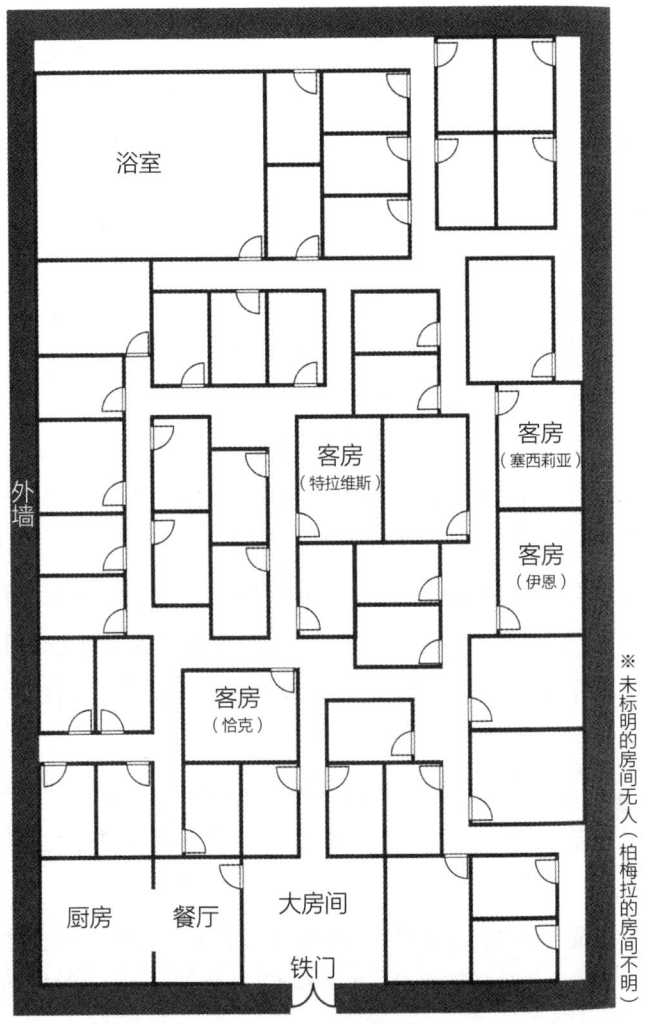

图1

些,摆设毫无美感可言。

觉得有哪里不对劲。挨个淋浴头看过去,终于发现原因了。没有镜子——是还没来得及装,还是一开始就没打算装?

洗浴间的中央有个又大又浅的圆形凹陷。那里面也铺着瓷砖。一圈高度大概到脚踝的砌块围着那处凹陷,像是浴缸。让人想起以前曾在旅行小册子上看到过的J国温泉。只是连砌块在内深度也只不过到膝盖以下。

而另一方面,各个房间里没设浴室或洗脸池。

只有日光灯和简陋的床,完全没考虑居住的舒适性。"这是相当前卫的牢房啊。"伊恩愉快地低声说。

这里到底是什么地方?

把我们关在这种地方——帕梅拉,休到底想干什么呢?

"那么,怎么办呢?"在一间客房——就是塞西莉亚醒来的那间——门前,伊恩对着众人问,"我们大致走了一圈,出入口好像只有大厅的铁门。就像温伯格先生说的,还不能断定有没有密室。但是要判定真伪,至少需要一幅厘米单位的精确图纸。如果不能指望帕梅拉小姐合作,那就只能靠我们自己想想办法了……"

"在那之前先休息一下吧。"特拉维斯呼出一口气,"这一圈走得我有点儿累了……就算要采取下一步行动,我想也得先让身体休息一下。"

特拉维斯看起来年轻,可他跟着几个比自己小了一轮的男男女女,配合他们的步调在分不清东南西北的地方从头到尾走了一通,看来消耗了不少体力和精力。

"塞西莉亚,你怎么样?"

塞西莉亚无言地点点头。说实话,她也已身心俱疲。

"恰克，你呢？"

"哦，知道了。"

恰克魂不守舍。自从跟帕梅拉争执之后，即使在"牢房"里走着，他也一直是一副心不在焉的状态。

他就那么在意那只玻璃鸟吗？

结果那之后再没见到帕梅拉。不知仅仅是不巧总是错过，还是帕梅拉巧妙地避开了他们，连帕梅拉把玻璃鸟放到哪里去了都没告诉他们。

她会趁着他们看不到的时候，打开那扇铁门去外边了吗？如果那样的话，就跟帕梅拉自己说得相反，她是能够自由出入铁门的——可想到门上没有钥匙孔，她又是怎么打开门的呢……

不行，想不出结论。

"那就休息一会儿吧。"伊恩宣布，"没有表，只能说个大概——这样吧，一个小时左右之后在大房间集合。请多留心周边。情况这么异常，不知道会遇到什么危险。"

特拉维斯和恰克回各自的客房了——就是一开始醒来时的房间。塞西莉亚和伊恩两个人进了塞西莉亚醒来时的房间，把门微微留出一条缝，并排坐到了床上。

"你没事吧？"伊恩靠过来抱住了她。

"嗯……"她依赖地靠到了他肩上。在大家面前还能勉强撑着，可一旦和恋人独处，不安便决堤般袭来。

休打算干什么？真的能离开这里吗？他们到底会变成什么样……

"放心吧。"

伊恩握着塞西莉亚的手，自己的唇覆在她的唇上。

"我不会叫,你别担心。但我在这里。你只要记得这点就够了。"

头发被伊恩轻抚,塞西莉亚的不安渐渐有所缓解。就像刚才看到玻璃鸟时一样——涌起一股奇妙的羞怯感。

眼皮变得沉重。不知是走累了,还是安眠药的作用仍残留在体内,塞西莉亚不觉间陷入了沉睡。

※

"我想刚才我也说过了,'玻璃的状态究竟是怎样一种物理状态'这一疑问,我们物理学者现今仍无法解释。硅酸盐化合物等在高温条件下熔化成泥状,以一定速度冷却至过冷状态,再进一步加以冷却则转变为玻璃……这现象本身大家都很熟悉,但是如何理论地描述'转变为玻璃'这一点,我们还不清楚。"

——就是说玻璃态和气态、液态还有固态如何明确区分,还没有确立某种物理参数或者方程式……是这么回事吗?

"就是如此。换言之——比如说找到控制'玻璃态'的参数或者方程式,就能不用添加物或二次加工,自由自在地控制玻璃所具有的物理性质了。"

——感觉你的话一下子跳跃性好大。

"哈哈,你可真严格。不过,从算式预测未知的现象,这在科学上很常见。比如说折射率。一般来说,物质的折射率取大于一的数值,但实际算式推算是可以取得负值的。"

——就是负的折射率吗?

"该理论刚提出时谁都没当回事。折射率的本质是'光在物质中速度会变慢多少'。而光在物质中的速度受到光和物质相互作用的影响。可见光的波长比原子及分子大了好几百倍。但如果能够将大小几乎等同于可见光波长的宏观结构嵌入到物质中，让光和物质更为强力地相互干涉呢？如果通过操作左右'玻璃态'的物理参数，能在玻璃内部做出将玻璃平面方向的光速度矢量反转的宏观结构呢？"

——光在玻璃里会……倒退？！

"对。这正是'负折射率'。而且如果我的计算正确的话，这种结构能让光发生相当极端的倒退。并且，比如说施加电压等外部能量，则不只是负的，就连正的一方，也可以极大改变折射率。"

——这些真的能做到吗？

——先不说液晶，能改变已经凝固了的玻璃的分子排列吗？

"并不是在物理上重新排列分子。而是做出能量性的宏观结构。光是折射率还没完，如果能操作'玻璃状态'的物理参数，那随心所欲地改变透光率，或者制造出具有一定厚度但却像布一样柔软的玻璃，应该也不是不可能的。"

——呃……

"嗯？你怎么了？"

——好厉害。

——居然能进行这样如梦似幻的研究。

——前辈你做出来的玻璃，有朝一日也许会像水母船一样普及全世界……这么一想觉得好美妙啊。

"不，那种无趣的活儿让别人来做吧。我的本分是探究真理，不是把研究结果拿到世间宣扬。"

——真是的，你什么意思嘛。

"哈哈。再说了塞西莉亚,我说了好几次了,你再随性一点儿才可爱哦。"

※

"醒了?"

伊恩的声音在耳边响起。

日光灯的灯光直接照在脸上,不知何时她躺在了床上,是他让自己睡下的吧。"嗯……"塞西莉亚觉得有些害羞,坐起了身。

"你睡得很沉。好像没做噩梦,这就好。"

看来自己睡着的时候,伊恩一直没睡守着自己。那双微笑的眼睛有点儿充血。

没做噩梦……吗?

又做了那个梦。

他们从社团前后辈的关系渐渐走近彼此的时候,那甜甜淡淡的记忆。

视线扫过周围,光滑的墙壁,裸露的日光灯,简陋的床,裹在身上的朴素的白衣服和睡前并无不同。被帕梅拉——或者说休·桑福德——幽禁在这奇异的地方,这个现实反而更像一个噩梦。

"对不起,我只顾自己睡了……现在几点?"

问完她才想起屋里没有表。但伊恩没有一点儿笑话她的意思,回答说"刚数到三千五百左右"。

"算上误差,应该差不多过了一个小时吧。"

数秒?这很符合伊恩的行事风格。塞西莉亚唇角舒缓,又连忙绷紧了。

"温伯格先生和卡特拉尔先生应该没事吧?"

房间只能从外边开锁关门。伊恩在当然没事,可如果自己是一个人,睡着之后也许会真真正正被关起来——或者遇到更糟的事情。

"应该没事。要是有什么异常至少会大叫吧,我也没听到什么动静——"

然而伊恩的话马上就被否定了。

响起轻微的杂音,四周的墙壁消失了。

视野猛地开阔起来,一个空荡荡的巨大空间——高大的水泥外墙,高高的天花板,平铺着亚麻油地毡的地面——都暴露在眼前。

"啊?"

塞西莉亚失声惊呼。

一切都是在眨眼间发生的。房间墙壁的颜色消失,只有门把、合页——这些门上的小部件像是浮在空中般静止不动。

墙壁和门变成了透明的。她花了近十秒钟才明白过来。

"怎么——"

伊恩的表情也变了,目瞪口呆地看着这一切。

如同玻璃般光滑的灰色墙壁,现在居然真变成了玻璃,能清楚看清墙另一边的情景。看来不只是塞西莉亚他们在的房间,整层楼内部的墙壁尽数变成了透明的,能一直看到外围的水泥墙。

什么……怎么回事?到底发生了什么?!

各个房间的情况也一览无遗。有个人影像是恰克。有个穿女仆装的身影应该是帕梅拉。然后——

特拉维斯倒在地上。

在"牢房"几乎正中的位置,和塞西莉亚的房间隔着过道和一个无人房间的地方,特拉维斯·温伯格倒在血泊中。

塞西莉亚发出一声惨叫。

第 4 章 大厦（Ⅲ）

一九八四年一月二十一日 9：40——

"去顶层的方法？"

上午九点四十分。桑德福大厦二楼的监控室。

留着黑色小胡子的监控员用怀疑的眼光看着涟的证件。

"我们收到消息说有人盯上了桑德福，从 A 州往这边来了。"只字不提这说的就是玛利亚和他自己，涟继续说，"为了以防万一，我过来确认一下安保情况。没有什么异常吗？也不能否认袭击者可能会闯入顶层。"

"没有啊。"

监控员往背后看了一眼。监控室里另外还有两名监控员，他们正望着面前的面板，面板上嵌着指示灯、仪表以及屏幕，还有一些类似小电灯泡的指示灯——发光二极管排列在面板一角。

指示灯都有编号，横排从"B3"到"72"，纵列是"L1""L25""C""A""S"等。各列中二极管的红光都像霓虹灯一样不断上下移动或静止不动。这应该是在监视电梯的运行。纵列应该表示各个电梯，横排表示楼层。

二极管的排列大致可分成竖二乘横三六个区块。左下方区块的二极管从"B3"到"14"，中下到"25"楼，右下到"35"

楼。看来是按电梯到达楼层区分的。

上面三个区块基本都跳过了"36",从"37"层开始,左上到"51"楼,中上到"60"楼,右上到"70"楼。看来跟下面三个区块一样,也是按电梯到达楼层区分的。

二极管的排列有几个例外。

"36"层只有靠右端的两个二极管,也就是 C 列和 A 列。

"71"层什么都没有。

"72"层——就是休的私人住所——只有最右端 S 列的一个。S 列上另外还有"1"层的一个,总共只有两个二极管。中间的楼层全都空着。这应该是直达电梯。

"别说顶层了,就连上半部分也没有半个人。一直都空着。"

看过去,红光的移动集中在从"B3"到"14"的范围。时不时也有升到"15"以上的,但就像溅起的水花一样马上又落回下边。上面三个区块的二极管中,只有"37"层一直亮着灯。

"上面的楼层现在是什么情况?我听说'居住区'是公寓。"

"我不跟你说了没半个人上去过?上面就是个空壳,除了大厦主人一家。"

小胡子监控员说本来应该出售的"居住区"——从三十七层到七十层——现在还没有一户入住。

官方解释说是因为装修施工和招租过晚的双重原因所致。但传闻说其实是房价太高以致住户达不到预计人数。而如果没有一定人数的住户,则收不回启动成本,所以现在房产中介正在卖力地针对以富裕阶层为主的人群推销。他们的努力有了回报,下下个月开始终于要有住户入住了。

本来有一台到三十七层的电梯——说的应该是 A 列,要从三十七层换乘通往居住区的电梯。但因为上述原因,往返居住区的电梯，包括前面说到的A列现在都停了。电脑系统也是锁着的。

当前——能到达高层的只有到顶层的直达电梯和一架货梯。

而且，货梯——面板上显示的C列——电梯缆绳客观条件上只能通到七十层。

这点其他电梯也一样。比如说办公区用的电梯，客观条件只能运行到三十五层，而居住区用的电梯缆绳通不到三十六层往下，往上则到七十层。这应该是为了尽可能争取有效利用空间。

电梯缆绳从一层通到顶层的，只有一台通往顶层的直达电梯。而且电梯的运行情况处在不间断的监控下。

万一解开了电脑系统的封印，能把电梯运行到三十七层以上，在无人楼层孤零零上升的二极管的光亮会马上落入监控员的眼中。当然了，如果休下达指令，可以随时停止监控。但自大厦投入使用以来，监控员还从没接到过这样的指令。

"电梯到中间的情形也很少。"监控员边打着呵欠边说，"就在两三分钟前有一台上了三十五层，就再没有了。"

"缺了的楼层是怎么回事呢？"

涟指着"36"层和"71"层问道。

"那是机房。"监控员答道，"堆满了空调等机械设备的楼层。电梯只经不停。"

"只经不停？"

"说是没造层门。就算电梯在中途停下打开轿厢的门，迎接你的也只有光秃秃的一面墙。右端的S列——楼主用的直达电梯好像也一样。"

现在直达电梯停在"1"层。

"从昨晚开始一直这样。大厦主人一家大概在休息吧。"监控员的声音懒洋洋的。

直线连接一层和顶层唯一的途径。要将珍稀生物从一层运上去，这是第一备选的路径。

在高层大楼顶层不可能自给自足，应该会定期运送食品及床单等清洁用品，那就可以混在那些东西里面……可以考虑有这个可能，只是……

"大厦主人在安保方面很啰唆啊。"

小胡子监控员不知是不是察觉到了涟在想什么，继续说："运到顶层的货物，哪怕是日常用品也全都要检查。可疑人物躲在货物里偷偷潜入是不可能的。"

就是说运珍稀生物进去也很困难啊。

当然，这应该也可以通过休的命令让货物直接通过。但是自己让本应极为严格要求的警戒松懈下来，肯定会引起保安的警觉。

万一传到外边，凭休的权力，要摆平事态是轻而易举的。然而"千里之堤毁于蚁穴"这句格言，U国屈指可数的经营管理者休不可能不知道。心存侥幸问了一下，包括其他监控员在内，大家的回答都是"没印象"。

如此一来，剩下的选项就没几个了。

"那消防楼梯呢？坐电梯到三十五层，剩下的自己爬楼梯，我想这条路也有可能行得通。"

"喂喂。"像是想说"你疯了吗"似的，小胡子监控员摇摇头，"就算到中途再怎么轻松，之后还要爬将近四十层楼啊。高度超过一百米。爬到顶的时候膝盖都发软了吧。而且我们自然也会考虑到这个。顶层的楼梯平台有监控摄像头。一发现可疑人物马上会联系大厦主人。这都想不到的家伙，想取天下王者休·桑福德的首级，只能说他是个傻子。"

"说得是啊。"

而且三十七层以上的公寓楼层紧急出口都上了锁。顶层的防火门是特别定制的,一点儿小爆炸根本不会坏——就是这么回事。

"哎,所以呀,不用担心的啦,刑警先生。要是有可疑人物我们早就把他抓起来啦。"

※

"货物的搬运途径是怎样的?"面对涟的问题,女店员略加思索后答道,"就是在一楼后边的卡车停车场,将货物从车上搬下来,再用电梯运到楼上去。"

"你说的电梯是那边能看到的那个客梯?"

"要是货物不重,也会用那个。不过也有卖床或衣柜等大型商品的商铺,所以另有一台货梯用来运那些商品。这里看不到……是电梯间靠墙的一台。"

"我知道了。不过商店这么多,一台电梯不会不够用吗?"

"不够啊。"店员点点头,"每天开店之前都跟打仗似的……不过我们店还算好的,商品也没那么重,可以用别的电梯,万一不行还能走楼梯。十四楼的书店那情形就跟地狱似的——我认识一个在书店上班的姑娘,她这么说的。"

桑福德大厦四楼,购物区的一角。

为了找出运送珍稀生物的途径,涟继续在楼里以主要商铺为中心打探消息。

上午九点五十分刚过。自和玛利亚分开,开始收集信息起已经过了四十分钟了,但到现在为止,没收获任何称得上能捏住休·桑福德的七寸的成果。只是把细小的可能性一个一个否决了而已。

但即使如此，涟也对大厦的物流有了一个大致的印象。

首先，物品和人来来往往最为密集的是地下二层到地上十四层的购物区。这里从高级时装店到大型超市、书店、食品店，众多 U 国知名公司的商铺鳞次栉比。

接下来出入较多的是从十五层到三十五层的办公区。像刚才造访的 SG 公司等休名下的集团公司，其他著名大公司，还有名不见经传的事务所等，各种有名无名公司的办公室都在这里。

购物区和办公区人流物流的动线都是区分开的。电梯集中在楼层中心，但能够到达的楼层分成地下到地上十四层，十五层到二十五层，二十六层到三十五层。

在动线管理上可以说这是很合理的运用，但是比如说要从十七楼去六楼买点儿东西，每次都要先下到一楼，再换乘电梯，所以办公区的员工似乎有些怨言。

本来购物区和办公区就不可能跟国境一样严格划分出界线。

女店员告诉他说，除了载人的电梯之外，另外还有用于搬运货物的货梯。不仅是商品，搬运桌子或文件柜这些大型办公用品的时候也会使用货梯，所以货梯能在购物区和办公区——尽管在不搬运货物时禁止乘坐——自由往来。

消防楼梯也是自由通道。只要有体力和毅力，就能自行到达各个楼层。听说现在办公区也有不少员工在工作间隙会走楼梯到购物区买东西。SG 公司的办公室在十五层——就在购物区的上一层，这好像也是休考虑到这方面的便利，选择了对自己公司有利的楼层。

问题是——不管用这些方法的任何一个，要到达顶层休的私人住宅区都几乎是不可能的。

一开始，他想能不能混在店铺开门前搬运的货物里把珍稀生物运上去，可听女店员所说，似乎没那个时间。而且监控员也说了，货梯的电梯缆绳只到七十层。

要全程爬完消防楼梯，实施起来很困难。而且顶层的楼梯平台还设有监控摄像头——这样一来，要既不被保安及监控员看到，又不必对他们施压就把珍稀生物从一楼搬进顶层，是根本无法做到的。

还需要一些信息。涟向女店员道谢后，走向货梯去进行确认。

正如店员所说，电梯间靠墙有一扇很宽的层门。

没找到电梯按钮。只有电梯门旁边嵌着一个带钥匙孔的窄长金属盖。看来为了不让普通顾客使用，按钮加了锁。就是说不把这个打开就不能随意使用电梯吧。

离开货梯，涟一边想象着大厦的结构一边沿着墙往前走，来到直达电梯应该经过的地方。没找到电梯层门，只有卖女士随身小物件的商店及饰品店、珠宝店等商铺。

看来监控员说别的楼层也一样，电梯被墙壁堵着这点应该没掺假。

倒不是怀疑那个监控员，但看情形也只能相信"除了直达电梯，其他电梯缆绳都不到顶层"这一证词了。

或者说像动作片那样动了手脚，可以通过机关装置打开暗门，这种可能性也存在。不过此刻没法去调查。

他忽然有些在意玛利亚如今身在何处。

涟负责地上的购物区和办公区的一部分，剩下的办公区和地下楼层由玛利亚负责，他们大致做了分工，在一楼分开后就再没碰面。大厦的下半部分，包括地下楼层在内共有将近四十层，只有两个人查看，倒是不会那么容易碰上——

——就在两三分钟前有一台电梯上了三十五层。

——喂喂……那可是要爬四十多楼啊。

他有种不好的预感。

尽管他觉得应该不会——但是那人出生的时候就把谨慎一词留在娘胎里了。不能保证她不会勇往直前地尝试突击。

假设涟的担忧成真……监控员说过顶层的楼梯平台有摄像头。如果玛利亚自己往上爬，那就是不折不扣在孤立无援的状态下闯进对手的埋伏圈了。本来这四下打听的行动就有一定的危险，但暴露在第三方的视线之下，危险程度可想而知。

怎么办——

逡巡数秒后，涟走向电梯。

他在一楼快步下了电梯，坐上办公区用的电梯。中间几次有人进出，到三十五层花了几分钟。

三十五层跟一层截然不同，静悄悄的。

上午十点。这里既没有人的气息，办公室的数量也很少。楼层一半以上的地板和天花板都裸露着。是否能找到见过玛利亚的人，他不抱什么希望。

但光想也没用，就算扑个空也好。涟这么想着向离他最近的办公室走去，就在这个时候——

头上传来爆炸的声响。

玻璃破碎的声音传来。瞬间大厦剧烈地晃动。

天花板上落下尘埃，过道上的电灯一齐熄灭。

空荡荡的过道前方,对着摩天楼大窗户的外边——

透明的碎片如雨般落下,窗框上方可窥见红色的火焰和黑烟。

——爆炸?!

涟也是花了几秒钟才反应过来发生了什么事。

一个穿着套装的女员工从办公室的门探出头,看到窗外的黑烟惊叫起来。

"冷静!"涟立即厉声说,并出示了证件,"我是警察。请尽量保持冷静,带上办公室里所有人撤离!"

女员工一下回过神来,对着门内叫道"着火了"。从其他办公室的门内也陆续有人出来,看到窗户同样慌乱起来。"恐怖袭击?!"有人低声说。恐惧和惊慌急剧蔓延到整个楼层。

"冷静!去消防楼梯!"涟扯着嗓子喊,"不要紧,完全来得及。好像停电了,走楼梯逃生!"

大家可能听到了他的喊声,好歹避免了混乱进一步扩大。过道上的人们带着满脸的不安和惊慌,从设于电梯间内的安全出口涌向消防楼梯,没人对一直在指挥的涟产生怀疑。

幸好本来人就不多,只用了几分钟就把所有人都疏散了。为防万一,涟到办公室还有洗手间查看了一圈,确认没有人了之后,他也跑向消防楼梯。

烟已经从楼梯上方熏了过来,涟停下脚步,拿手帕捂住嘴,视线投向楼上。

是否该去确认一下情况呢?

如果玛利亚她——

不,现在不行。疏散全体人员是最优先的。涟跑下了楼梯。

※

尽管有了心理准备,但每下一层楼,消防楼梯都愈加呈现出如满载电车一样的状态。

应该是刚才在三十五楼的什么人散播的,"着火""恐怖袭击""炸弹"等惊悚的字眼在众人口中交传,大部分人脸上都流露出恐惧的神色。

到二十九楼的时候,涟听见从门缝里传来如同尖叫的声音。

"冷静!请在原地暂时等待!"

这是保安或者主动担起指挥责任的员工吧。为了避免消防楼梯拥堵,在离火灾现场较远的楼层原地不动等待,是高层大楼火灾救援的原则。然而一旦真发生这种情况,能冷静行动的人很少。涟从消防楼梯的人群中挤出,进入楼层内。

"冷静!请不要随便乱动!"

一位二十来岁、穿着制服的女性对着杀气腾腾的群众扯着嗓子喊。涟站到女性身边,高高举起证件:"我是警察!"

大概是听到了涟的声音,楼层里的杀气渐渐退去。女性的脸上浮现出交织着惊讶和放心的神色。

"谢谢。我——"

"道谢的话回头再说。请你继续指挥大家撤离。"

女性点点头,再次开始大声喊话。涟一边帮忙指挥,一边感到一种不常见的焦灼压在心头。

下楼梯的人流尽管密度不断增大,但仍奇迹般地保持着平稳。不知道是事态尚未传到离地面较近的楼层,还是下面的保安进行了妥当的指挥，或者因为下面购物区有扶梯可以代替楼梯，人群分成了两拨。不管是哪种情况，未陷入最糟的状况实属侥幸。

但现在还不到安心的时候。

在购物区的人数应该是办公区无法比拟的。如果所有人都知道了事态，涌向消防楼梯，那马上就会引起大恐慌。

刚才的爆炸是怎么回事？

从爆炸的声音和震动距离之近判断，爆炸应该就是在楼上三十六层或三十七层附近发生的……是煤气泄漏吗？但据监控员说，居住区应该还没有住户。

——那么，是炸弹？

有人放了爆炸物，并且引爆了——这并非不可能。

在休·桑福德的大楼中，十年前有过这样的实际案例。跑下消防楼梯的人们脸色凝重，恐怕也是因为想起了过去发生的悲剧吧。

只是，听说机房和居住区都被封着。如果是爆炸物的话，那么是谁、什么时候、如何放的？是撬开了门锁吗？能引起那么大的爆炸声和冲击的爆炸物，案犯是从哪里弄来，又是怎么带进楼里来的——

不，回头再推测。现在要分秒必争保证疏散工作完成。

因为谁也不能保证爆炸只有这一次。不管原因为何，这时候要是发生第二、第三次爆炸，那正在逃生的人们之间勉强保持的均衡状态就会立即崩溃，令整栋大楼陷入恐慌之中，也许只靠涟和保安会难以维持秩序。要在事态变糟之前把所有人疏散到楼外。

所有人——

大厦的主人，休·桑福德还在顶层，或是已经逃生了？不管怎样，一开始调查珍稀生物的违法交易这一初衷现在只能先放一放了。

另外——

玛利亚她现在在哪儿？

涟的担心会不会只是杞人忧天，她其实已经出去外面等着自己了。还是——

事实证明只是杞人忧天——就没有发生第二次爆炸这一点来说。

涟跑下消防楼梯，根据情况在各层楼帮忙指挥，在看得到的范围内对逃生人员的安全进行确认。来到购物区后人骤然增多，但保安的指挥比想象得更干脆利落。

把指挥的任务交给保安，从一楼出入口跑到外边时，距爆炸已经过了近三十分钟。

大厦周边用一句话来说就是一场大混乱。

刺耳的警笛和汽车喇叭声响彻大街，扩音器传出的叫喊声混杂交错。沿着地界拉起了警戒线，警戒线外挤满了人。从玻璃大厦里出来的人们背对着大厦狂奔，仿佛在逃离恐惧。最先赶到现场的报社摄影师就算遭到警察阻止仍按着快门。

涟仰望着大厦——震惊得说不出话来。

南侧正中央附近开了一个纵向约占两层楼的大洞，不断喷出火焰和黑烟。

破洞旁边的玻璃窗也碎了，玻璃裂开的地方同样向外喷火吐烟。

涟曾听过煤气泄漏或化学实验的错误操作导致整个房间被炸

飞的事例，但他也未曾这么近距离地身处爆炸现场。想到自己刚才就在爆炸发生的正下方，他直到现在才开始起鸡皮疙瘩。

但是让涟战栗的，不仅仅是爆炸现场的惨状。

火势蔓延得太快了。

不只是发生爆炸的楼层，上面三、四层的窗户也冒出烟来。虽说距爆炸已经过了三十分钟，但是考虑到楼层的面积和防火设备的存在，火这么快就已经烧到上面的楼层可以说是异常的。

防火门和灭火装置失灵了，还是说放了大量的可燃物？从这里无法确认。

"你快点儿离开这里。"

身穿防火服的消防员严厉的视线钉在涟身上。

他本来想说自己是警察，但又打消了这个念头。听说在N州消防员和警察的关系不好，不应该引起不必要的对立。

"对不起，我在找我的同伴——你看到一个红头发红眼睛的女人了吗？"

"没看见，快走。"

消防员把涟赶走了。

玛利亚没出现。

可能是因为离爆炸现场较远的楼层的疏散被安排在后面，在三十五层的涟跑出来之后，逃生的人群依然不断涌出。涟判断轻举妄动会起反作用，于是就在从大厦里跑出来的人群中寻找玛利亚的身影，可他红头发的上司毫无要现身的迹象。

大厦周边的群众淹没了人行道，甚至挤到了机动车道上。尽管看热闹的人和媒体聚过来也是一个原因，但更接近实情的是仅仅因为从大厦里跑出来的人就在不断增多，人群渐渐挤成一团动弹不得。

涟左右张望，还是没有玛利亚的身影。那女人可不是一般的醒目，只要一进入视线就不可能看漏，可至少就近找不到她。

她会不会为了找涟跑到大厦后边去了？如果自己也跑去找，会不会反而相互错过？话说回来，要是涟担心的事情成真了，那留在这里也只是浪费时间。

不冷静了——要是平时的自己，应该能即刻做出判断的。

又花了十几秒思考之后，涟从群众之间穿过，开始行动。

现在应该做好迎接最坏事态的准备。要是白忙一场回头当笑话讲就好了，但若不是，一点迟疑都可能会导致致命的结果。

就在他为了找一个能跟外部联系上的地方，从人群旁走过的时候——

爆炸声再次响起。

仰望大厦。

西南角，比最初的爆炸地点略高的楼层向外冒着烟。

玻璃碎片飞舞着撒向地面。

四下响起无数绝望的尖叫和哀号。

第 5 章 玻璃鸟（Ⅲ）

一九八四年一月二十一日 9：40——

塞西莉亚叫得喉咙生疼，全身都没了力气，膝盖一软跪在了地上。

死了。特拉维斯，就在刚才还好好说话的人，死了——

"塞西莉亚！"伊恩摇着她的肩膀，"看着我的脸。大口吸气——呼气。"

塞西莉亚任由伊恩盯着自己的眼睛，反复做着深呼吸。尽管恐惧未消失，但心头的混乱一点点平静了下来。

"我去看看温伯格，你最好别看。"

塞西莉亚摇着头对伊恩说"不"。

"我没事的……别留我一个人在这儿。"

她缠着恋人。伊恩牵起她的手，慢慢走向特拉维斯的房间。他们看到恰克和帕梅拉同样沿着变成透明的墙壁在往特拉维斯那儿走去。

特拉维斯已经回天乏术了。

只放了一张简陋的床的朴素房间门大开着，亚麻油地毡上的血泊渐渐扩大。在尚未凝固的鲜血的海洋中，特拉维斯面朝下趴着。

白衣服的背部被血染透，能看到好几处刺伤的痕迹。不只是地面和特拉维斯的背上，连变成透明的墙壁上也沾着斑斑血痕。

看着这凄惨至极的场面，塞西莉亚不禁捂住了嘴……这不是简单的死亡，怎么看都是谋杀。

没看到凶器。是凶手拿走了吗？

"特拉维斯先生——"

恰克的声音变了调。

帕梅拉没说话。她脸上仿佛戴着没有表情的面具，可交错在腹部的手指在微微颤抖。

伊恩绕开血泊走近特拉维斯，蹲下去用手指按在遗体的颈部，应该是在检查脉搏。任谁看都知道已经迟了，可他大概实在忍不住要检查一下吧。伊恩终于站了起来，静静地摇了摇头。

"身体还有温度……看这样子，估计被杀之后还没几分钟。"

他的视线依次扫过聚在房间里的众人。

"那么，以防万一，让我问一下，是谁杀了温伯格先生？"

没人出来承认。沉重的静默之后——

"什么谁不谁的。"恰克充满敌意的视线钉在帕梅拉身上。"除了她还能有谁？不就是她把我们关在这里的嘛！"

"不能急于下结论。溅出这么多的血，凶手肯定也沾了一身。不过……"伊恩把帕梅拉从头到脚打量了一番，"你们也看到了，她身上完全没有血迹。你怀疑她的心情我能理解，不过不能没有证据就一口咬定她是凶手。"

正如伊恩所说，帕梅拉的头发、皮肤以及女仆装上都没沾一滴血。

他有一瞬间怀疑会不会是她洗掉了血迹，可她的头发衣服皮肤都是干的。就算头发可以戴浴帽避免沾湿，但衣服上如果沾了血就不那么容易洗掉了。如果像伊恩说的，特拉维斯才死了没几分钟的话，在这几分钟里换一套女仆装是很困难的。溅到皮肤上的血也只能擦拭或者冲洗掉。

就算是冲洗掉了……如果用了水，那水滴会溅到周围。应该很难把那些痕迹一滴不漏全都擦掉。

塞西莉亚装作不经意地打量恰克。他的身上还有白衣服上也没沾上血迹。伊恩，还有自己也一样。

"是不是穿了雨衣。"

"那应该有一件沾满了血的雨衣藏在什么地方。之后我们去找找吧。"

伊恩朝周围打量了一圈。墙壁变成透明的，"牢房"可以一览无遗，但没看到任何类似雨衣的东西。唯一的死角是浴室被浴缸遮住的地方，但如果藏在那儿，只要走近马上就能发现。

"就算找到了，要是连是谁用过都能知道就好了。"

就算什么地方藏着沾血的外衣之类的东西，也无法成为直接指认凶手的证据。这是伊恩想表达的。

"说什么是谁，我们连衣服都被人换过了，怎么可能有什么雨衣。而且凶器呢？我们赤手空拳的，怎么可能让特拉维斯变成这样！"

"凶器的话，厨房有菜刀。大家也都知道放在哪里。正好，现在大家一起去查看一下吧。"

厨房的门是开着的。放在洗碗池下面橱柜里的大小两把菜刀，状态跟一开始看到的时候一模一样。

上面也没沾着血。刀刃有些发暗，不是不能看成使用过的痕迹。但如果说本来就是这样的，也没办法否认。

调理台上摆着食材和餐具。洗碗池里有水滴。是在这里把血洗掉了，还是在为大家准备饭菜，这也很难判断。只是考虑到洗碗池的大小，明显不可能清洗全身。

　　餐具架还有冰箱也都查看了，但别说凶器了，甚至找不到雨衣、擦过血的抹布还有血痕。

　　以防万一，他们也去查看了一下浴室，洗浴处没有一滴水，浴缸也是空的。塞西莉亚心烦意乱地跟着大家一起回到了特拉维斯的房间。

　　"很遗憾，没找到任何决定性的证据。"

　　"会不会是用纸巾擦干净之后丢进厕所冲走了？"

　　恰克的反驳很薄弱。

　　"你怎么还说这种话。"伊恩大幅度摇了摇头，"说到底，就算把我们关起来的是帕梅拉小姐，她的行为事先未必没人知道。"

　　一时间大家都沉默了。

　　"伊恩……你什么意思？"

　　"意思就是除了帕梅拉小姐，说不定还有知道这件事的人——也就是所谓的同伙，他可能在我们之间。那么恰克，我问你一个问题。刚才出现的玻璃鸟，你显得很熟悉。你很熟悉桑福德先生的宠物鸟。你是在哪里认识'她'的？"

　　恰克的脸色变了。发青的脸色混着惊愕，就像对方只下了一个子就把整个棋盘上的石子都翻了过来一样。

　　是啊。身为领导的特拉维斯就不说了，只是普通员工的恰克是什么时候，又是如何知道休秘藏的宠物的？

　　"这个……"

　　"你要不想说就算了。但是你最好搞清楚，你和桑福德之间有超过社长和员工的联系，这正是你自己证明给我们看的。你要是怀疑帕梅拉小姐，对我们而言你就是凶手的第二候选。"

"不，不是——"

恰克说到一半就闭了嘴。他紧紧握拳，嘴唇颤抖，最终嘟囔着什么移开了视线。伊恩也没继续追问，只是耸了耸肩。

帕梅拉面无表情地看着两个人的争论。塞西莉亚受不了这痛苦的沉默，出声说：

"温伯格先生……为什么会遭遇这种事。"

"不知道。"伊恩的目光落在特拉维斯的遗体上。"看他的背部被刺成这样，只能说凶手应该对他怀有相当大的仇恨。现在我们没法推测出具体的动机。"

在动机这点上，比起帕梅拉，反而是跟特拉维斯关系密切的恰克更有嫌疑。

只是……如果恰克是凶手，他为什么要在这个地方杀害特拉维斯？就算恰克和休之间有什么勾结，但是在休名下的大楼里，还假装跟目标特拉维斯一起被幽禁起来……这实在过于绕弯了。

恰克突然抬起头。

"艾嘉呢？！"

"艾嘉"——这是刚才恰克叫玻璃鸟的名字。

墙壁变成透明的玻璃，所有房间几乎都看得一清二楚。但是不见玻璃鸟的身影，也听不到啼声。刚才在厨房和浴室查看了一圈，那时候甚至没感觉到玻璃鸟的气息。

跑到哪儿去了？天花板和地上都没有玻璃鸟能钻过的缝隙，出入口只有大厅的铁门。

嗡——

响起混着杂音的低沉震动声，玻璃墙壁又恢复成了灰色。

这和一开始墙壁变成透明的时候一样毫无任何预兆，只是一瞬间的变换。

"啊？"

众人不由失声低呼。

伊恩挑眉道："这是……"恰克也如受挫般视线摇摆不定。

这墙壁不会是……

"那、那个，Miss——"

想问帕梅拉，才发现不知道她的全名。

"帕梅拉·埃里森。请别介意，叫我'帕梅拉'吧。"

"那……帕梅拉。这墙是怎么回事？突然变成透明的又突然变回来……这是什么装置？"

"技术上的事我什么都不知道。不过我听说是老爷以个人名义从 SG 公司特别订购的。"

"是'透光率可变玻璃'！"伊恩的声音透着天真，"我还想不会真是吧，已经走到能量产这一步了啊。真快。恰克，你也知道这事儿？"

"我知道在进行半量产的试验。鬼才知道已经用在这种地方了。"

恰克的回答带着火气。

果然——

透光率可变玻璃的事儿，塞西莉亚也从恋人口中听过。她想起决定要在休面前做报告之后，伊恩打着练习的旗号乐此不疲地对自己详细说明过其中的理论。

但是，她从没想过居然会以这种方式目睹实物。

报告是去年年底进行的，只不过是一个月之前。如果是那之后突击进行试生产和安装施工，那这个"牢房"就是最近才建起来的。

休到底为了什么才建了这么个地方?

四下一片瘆人的寂静。只能听到空调的风声。

嗡——

墙壁和地面小幅摇晃起来。

众人不禁失声惊叫。但摇晃并不剧烈,很快就停了。

"是大卡车。"帕梅拉淡淡地说道,"好像受地面构造影响,远处干线道路的震动会传到这里。大小姐相当介意这个,不过大楼本身建得很结实,请不必担心。"

一个人被杀了,什么叫别担心?而且——

这里究竟是哪里?真的是休的别第吗?

"谁管那些事啊。帕梅拉,你把她——艾嘉藏到哪儿去了?"

恰克逼上前问道。帕梅拉冷冷地回答"您无须知道"。

"我已重申了几次,那是老爷的东西。恕我僭越,不过是一只鸟而已,您有必要这么上心吗?"

"你!"

恰克揪住了帕梅拉的衣襟。

"住手!"塞西莉亚叫起来,"请住手。有人死了啊……这是在死者面前啊。你们不觉得对不起死者吗?"

就站在特拉维斯的遗体旁边争论的两个人,简直就像两个不明真身的怪物一样。

恰克像是这才回过神一般,放开了帕梅拉的衣襟,难堪地转身背对着三人。伊恩向依然戴着无表情面具的帕梅拉问道:

"帕梅拉小姐,有什么办法跟外界联系?我不知道桑福德先生把我们关起来要干什么,但是温伯格先生都这样了,没空继续玩游戏了,要赶快报警。"

"没办法联系。至少无法由我联系。刚才我也说过了,这里没装内线电话或者对讲机之类的东西。正面的门也只能从外边开锁。只能等老爷发现有异常了。"

一阵恐惧袭来。就连陷入如此事态，他们还是没法出去吗？

简直就像鸟笼……休·桑福德是要把他们饲养在这里吗？

而且——

"你呢？你真的和我们一样被关在这里了？"

"是的。"

回答得仿佛事不关己一样。

——你为什么会在这里？你难道和我们一起被关起来了？

——我只是遵从老爷的吩咐而已。

怎么可能！

一直以为帕梅拉只负责给休传话，能自由出入外界。难道说她对特拉维斯的回答是毫不作假的事实？

"您不相信我也没关系。我也没指望得到各位的理解。"

塞西莉亚说不出话来。

如果自己站在帕梅拉的立场，再怎么说是休·桑德福的吩咐，跟客人一起被关在不明究竟的地方，对这样毫无道理可言的命令，怎么可能老实服从呢。

"帕梅拉小姐，让我替恰克再问一次。你把玻璃鸟放到哪儿去了？"

"无可奉告。那不是用来给人观赏的。"

"这不对劲。你应该也明白吧。如果不能出入外边，那玻璃鸟现在应该也在这'牢房'的某处。然而刚才墙壁变成透明的时候，哪里都没看见玻璃鸟。"

长长的沉默过后，帕梅拉无表情的面具有了细微的动摇——看上去好像如此。

"我不知道……我也觉得奇怪。我确实应该放起来了。到底跑到哪儿去了呢……"

我去准备饭菜,请大家在房间里稍等——留下这句话,帕梅拉就走了。

向特拉维斯的遗体默祷之后,塞西莉亚等人也出了房间。结果遗体只能这么放着。本想至少把他的姿势摆好,可想到在血还没干透的时候这么做,自己的衣服也会沾上血,就犹豫了。伊恩安慰她说,出于保护现场的目的,最好不要乱动。

"饭菜,哼。"走在过道上,恰克语带讽刺地叹了口气,"在这种情况下,怎么可能吃得下去……特拉维斯都变成那样了。那女人的神经到底是什么做的。"

他明显流露出对帕梅拉的怀疑。"不会是又想下毒吧。"伊恩开玩笑说,可恰克笑不出来,皱起了眉。

"那个,伊恩……她说的话,能信多少呢?"

铁门真的只能从外边打开吗?帕梅拉自己和他们一起被关起来了是事实吗?她是真的找不到玻璃鸟去哪儿了吗?

"不好说。不过想断定她从头到尾全是在说谎,现在还为时尚早。"

"啊?"

"比如说,她其实能打开门,或者其实能跟外面联系。那在这种情况下,对帕梅拉小姐而言最需要戒备的事态,你觉得是什么?"

"应该是被我们抓起来吧。"

"我是说为了避免被我们抓起来,她应该回避的事情。不能让我们产生决定性的疑问,绝对需要回避的事态——塞西莉亚,你明白吗？"

对帕梅拉而言，绝对需要回避的事态……

尽管被伊恩的视线扰乱了心，塞西莉亚还是试着开始思考。突然一个想法浮现在她脑中。

"比如说……她出入大门的时候被我们看到？"

答对了。伊恩露出一个笑容。

"那样她说的门锁打不开这个谎言马上就会被戳穿。同样，即使不是被直接目击，如果发生什么暗示门能够打开的事情，一样会招来我们的怀疑——比如'牢房'里有什么突然消失不见了。"

塞西莉亚明白了伊恩的言外之意。

暗示门能够打开的事情——这指的是玻璃鸟不见了这件事。如果是帕梅拉故意把玻璃鸟藏起来的，那她为什么要做出这种招来怀疑的举动？

"她可能只是没顾上。"

"不一定。你为什么会注意到玻璃鸟不见了？那是因为墙壁变成透明的了。如果墙没变成透明的，那关于她的疑问应该只不过是'被放到哪个房间去了'。"

大概是被说中了，恰克的表情充满了苦涩。

对啊——就算是帕梅拉打开铁门把玻璃鸟拿到外边去了，只要墙壁没有变成透明的，那也不会这么快就发现玻璃鸟消失了。墙壁在透明、不透明之间的切换，不知道是谁在哪儿操作的，但假设开关在帕梅拉手中，那就相当于她错上加错地把自己往绝路上逼。

而且……玻璃鸟为什么会在这个地方？

会不会这里还饲养着休的其他宠物，搬走的时候只有她被丢下了？但是，如果刚才的推测是对的，那这里是最近才建起来的。忘记那样东西这事本身就令人难以相信。如果"饲养珍稀生物"，那至少会相应进行个别管理，而且把他们关起来的帕梅拉就算事先没检查"牢房"，也很难考虑她会忽略玻璃鸟的存在。

或者说，除了那扇铁门，还藏着别的通道？

还是——

"伊恩你怎么看？"

"我没有任何确切的想法。但关于刚才指出的矛盾，如果帕梅拉小姐全都想到了却明知故犯的话，那她的目的恐怕只有一个。那就是她想让我们以为'铁门能打开'。"

一阵沉默。

"什么意思？"

"一个是为了让嫌疑扩散到门的外边。进一步说，就是为了把罪行推到休·桑福德身上。因为她身为女佣，不可能直接把'老爷是凶手'这句话说出口。可能是想利用玻璃鸟绕着弯子把嫌疑从自己身上引开。不管做得是否成功。"

确实，休·桑福德的动向让人在意。

他现在在哪儿、做什么呢？是在铁门外边单手拿着红酒杯观察他们吗？刚才查看了一圈，倒是没找到监控摄像头一类的东西……

"你说'一个是'，就是说还有别的原因吗？"

恰克问道，伊恩回了句"很简单"。

"那就是为了隐瞒铁门真的打不开这件事。"

塞西莉亚停下了脚步。

"啊？"

"我们虽然怀疑帕梅拉小姐，但没对她采取决定性的行动。

为什么？因为没她的意思就无法去铁门外——我们无意间被引导着做出了这个判断。对不对？就算我们把她绑起来处以私刑，但无法真的伤及她的性命。要说为什么，那是因为如果她出了什么事，桑德福可能真的会丢下我们不管。'铁门能打开'这个认知，反而保护了她。但如果这个想法是错的……"

铁门真的打不开？

"别瞎说。打不开的话艾嘉去哪儿了？厨房的橱柜还有浴缸里面不是都看过了？"

"我们没全部查看到吧，比如客房的床里面。而且令东西消失是魔术的基础，我也知道几个手法。就算不拿到'牢房'外边，也有好几种办法把身形隐藏起来呢。"

塞西莉亚脸上没了血色。

为了让我们以为她在说谎，帕梅拉故意采取了矛盾的行动吗？

如果帕梅拉说的"门锁只能从外边打开"这句话是真的呢？

如果理应在门外的休没有打开门锁的意思——

我们不管怎么挣扎都无法离开这里。

如果证实了伊恩的推测是事实，那我们会怎样？

"你别随口乱说。这再怎么说也太绕弯子了。"

恰克反驳的声音却微微发颤。

"就是随口乱说啊。眼下又没有任何证据。但差不多该搞清黑白了。温伯格变成那样，谁也不能保证同样的事不会发生在我们身上。"

有人想要我们的命——

被关在奇怪的地方，亲眼看到特拉维斯惨遭杀害的尸体，亲身体验不安和恐惧的滋味，可一旦诉诸语言说出来，却再没有比这更缺乏现实感的事情了。

"伊恩，怎么办？"

"很简单。"伊恩微笑着，压低了声音，"要做个陷阱。"

"这……能行吗？"

大概十分钟后，塞西莉亚和伊恩两个人并排坐在房门旁。

从一开始在"牢房"里醒来，算上中间的睡眠，大概过了两个小时吧。神经一直紧绷着，既没有觉得饿，也不觉得想去洗手间。

目光移到床上。上面的被子鼓鼓的，像是有人睡在里面。那是他们从别的房间拿来几个被单团成一团，又在上面盖了一个被单布置的。

假装中了帕梅拉的计，抓凶手一个现行。伊恩的办法正如他自己所说，极为简单。

塞西莉亚和伊恩一起待在最开始的房间，恰克也在他的房间等待。这是故意遵照帕梅拉的指示、诱敌出洞的战术。

陷阱就像小孩子的恶作剧一样。"要是能搞得再像样点儿就好了。"伊恩略带自嘲地摊开双臂。

但话虽如此，他们布下的陷阱却不止这一个。

回房间之前，伊恩先返回了门厅一趟。他拔下自己的一根头发，用唾液沾湿，粘在铁门下方离地面几厘米高的两扇门接合之处。

（这就能知道有没有人出入过。塞西莉亚，希望你也能记下头发的位置。）

这一切都没被帕梅拉看见。厨房的门关着，看不到里面的情形。

他们把能想的办法都用上了。之后就看帕梅拉——或者是休怎么表现了。

至少在可见范围内没有监控摄像头。伊恩布控陷阱的场面应该没被看到。

然而对手实际上会不会上钩那就是另外的问题了。如果墙壁跟刚才一样变成透明的，那他们埋伏在门边的事就会瞬间暴露。

"没事的。"像是看穿了塞西莉亚的不安，伊恩摸着她的头发。"凶手不会轻举妄动的。在动手之前应该不会做出让我们戒备的举动。"

"嗯。"

说真心话，实在不希望再发生什么事了。

好想快点儿逃离这里，回到平常的生活中去。被带到一个奇怪的地方，认识的人惨遭杀害。想想踏入大厦之前平稳的日子，现在这一切都是无从想象的异常事态。

然而愿望不大可能实现。帕梅拉的话在脑中闪过。

——他让我给大家带个话，说"你们应该知道答案是什么"。

然后特拉维斯就被杀了。塞西莉亚无法乐观地相信危险不会降临在自己身上。

她用双臂抱着自己。伊恩揽过她的肩膀，但是恐惧没有减少。

特拉维斯是被谁，又是如何被杀害的？

凝结在他脸上的表情，不是痛苦，而是惊愕。也没有争斗过的痕迹。凶手应该是在他转身背对自己的瞬间突然动手的——光看尸体会有这种感觉。

但是，特拉维斯是倒在房间里面的。

他应该也有所警惕。可是凶手却能轻易进入屋内，甚至到了他的背后。就算通过休跟帕梅拉有一面之交，这也太不小心了吧？

或者是他离开房间走在过道上的时候被躲在阴影里的凶手刺杀的?这么说她没有印象曾看到过道上有血迹。凶手是在房间外边刺了特拉维斯一刀,把他搬到房间里,又再次在他背上猛刺一通的吗?

但觉得这好像也没什么不同。背上中刀,就是说他没注意到凶手直接走了过去。既然出了房间,特拉维斯应该更为警惕才对。有可能没看到凶手吗?就算凶手躲在屋里,难道开门声也没听到吗?

想不通。不过——有种可怕的预感。

仿佛有什么骇人的东西在这个空间里徘徊,一种毛骨悚然的感觉始终挥之不去。

就在塞西莉亚陷入沉思的时候——

远处传来一声惨叫。

身子猛地一震。

是女人的声音——至少在塞西莉亚听来是个女人。就像被勒死的鸡发出的垂死惨叫,尖锐且痛苦。

她和恋人对望了一眼。瞬间的沉默之后,伊恩猛地站了起来,他拉着塞西莉亚的手臂,两个人一起沿着过道跑过去。

"帕梅拉!恰克!"就连伊恩的表情也失去了冷静。"听见没有!回答我!"

"伊恩——"过了一会儿,听到恰克回应的声音远远传来。"刚才的声音是谁?!佩林没事吗!"

"塞西莉亚没事。你——"

伊恩正要问他有没有事,就在这时,听见仿佛杂音般低沉的震动声,墙壁的颜色消失了。

墙壁又……

和发现特拉维斯时一样。就像魔术表演中取下了蒙在眼睛上的布,遮挡视线的墙壁顿时变得通透,直到外围的水泥墙为止,一切都呈现在眼前。

看到了恰克。他好像从房间出来了,是听到惨叫声奔出来的吧,正在过道上向前跑。他也被突然的变化惊到,此刻正站住四下张望。

发生什么事了?塞西莉亚的视线也四处望去。

她看见了那个。

帕梅拉死了。

在特拉维斯房间的斜对面。一个穿着女仆装的女人倒在地上。

身上竖着一把像刀的东西。

——女仆装染成了黑红色。

第 6 章 大厦（Ⅲ）

一九八四年一月二十一日 10：01——

——地震？

听到沉重的轰鸣，感觉到晃动，楼梯的电灯熄灭的时候，这是玛利亚首先冒出来的疑问。

住在 U 国内陆很少会碰到地震。至于导致停电的大地震，那只有学生时代跟朋友一起去西海岸玩儿的时候才经历过一次。那时甚至引发了海啸。同行的朋友众口责怪她说"跟你在一起准没好事儿"。

所以玛利亚并不能确切地判断这就是地震。告诉她有异常情况的不是经验，而是嗅觉。

一股烧焦的味道刺激了她的鼻黏膜——似乎有这种感觉。

她感到一阵恐惧。

——不会吧。

玛利亚立即站起来，脚下一绊差点滚下楼梯。千钧一发之际，她抓住扶手稳住了身体。她嘴里咒骂着，锤了锤已经疲惫不堪的双腿。

怎么办——

是立即往下跑，还是……

抬头看着楼梯。只要再上两层就到顶层了。休·桑福德也许在。电灯熄灭,就是说电梯可能也停了。如果自己的直觉够准,那真要分秒必争了。

只犹豫了一刹那,玛利亚往楼上跑去。最开始的目的已经忘到脑后了。

消防楼梯在七十一层暂时到头了。

打开疏散门,门外不是电梯间,而是一条夹在灰色墙壁之间的窄窄的通道,通道向左边笔直延伸,里面沉闷地响着像是电机发出的极大噪声。应该是机房。

是要在这里中转换到另一条楼梯上吗?而且还有一段距离。真是麻烦的构造。

她一口气跑到通道尽头。一扇疏散门挡在面前。打开门,又上气不接下气地跑上楼梯。

终于到了顶层,等待玛利亚的是一扇厚重的门。

像是防火门。跟别的楼层的门构造明显不一样。这是一扇仿佛战车装甲般的铁门,泛着黯淡的黑色光泽。别说子弹了,看上去就算手榴弹爆炸的气流都能弹回去。

把手放在半圆形的门把上。可不管是推还是拉,门都纹丝不动。

"喂,有人没有!?"

玛利亚扯着嗓子大声喊,敲着防火门,那力道重得像是在殴打墙壁一样。

"有人的话回答我。我是警察。有紧急情况!"

没有回答。

"喂!听见没有!?"

再喊一次，还是没有回答。

没人吗，还是下定决心假装不在？不，防火门这么结实，估计不管是自己的声音还是敲门的声音都不一定能传过去。

玛利亚咬着牙转身背对铁门。她算是向里面喊过话了，门内的人可能从别的消防楼梯逃生了。既然不能判断是否有人留在里面，拖拖拉拉待在这里可能会让自己遇到危险。

下楼梯，跑过通道，再次跑下楼梯。本以为会比往上爬轻松，可双腿承受的伤害是一样的，甚至更严重。好几次差点摔倒，又紧紧抓住扶手，就这样顺着令人眼花的折线楼梯往下跑。

差不多跑到五十层的时候，这次真有烧焦味冲进鼻子了。每下一层味道就更强烈一些，四周也笼罩着一层雾霾似的烟气。

着火了——玛利亚用手捂住嘴。不好的预感成真了。

刚才的沉闷轰鸣和震动，不是地震，肯定是爆炸。是煤气泄漏，还是……

——十年前的恐怖爆炸案？

与休·桑福德有关的设施，再次成了恐怖袭击的目标吗？不管原因是什么，留在这儿都很危险。必须快点到外边去。

但是，玛利亚的逃生行动被迫戛然而止。

"不会吧……"

在大厦半腰，三十八层的楼梯平台，玛利亚呆呆地停下了脚步。

消防楼梯崩塌了。

楼梯平台往下三四阶处的楼梯悄无声息地消失了。取而代之的是烈火和黑烟激烈地打着转。

一阵猛烈的热气扑面而来。

下不去——被火和烟挡着,完全看不见下面的情况。就算跳下去,照这火势来看也是自寻死路。

消防楼梯偏偏在这个时候……不过没时间骂娘了。这里不行,只好找别的楼梯了。

从倒下的路障牌上踏过去,碰到疏散门的门把那一瞬间,玛利亚惨叫了一声。

好烫。

火的热量看来已经灼到门了。虽不是绝对不行,但基本握不住门把。右手开始起水泡,如果她完全握紧了……背上流下冷汗。

不行。只能回到上面,找别的门。况且看这火势,立足之地能维持多久都是未知数。

鞭策着自己过度使用的双腿,玛利亚再次开始爬楼梯。

爬到差不多快五十层的时候——响起比刚才更为强烈的轰鸣,楼梯随之晃动。

没有一扇疏散门能打开。

火焰的灼热尽管还没烧上来,可从三十九层到七十层的紧急出口的门,全都周到地上了锁。握着门把推或拉,失望之后马上向上一层跑——她没完没了地反复做着同样的事,不知不觉又回到了七十一层。

上午十点五十分。距离第一次晃动已经过了将近一个小时。

结果……事情就是会变成这样。

七十一层的疏散门没上锁,不是因为忘了锁,而是因为这里是消防楼梯的转接口。通道两旁有几扇门,但都上了锁。

气喘吁吁，意识已经模糊了。双腿几乎失去了知觉。拖着疲惫至极的身体，玛利亚从通道爬上楼梯。

顶层的防火门依然跟刚才看到的时候一样。

去而又返的这一路没和休或其他人碰上。是一开始就没人，还是经由别的路径逃到下面去了。不管怎样，剩下的路只有一条——只能去楼顶了。

急急忙忙跑下去可能是个极大的错误。一阵疲劳感袭来，玛利亚拖着身体往楼上走去。

但是——

"等等，这到底什么意思！"

玛利亚的嘴唇颤抖着，一巴掌拍在通往楼顶的门上。

锁着的。

和顶层一样牢固的铁门，不管是捶还是踢都纹丝不动。连个观察窗都没有，也没法确认楼顶的情况。

她四下寻找，看有什么能用得上的。门右边的墙壁上嵌着一块小小的长方形盖子。盖子上边是合页，下边是手拧螺栓。

拧松螺栓打开盖子，看到里面排着按钮。从"0"到"9"十个数字和写着"ENTER"的较大的按钮。

是密码锁啊。她胡乱按下几个按钮，当然了，门依然保持着沉默。

"靠啊！"

踹了门一脚，靠着墙滑坐到地上。稍一休息，就感觉到右手的水泡开始疼了起来。被疼痛刺激着，她渐渐冷静下来。

不管是楼顶的门，还是七十二层的铁门，恐怕都是休为了防止有人闯入而建的。牢固得无可挑剔。连如此紧急的情况下也压根无法逃脱。

怎么办——

消防楼梯已经被破坏。通往其他楼层的门上了锁,也无法上去楼顶。

别慌也别乱,在这里等待火势消退和救援。这应该是最现实的办法。

然而,那能来得及吗?

爆炸发生了不止一次。不管是煤气泄漏还是恐怖袭击,谁也不能保证两次之后就完事了。如果这是人为制造的事故,那顶层及楼顶也说不上是安全的地方。

犹豫之后,玛利亚站起来下了楼梯。

七十二层,休的私人住宅,也许现在仍有人留在里面,这并非不可能。如果能找到那个人,打开通往楼顶的门的话,那得救的概率也会提高。尽管只是根稻草,但总比什么都不做要好多了。

感觉今天一天把这辈子的楼梯都上下完了。脚跟被鞋磨得剧痛。花了一些时间下到七十二层,玛利亚盯着防火门。

她勉强握住起了水泡的疼痛的右手捶门。

"有人没有!?有人的话回答我。把这门打开!"

没有回答。果然没用吗?她垂下手,就在这个时候。

响起一声闷响,铁门震了一下。

不是爆炸。声音比爆炸微弱得多,感觉是从门的另一边传来的响声。

"谁!"玛利亚扑到门上,又一次捶门,"谁在那里!?回答我!"

她喊着,把耳朵紧紧贴到门上。

闷响和震动这下清晰地传到了鼓膜——两次、三次、四次。

没错。门后有人在捶门。

"把门打开!"玛利亚把嘴凑近门缝,扯着嗓子喊道,"听见没有!?快把门打开。紧急情况!"

但是门锁毫无要打开的迹象。对面捶门的声音还在继续,像是对玛利亚的话充耳不闻。

"喂,听见没有!?"

玛利亚挥起拳头,又猛然停住了。

救命——似乎听见从门缝里传来哀痛的声音。

她想到了一个可怕的可能性。该不会是,打不开吧?

门后的某个人也不知道如何打开门。这个人跟玛利亚一样,在苦苦哀求对方把门打开?

"喂,冷静下来!我这边不行,打不开啊。还有其他人吗?知道怎么开门的——"

然而没有回答。捶门的声音也断了。

"喂,怎么了!?"

玛利亚的叫喊也得不到回应,那之后门内再没响起捶门的声音。

她愕然地盯着防火门。从门缝里仿佛流淌出一种异样的气氛。

发生了什么事?门那边到底发生了什么?

拳头无力地抵在门上,目光落到脚边——玛利亚倒吸了一口冷气。

红色的液体从门下渗出,面积慢慢扩大。

用手指沾一点放到鼻尖。味道微微发腥。这是当警察的很熟悉的、带着铁味的异味。

是血。

怎么回事？发生了什么？

在这紧急的情况下，牢固的防火门的另一边，休·桑福德的城堡里究竟发生了什么事？

不——这时候不管发生什么都不重要了。

只隔着一扇门，门后的人在向自己求救，自己却无法伸出援手。

"妈的！"

玛利亚一拳砸在门上，手上传来一阵钝痛。

第 7 章 玻璃鸟（Ⅳ）

一九八四年一月二十一日 10：00——

怎么会——帕梅拉她死了？

把他们关起来的帕梅拉死了？为什么？

这回她甚至连惊叫都叫不出来了。

"塞西莉亚！"即将消失的意识被伊恩的声音拉了回来。

"对不起……"她紧紧抓着伊恩的胳膊，总算勉强站稳了。这是第二次被他救了——她心中某处仿佛事不关已似的想。

"我没事……没事。"

颤抖的声音出卖了她的话。她的意识跟不上眼前的情形，只是紧紧握着伊恩的手，像是被一条看不见的线牵着一般，走向帕梅拉身边。

帕梅拉倒在"牢房"里众多小房间中的一间。（参见图2）

透过变成透明的墙壁，里面的情形看得很清楚。空间比塞西莉亚分到的房间小一圈，像是杂物房。不过只是因为没有床才会这么觉得，其实是一间什么杂物都没有的空房间。

在那冷冰冰的房间里，帕梅拉仰面倒在地上。

她的表情跟特拉维斯一样，混着痛苦和惊愕。胸前插着什么东西，像是刀柄，那是菜刀吗——不过跟在厨房看到的菜刀形状

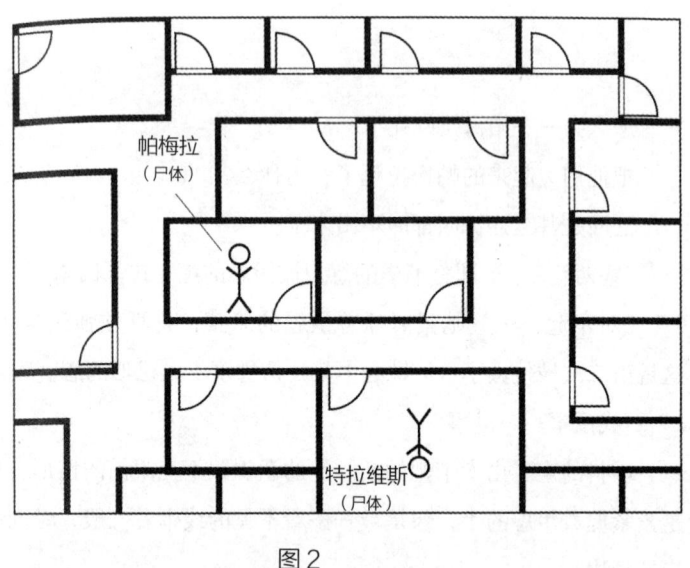

图 2

好像不一样。

以插着凶器的部分为中心,白色的女仆装染成了黑红色,血的面积在扩散。明显是刚被刺没多久。

为什么——难道凶手不是她吗?

围着房间的玻璃墙壁的一角,能看到门把浮在空中。还有窄长的长方形接缝和合页。是门,现在是关着的。

伊恩把手伸向门把,就在那一瞬间——

"别碰!"

恰克的喊声响起。他像是全力跑过来的,呼吸紊乱。

"透光率可变玻璃要维持透明需要施加高压电……不能碰。"

高压电!?

塞西莉亚不由得缩起身子。伊恩也缩回手来。大概是以为既然都实际应用了,那就应该是安全的吧,他不甘心地盯着阻隔在自己和帕梅拉之间的玻璃。

回头看向身后,特拉维斯的遗体映入眼帘。他被杀的时候门是开着的,如果是关着的话,或许会有人——也许那个人就是伊恩,会握住门把。

每个人都默然无语。不过仅仅几秒的时间,感觉却像过了一两个小时。

"是……你们?"终于,恰克声音颤抖地说,"都是你们干的!?把我们关在这里,杀害特拉维斯,这些都是你们在背后操作的?利用完了就杀死帕梅拉灭口?"

他把伊恩从危险之中救下,接着就说出抨击伊恩的话。很显然,他已经混乱了。

"不,不是的!"

塞西莉亚也叫了起来。她已经好久没对人这么厉声说话了。

"我和伊恩一直都在房间里啊。"

反倒是嘴里说这话的你才是——这句话被恰克的反驳挡了回去。

"你们不是情侣吗？相互做证没有任何意义。"

"冷静下来，恰克。"伊恩插话进来，像在护着塞西莉亚，"如果我们三个人中有一个是杀人凶手，那为什么非要在这个时候杀害帕梅拉小姐？岂止把难得的替罪羊弄没了，搞不好也许一辈子都没法从这里出去是不是？这行为除了愚蠢什么都不是啊。"

恰克像是被泼了一身冷水般，整个人都僵硬了。塞西莉亚也回过神来，脸上因难堪和羞愧烧了起来。

沉默再次降临。突然，伊恩转身跑了出去。

"伊恩！？"

塞西莉亚慌忙追了上去。中间好几次差点撞上透明的墙，每次都尝到心脏几乎停止跳动的滋味。

来到门厅，伊恩在铁门前面蹲下。塞西莉亚也站在旁边看过去。

伊恩的头发依然粘在两扇门的接合处。

一样的——依然和塞西莉亚刚才看到的状态一样。

愕然——铁门没打开过，凶手在"牢房"里面。

"你怎么了伊恩，突然……"

恰克的声音响起，又断了。他应该也看到粘在门上的头发了。不知是不是明白了那意味着什么，回头看去，恰克已面无血色。

凶手在"牢房"里……但是，在哪里？

一层又一层的透明玻璃，门周边的金属件，床、厨房、浴室，外围粗糙的水泥墙和铁门，天花板和日光灯，亚麻油地毡，已成为尸体、无法言语的特拉维斯和帕梅拉——能看到的只有这些。

铁门以外看不到任何像是出入口的地方。除了塞西莉亚和伊恩、恰克，任何地方都看不到一个活着的人影。浴缸的阴影处也不像躲着人。浴缸那么浅，想要把身体完全藏起来是不可能的。

假设如伊恩所推测，恰克是清白的，那凶手是从哪里冒出来的，又去了哪里呢？

还是说——

视线回到帕梅拉的遗体上。那具躯体的脚在晃动——似乎有这种感觉。

塞西莉亚差点儿惊叫起来，她揉揉眼睛又一次看过去。帕梅拉的身体纹丝不动……是错觉？精神受到的打击似乎比想的更严重。

"去找找。"片刻后，伊恩站了起来，"也许什么地方藏着通往外边的通道。去把它找出来。"

"也许什么地方，那就是什么地方啊！"恰克伸手指着外围的水泥墙指了一圈，"明明什么都没有。事到如今你说什么——"

恰克正要接着往下说，就在这个时候，墙壁和地板震动了起来，随着一阵意想不到的瘆人的沉闷声响，周围拉下了灰色的幕布。

玻璃墙壁恢复了颜色。自己的反驳被意料不到的方式打断，恰克说不下去了，呻吟了一声。

"什么都没有吗？"伊恩喃喃道，"很明显应该有机关在什么地方，只是我们还没找到。大家一起去找找吧。"

这次的查找比最开始的时候更为仔细。

他们一起查看了一圈，着重检查了外墙、天花板，还有地板，看有没有可疑的缝隙或机关。并对有可能隐藏密道的地方，如厨房的橱柜及浴缸、马桶等都慎重地调查了一遍。连为数不少的空房间——尽管遗体所在的房间实在无法进去——也再次全都打开查看了一遍。

对塞西莉亚而言，做这些事情的时候一直伴随着恐惧——不知在何时何处会遭到凶手攻击的恐惧。

然而他们终究是白忙一场。这一次也没找到密道或者密室。

外墙是裸露的水泥墙，地板是光滑的亚麻油地毡。没找到任何暗门。天花板上零散分布着几处开口，应该是空调用的吸排气口，但都被嵌死的金属网挡着，别说人了，连只鸟通过的缝隙都没有。

伊恩一开始似乎认为出入口藏在厨房的橱柜里。然而柜门是用金属件固定的，没有任何机械装置，只是极为普通的橱柜。

浴室也一样。不管是浴缸、马桶还是地面的瓷砖，没有一处像是能活动的。

要说凶手能藏身的地方，剩下的只有客房的床里面了。他们把床垫一个一个掀起来，但里面也没有任何挖通的机关。

既然墙壁会变成透明的，那就算建了密室不也没意义吗？这样问伊恩，伊恩只含糊回了一句"可能吧"。

状况如此恶劣，伊恩居然毫无慌乱的样子。相比之下，恰克的表情随着时间的流逝，阴沉和绝望感不断加重。

"伊恩，你不是说有秘密通道吗！？"

"我只说'可能有'。而且即使存在，也并不等于一定能找到。可能是我们调查得还不够充分……"

"少跟我说歪理！"恰克的话近乎支离破碎，"……我知道了，你们假装没怀疑我，实际上却想逼着让怀疑不得不指向我，对吧。二对一,少数服从多数,你们是有利的。"

"恰克,冷静点儿。现在大家一起……"

"别过来!鬼才相信你呢。别再靠近我!"戴眼镜的青年向后退去,忽然冲着塞西莉亚说,"你最好也小心点儿。你要是以为你的恋人无论何时都站在你那边,可就大错特错了!"

恰克的叫喊刺穿了塞西莉亚的心脏。等回过神来,他的背影已经消失在转角之后了。

沉重的静默压了下来。连动动指尖都做不到。

"塞西莉亚。"伊恩打破沉默,抱住塞西莉亚的肩膀,"别瞎想。他是真把我们当凶手了,大概想挑拨我们起内讧。等他冷静下来吧。放他一个人待着让人担心,但他现在那样子,我们去接近他也只会起反作用。"

"嗯。"

塞西莉亚低低应了一声,看着恋人。他的唇角浮现出一个安慰的笑容,但平时那种超脱的感觉已经消失了,令人无法看清他内心的想法。

伊恩他,会背叛我?

没事的。不可能的。只是恰克乱了阵脚而已。伊恩会保护我的。没事的。

——他说"答案你们应该知道"。

帕梅拉的话语在脑中回响。如果伊恩察觉到了那句话的意思……他真的还会爱我,继续保护我吗?

而且——对了,为什么恰克在那个情况下说出那句话?为什么……

※

回到自己的房间,和伊恩并排坐在床上,塞西莉亚这时才注意到身体在微微颤抖。

"那个,伊恩。"她的声音流露出依赖,"我们该怎么办呢?这么下去……"

继特拉维斯之后,连帕梅拉也被杀害了。既不知道凶手是什么人,也不知道动机是什么,无法保证他们不会成为凶手的下一个目标。

"想方设法弄开那个铁门,到外边找人来救我们。"伊恩的声音有些硬邦邦的,"这是最理想的,但是……"

他们没办法做到。这他自己也明白,他对自己说的话摇了摇头。

把叉子或者什么塞到铁门的门缝里,能不能撬开铁门呢?但是要弄开那么厚重的门,叉子的强度不可能够。就算伊恩和自己两个人拿身体去撞门,再加上恰克,也不知道能不能撞开。

或者拿重物去猛烈撞击?但是没几个重得能破坏铁门的重物。厨房的橱柜是固定的。床——她看了看自己脚边,也是用金属件固定的,而且螺栓头还灌了金属。

好可怕……仿佛提前猜到了自己的想法一样。这样的话,就连拿床堵住门把自己关在屋里都做不到。

"希望不大。这么一来剩下的只有一个办法了,那就是抓住凶手。如果不是从铁门出入,别的地方也没有出入口,那凶手藏身在'牢房'里的可能性很大,所以要反守为攻去抓住他。至今为止我们只是在等凶手出招,才会眼睁睁看着帕梅拉小姐被杀。不能犯同样的错误。这次我们要先出手。反正我们埋伏的时候,凶手也不知道我们在戒备。"

从根本上杜绝危险,这就是伊恩的结论。但是——

"藏身？藏身在哪里？墙壁都变成透明的了，哪有能藏身的地方。"

是否准备了大镜子并藏在后面？可浴室里没有镜子，刚才查看一圈下来，也没找到这类机关。

"所以就要这么办。"伊恩浮现一个刻意的微笑，"不管怎样，要抓住凶手会有危险。也不知道对方有什么武器。但是，这点现在也是一样的。我觉得反而被动防守的风险更大。我不想让你暴露在危险下，可这种情况下没办法部署出零风险的战略。"

怎么样？伊恩用眼神问道。

是等待凶手出招，还是自己积极行动？

塞西莉亚垂下了眼帘。伊恩一番话都是在为自己的安全着想，她感到那些话渗进自己心里。塞西莉亚刚要点头——

——你要是以为你的恋人无论何时都站在你那边可就大错特错了！

恰克最后丢下的那句话，像诅咒般在耳边苏醒。

"对不起。"长长的踌躇之后，塞西莉亚道歉道，"我想你是对的。但是……我心绪很乱。我害怕，要是你有个万一……我知道现在不是从长计议的时候，但是……对不起。我想要一点时间想想。"

伊恩的脸上一瞬间露出受伤的表情，但又恢复了平静的微笑。

"这事儿不是立即就能下决心的啊。知道了，我慢慢等你。"

"那个……伊恩？"

"嗯？"

"我很喜欢你搂着我的肩膀……可是，那个，可能是没法冷静思考吧……我想自己一个人想一会儿……"

不管什么时候都会不自觉地跟他撒娇。断肠的心思几乎撕裂了身体，就在这个时候，墙壁和地面突然小幅度地震动起来。

又来了。回过神来的时候，塞西莉亚发现自己的脸埋在恋人胸前。哈哈，伊恩笑着摸了摸塞西莉亚的头。

"我知道了。那么——暂时还是继续陷阱战术吧。我就在旁边房间。想好了就叫我。要是有什么事马上大喊。"

结果她没法冷静地思考什么。

感觉应该过了二十分钟。也不能让恋人一直等下去，塞西莉亚下定决心，敲了敲伊恩的房门。

她有一瞬间不禁想象他完全变了个人的样子，但从门对面传来的是他熟悉的声音："塞西莉亚？"她不由得放心地叹了一口气。

"平静下来了吗？"

塞西莉亚一走进房间，伊恩就把手伸向她的脸颊。塞西莉亚把自己的手覆在他的手上。

"就按你说的做。不过……"

"你说恰克？"

再次点头。如果他真的是清白的——如果他能不敌视塞西莉亚他们——那么三个人协力去找凶手或许也很容易。可是回想起刚才他那慌乱的样子，感觉要让他帮忙就像梦中之梦一样不现实。

"总之先跟他说一声看看吧。这时候他应该差不多冷静下来了。"

为了以防万一，他们准备了防身的用具。

伊恩双手拿着一条拧成细长条的床单，说是"长布料意外地能成为武器"。

塞西莉亚也双手拿着炒锅。这是刚才顺道去厨房找来的。两把菜刀他们都没动，留了下来。但伊恩把两把菜刀都放进两开的橱柜里，撕下一部分床单搓成绳子，紧紧绑住门把，把菜刀封在了里面。

"我们的目的是保证自己的安全，不是去杀死凶手。如果自己拿着刀，而对方也有刀，不知道能不能挡得住。要是乱挥菜刀导致受伤，还不如这样关起来比较好。"

攻击距离长点儿的武器比较实在——这是伊恩的判断。虽仍有不安，但某种意义上也暗暗松了一口气。拿刀实在很可怕。

准备好之后，他们去找恰克。

每次从空房间的门前经过，快到转角的时候，身体都会颤抖，害怕会有什么不明究竟的东西扑出来。

恰克的房间关着门。

听不到动静。现在墙壁变成不透明的状态，从外边也判断不出恰克在不在。

"恰克，你在吗？"

伊恩敲了敲门——没有回应。

"恰克？"

伊恩再次叫道。可回答他的只有令人害怕的沉默。

"他不在吗……"

"不。"伊恩的表情严峻起来，"塞西莉亚，你看着周围——恰克，我要开门了！"

伊恩抓住门把，一口气把门完全打开。

一股血腥味掠过鼻尖。

面前的伊恩身体僵硬起来。

塞西莉亚把视线投向房内——看到了不该发生的情形。

恰克已经断气了。

腹部染成鲜红一片,仰面倒在地上。

他的眼睛已经失去光芒。眼镜片反射着日光灯发出的光。

炒锅从手里滑落,发出极大的声响。

这一次,塞西莉亚尖叫出声。

第 8 章 大厦（Ⅳ）

一九八四年一月二十一日 11：00——

"是的，很有可能还留在大厦里。"

涟刚说完，就听见话筒对面传来吸气的声音。

"我已经跟现场的警察和消防员说了，但很遗憾，此时此刻警察和消防员的指挥系统好像都发生了混乱。分秒必争，如果可能的话……真的吗……我知道了，谢谢你不遗余力的帮助。我会继续找玛利亚。"

放下话筒，从电话亭里出来。一个披头散发的女人推开涟冲进了电话亭。等着打电话的队伍排成了一条长蛇。

上午十一点，距第一次爆炸过了约一个小时。桑福德大厦附近混乱至极。

因连续发生爆炸，警方扩大了戒严区域，对周边的大楼也下了避难指令，众多被疏散开的人都远远围着大厦。有人目瞪口呆地瞅着大厦，有人表情焦躁地东跑西窜，有人一副不要命的样子奔跑着。连展开救援活动的消防员和警察也一样，别说维持秩序了，看起来光是处理眼前的事情就已经焦头烂额了。

人们都在争夺为数不多的电话亭。涟为自己快人一步而感到侥幸。

但不管怎么说，能做的事情已经做了一件了。在混杂的人群中，涟开始往前走。

收集逃生者和灭火救援活动的消息并不容易。

他拦下几个现场的警车和消防员，然而，"我听说疏散工作已经结束了""不，好像还有几个人被关在电梯里""不是不是，救援工作已经完成了，但是火势太猛"——消息相当混乱，看来警察和消防之间完全没有沟通。

但即便如此，压抑着焦躁的心情继续打听，慢慢地也能把握大致情况了。

疏散工作本身奇迹般毫无阻碍地展开。尽管有吸入烟雾、玻璃割破皮肤、脚扭伤之类的受伤人员，但都是轻伤。现阶段还没有人死亡。

爆炸应该是在办公区上面的楼层，三十七、三十八层附近发生的。发生爆炸时应该无人在现场，但是否有因爆炸直接丧生的人现在尚不明确。

现场的指挥系统如此紊乱，居然还能在没有人受重伤的情况下顺利展开疏散工作，只能说是幸运。但要紧的是，玛利亚的行踪依然不明。

这时，一个消息给涟泼了一头冷水。

"你说消防楼梯？"涟反问道。

"嗯。"一名消防员点了点头，"全都被炸毁了。看情形没法到楼上去了。话是这么说，但据说大厦上半部分是空的。真是不幸中的万幸。下面楼层的疏散还差一点儿就能完成了。我们也刚接到收队的命令。"

"休·桑福德应该在顶层。他现在在哪儿？"

"啊？是吗？我好像听说他早就逃出来了……不对，还是说因工作出去了？"

消防员歪头思索。涟跟他说了一句"为防万一，请安排救援"，就转身离开了。

消防楼梯都被毁了——

看楼层指南，电梯间内共有三处消防楼梯，相互距离不到五米。距离如此近，一次爆炸的气流就足以摧毁所有楼梯。

是偶然吗……他实在不这么觉得。

有人注意到消防楼梯构造上的缺陷，用爆炸物将其一口气全都炸毁。这是最合理的解释。是什么人干的，怎么放下炸弹的，这些疑问现在没有时间也没有办法去查。涟不会天真地认为这是偶然的事故。

眼下的问题是，大厦的上半部分陷入孤立状态这一事实。

如果玛利亚真的困在了大厦里，凭一己之力是无法逃脱的。大厦上半部分和下半部分的电梯几乎各自分开。货梯和直达电梯也不知道还能不能用，搞不好很可能跟消防楼梯一道被炸没了。那剩下的逃生之路就只有楼顶了。

如果休·桑德福在顶层的话，救援工作会立即展开，顺便也能救下玛利亚……他本来还有这样的期待。可是听刚才消防员的话，休已经离开了大厦——至少现场方面是这样认为的。刚才他安排救援的要求还不知能不能传到上头去。

应该已经设立起指挥部了。或许应该马上赶过去进行交涉——

"刑警先生！"

突然有人叫他。一个穿着制服的女人跑了过来。

"你是……"

是在二十九楼指挥逃生的女人。真是意想不到的重逢。逃生时场面太混乱，根本没好好说上几句话，就那样分开了，之后也没再见到。

"我一直在找您，想跟您道个谢。太好了，刑警先生您也没事……真的谢谢您。"

那充满纯粹感激之情的笑容，在此刻的涟看来却感到痛心。女人似乎察觉到涟不太对劲，疑惑地问："刑警先生？"

"很抱歉，其实我有点着急。我在找我的同事。"

正确来说应该是"上司"，但这时候不必理会细微的差异。

"这样啊……"女人低下头，又抬起来，"那，能让我帮忙吗？我也和您一起找。"

不劳挂心——情况不容他说出这种社交辞令。实际上哪怕能多一个人手都很庆幸。艾玛·克莱普顿，九条涟，两人交换了姓名，涟跟她描述了玛利亚的外貌。

"红色长发，穿着套装的女人？"艾玛的表情惊讶起来，"那个，不会是一个超级美女，眼睛像红宝石一样，身材也很好，但是头发一团乱像刚睡醒似的，罩衫的衣摆露在套装外边，二十岁过半到三十岁左右的女人吧？"

涟点了点头。

艾玛双手一拍："我知道！大概在爆炸发生的二十分钟前，我和她在同一台电梯上。我在二十九楼下去了，不过那个人继续往楼上去了……我从没见过那么亮眼的人，所以还记得。那个人原来是刑警啊！？我还以为是刚睡醒的模特呢。"

意想不到的目击证人。

背上流下汗水。爆炸发生的二十分钟前往楼上去了——不会错的，玛利亚自己爬楼梯去顶层了。最糟糕的预感应验了。

"爆炸之后你看到她了吗？"涟抱着最后一丝希望问道。

"如果看到了，我肯定会留意到的……"艾玛带着歉意摇了摇头，之后脸上的血色渐渐褪去，"那个人，不会还在上面吧？"

"不知道。也有可能中途返回躲过一劫。如果你看到她，请说出我的名字把她留住。"

好的——艾玛点了点头。

※

定下会合的时间和地点之后，跟艾玛暂时分开，涟往消防局的指挥处走去。他向就近的消防员问到了总部所在。

不妙……

基本可以肯定玛利亚被困在大厦里了，事态已经到了刻不容缓的地步。哪怕这一瞬间发生下一次爆炸也并不奇怪。

可等着涟的是无可奈何的现实。

"没有直升机？"

戒严区域的一角，离桑德福大厦不远的一栋大楼的大堂。

在消防局的指挥处，五十岁上下的消防队长一脸苦涩地摇了摇头。

"就是这样。很遗憾，没法给你需要的帮助。"

"在高层大楼林立的M地区，消防局却没有直升机？"

"从楼顶进行救援是最终手段。救援活动终归要在建筑物内进行，这是基本原则。直升机一次只能坐几个人，而且还受到气象条件的左右，不能以这种不稳定的方法为前提展开救援。你要是想用直升机，去跟你自己人说不是更快？"

回答里甚至透着冷漠，饶是涟也无言以对。

关于没有设备这点，事到如今说什么都没用。本应具备的理想条件却受到预算及人员等种种方面的制约，这就是组织。涟隶属的 F 警察署没有直升机，在 U 国广泛普及的水母船也由于停留场地及预算等问题，市级以下的地方公共机关基本都尚未引进。

然而事情到了这一地步，言语间居然仍毫无打算跟警察合作的意思，这让涟感觉他见识到了问题有多根深蒂固。这就是代表 U 国大城市的防灾机构的内情吗？

"不能请求别的有直升机的消防局派一架出来吗？"

"要是能肯定有人被困在楼顶，那就好说多了。"

消防队长的视线投向旁边。大堂角落放了一台电视，画面是从上空拍摄的大楼喷出火焰和烟的情形。应该是电视台的直升机拍的。消防局身为救援活动的主体组织，居然只能靠别的机构把握现场情况，这实在是太讽刺了。

电视上映出了楼顶的情形。

没有人影。

距第一次爆炸已经过去一个小时了，然而屋顶上没看到一个逃生的人。

"你也看见了。从下边的楼层打来不少报警电话，但上边的楼层——桑福德家连一个电话都没有。电话线还能用，我们打了电话过去，可没人接。大概是出差或者旅游去了吧。不然这时候应该大吵大嚷说赶紧救我什么的。"

顶层没有应答？

SG 公司的接待小姐应该没说休不在。难道是自己理解错了？

但这一来他就明白是怎么回事了。消防员之所以会说休不在，大概是因为顶层没有反应，所以上面领导就判断他不在，并传达给现场。因为没确切告知判断的依据，所以一部分消息发生了混乱。

但是，玛利亚呢？

消防楼梯毁了，那就只能去楼顶。这玛利亚应该也很清楚。然而到现在楼顶上还不见人影，究竟发生什么事了？

是被爆炸波及了吗，还是说发生了什么变故导致她无法上到楼顶？

"不管怎么说，只要没有确切的消息，我们就不能把队员送到不知何时会爆炸的现场去。你的要求我明白了，但是否可以执行以及执行时机等问题，我无法给你答复。"

消防队长的声音冷冰冰的。

※

警察的反应也没多大差别。

他们姑且听完了涟的要求，但说要在救援活动中出动警察署的直升机，需要消防局出面要求并且需要消防员同行。

"那么能不能让N市的警察去找消防局那边？"

刚才他也领教了，身为外人的涟交涉能力有限。他明知不行还是提出了要求，不出所料，负责接待他的警察摇了摇头。

"我们自己也快瘫痪了。"

说是现场周边的监视和交通疏导都需要人手，手续本身也需要时间。

警察和消防的协作不足——或者说欠缺——他再次见识到了。像被赶走的一样，涟离开了指挥处。

※

带着挥之不去的徒劳感,涟回到了公园。

"刑警先生!"

艾玛挥着手迎上来。她旁边站着一位穿制服,年龄看起来比她大的女人。那张脸涟有印象。

"对不起,我迟了。"

"不会,时间刚刚好。"艾玛微笑着,又马上正色介绍起旁边的女人,"那么,这位女士……她说有事要找刑警先生帮忙。"

艾玛说和涟兵分两路之后,她向周围的人们挨个打听玛利亚的去向,几乎全无结果。然而,有一个女人对艾玛的问话有了反应。

此刻这个女人惊讶地提高了声音。

"刑警先生说的是你?你不是商社的推销员嘛。"

她是在SG公司的办公室和玛利亚针锋相对的接待小姐。

"因各种原因需要隐瞒身份。很抱歉——那么,你有什么事?"

接待小姐回过神来,逼近涟。

"刑警先生,求求你,请找出社长来。社长——桑福德社长,我找不到他。"

一瞬间的沉默降临。

"你说……桑福德?"

接待小姐点点头,结结巴巴地说出了事情经过。

爆炸发生之后,一名员工马上给顶层打电话向休请示。

十五层的办公室和顶层之间装有内线电话,就算不是工作时间，从上面发来指令也是家常便饭。还有不少次是办公室给顶层打电话请示工作。

这次因为是紧急事态需要请示，可不管等多久，重拨多少次，都无法和顶层取得联系。但电话线路本身是通的。

"因为有常驻的女佣，所以应该不会出现怎么等都没人接的情况。"

"请让我确认一下。今天桑福德的行程是怎么安排的？"

"上午是私事。下午在B州开公司外部会议……行程是这样的。私人的安排我不知道，但外出的时候大多都会联系办公室要求派车。但是……"

就是说这次没要求派车，却直接失去了联系。

不祥的预感顺着脊梁升起。

据消防局说，顶层尚未要求救援。尽管有可能碰巧外出躲过了一劫，但既没有事先联系也不接内线电话——而且女佣是常驻的——这一来事情就不一样了。艾玛的表情也严肃起来。

"昨天怎么样呢？比如前一天和女佣一同外出了。"

"不可能！"接待小姐的声音近乎悲泣，"我听说昨天在社长家里——大厦顶层举办晚宴，招待别的部门以及公司外的客人。所以……至少在晚宴结束前社长应该在上面。"

招待公司内外人士的晚宴？

"晚宴开始和结束的时间呢？"

"具体我也不知道，但社长是十七点左右离开公司的。结束时间……我不知道，只能说是在二十二点之后。"

接待小姐低下头，用手捂着嘴，脸颊泛起淡淡的红晕。

涟假装没注意。晚宴到那么晚才结束——参加的人是不是一直等着得到释放呢。然而居然仍"不知道"结束时间，就是说怎么等也没人下来，结果只好死心回去了吧。等的人……看她刚才的样子，就是休·桑福德本人吧。她是假装在加班，打算给休打电话吗？

不，八卦的推测回头再说。

如果晚宴持续到二十二点之后，那就很难考虑休会在晚宴之后悄悄外出这种情况。只要不是十万火急的紧要事情，琐事都会放到明天再说，先上床睡觉吧。

不，或者说他想错了？正因为是要紧的事情，所以把今天上午的时间算成"私事"留出来做准备？

然而，假设休·桑福德运气够好逃过一劫，那他不该立即发表声明之类的吗？距第一次爆炸已经过去了一段时间，自己城堡所在的大楼遭到爆炸袭击，为什么直到现在还要保持沉默呢？

休现在在哪里，他做什么呢？

"桑福德社长的家人没事吗？没跟贵公司联系吗？"

接待小姐猛地抬起头。

"这么一说，也没有……我知道有一位大小姐，但不知道她在哪里。"

休有个独生女，这涟也知道。她应该是个大学生。一月下旬，在U国是春季新学期将要开始的微妙时期。她很有可能出去玩儿了。

然而——这位大小姐这时候是不是也该有什么反应呢。媒体大概也为了采访拼命在找这一家人。但是在消防局的指挥处所看到的电视上，没播出哪怕一秒钟对这家人的采访影像。

如今，桑福德父女仍保持着沉默。

纯粹是因为混乱而无法在众人面前亮相，还是说……发生了什么无法回避的事态？

"像这次这种事以前发生过吗，比如社长和大小姐突然失去联系这类事情？"

接待小姐脸色苍白地摇了摇头。

"大小姐的事情我不太知道……但是社长从不会连对秘书都不说一声就出门的。"

在接待小姐和涟的旁边，艾玛露出急迫又不知所措的表情。站在旁边这么听着好吗？她显得很尴尬。

"跟警方的其他相关人员说了吗？"

"说了！我找就近的警察说了好几次！可他们压根没有行动……"

情况混乱至极。大概现场的消息未能正确传达给指挥官吧。虽然对当事人而言这些借口都不成理由。

对涟来说，玛利亚的去向才是正题。他问接待小姐是否见过玛利亚，她摇了摇头，说在SG公司办公室的接触之后就没见到过。

仰望大厦。高度约一百五十米，从四十楼下方喷出火焰和黑烟。火势尚不见消退迹象。这个高度消防车喷水也够不到。

如果玛利亚被困在那里边，那留给她的时间恐怕很少。

而且——如果休也还在楼里呢？

如果由于某种原因，他无法跟外界联系的话……

"我知道了，我这边也会试着寻找社长的行踪。请你也别放弃，继续要求警察出面。我就直问了——你知道有谁跟社长立场相近，现在能马上联系到的人吗？"

※

幸运的是涟没多久就见到了这个人。

"我是法律顾问维克多·利斯特。"

穿着西装的瘦削男人微喘着出示了证件。看外貌大概是五十岁过半到六十，短短的头发有八成都白了，零星分布着应该是天生的淡褐色头发。

跟休立场相近又容易联系上的人，听了这个问题接待小姐第一个说出来的名字就是维克多。他的事务所就在大厦附近，他本人也频繁造访休的私人住所。

附近的电话亭挤满了人，艾玛自告奋勇揽下传信鸽的任务。维克多也可能不在事务所，但看来是白担心了。

艾玛领维克多过来之后，就再次和接待小姐一起出去找玛利亚和休了。之后要好好跟她们道个谢。

涟把自己的证件给维克多看过之后，把到现在为止掌握的信息简明扼要跟他说了一遍。而从 A 州来到桑福德大厦的理由，他只说是"为了查一个案子"。

听完涟的说明，维克多的表情凝重起来。

"你的同事和休……在楼里！？"

"没有确切证据，还在民间人士的帮助下收集信息。但是……尚未有脱险后的联络。好像也不知道女佣和他女儿在哪里。眼下能判明的只有爆炸发生前约二十分钟，玛利亚往大厦高层去了。关于桑福德一家，警察、媒体以及 SG 公司的相关人员都不知道他们在哪里。我想您是法律顾问，会不会知道些什么。不管是什么事情都可以，您有什么线索吗？"

对涟的提问，维克多依然脸色严峻地回答说：

"我跟休昨晚见过面，但没什么特别奇怪的样子。他好像要举办晚宴，看起来多少有些兴奋……但他常这样，因为一点儿小事儿情绪就变了。"

他说起休时的口气极为熟稔。和休应该有着超出了律师和雇主关系的交好。

他说他见过那个女佣，但休的女儿——名字叫罗娜，这点涟也有耳闻——他没见过，不知是外出了还是待在自己屋里。

"你见到桑福德社长的时候大概是几点？"

"应该是十七点到十八点之间。具体内容请容许我保留，是休突然给我打电话说要确认一下某个诉讼案件的进展情况……那人的办事方式就是一想到什么马上就把人叫过去。有时候我都后悔不该当他的法律顾问。"

开了个小玩笑之后，维克多又恢复了严肃。

"我在大厦里待了……我想想，应该是三十分钟左右。我也是那时听他说要举办晚宴的。想着不便久留，便早早告辞……"

"就是说，那之后你就没再跟桑福德联系过了？"

维克多表情僵硬地点了点头。

据接待小姐说休是十七点离开公司的。那之后维克多马上就来找休了。而晚宴在更之后才开始——恐怕是十八点以后吧。

"关于晚宴，你了解别的什么具体内容吗？比如跟出席者打过照面，或者从桑福德口中听到出席者的名字？"

晚宴至少持续到二十二点以后。而那以后——不，严格来说应该是晚宴开始以后，就再无人确切知道休的行踪了。

他一直以为不测事态是在今天的爆炸前后发生的。

但是，假如并不是这样呢？

"我听说是邀请合作研究的相关人员开一个小型新年晚会。"大概觉察到事态的严重性，维克多眉心的皱纹更深了。"具体人数和出席者是什么人我不知道。我想应该是SG公司和合作研究方双方的高层人员，总共就几个人吧。至于有没有看到谁……抱歉，我离开大厦的时候，在大厅好像看到了穿着西装像是要去赴宴的人，但是记不清了。"

合作研究？

一说是在私人住处的晚宴，他还以为邀请的是其他大公司及政界要人之类的大人物。谁知却只不过——这话说得不太妥——是合作研究的相关人员，总觉得这跟休给人的印象不符。是格外重要的项目吗？

不，这些以后再追究。要列出出席人员名单，以及他们身在何处。如果能找到他们，也许能得到休在哪里的线索。

但是，来得及吗？

在最糟的事情发生之前，能否找到出席人员？

而且，如何救出应该还困在大厦里的玛利亚，涟仍然完全没有头绪。

要尽可能迅速地找到休在哪里，为玛利亚提供保护。路途无比艰难。

压抑着涌上来的焦躁，涟道了谢。

"九条刑警。"维克多叫住他，"请让我也帮忙。"

"啊？"

"你的同事可能困在大厦里了吧？我在这一带的政府干部里还算吃得开。说不定能起点作用。"

就在艾玛找上门前的几十分钟，这位刚上年纪的律师为了弄清事态而一直在现场周边奔波。本来想在事务所休息一下的，看来这都不行——维克多倒也不是在怪涟，只是加了这么一句。

"麻烦你了，那可就帮了大忙了。"

对辖区消防局和警察而言，涟充其量是个外部人员。如果有休的法律顾问做后盾，那意义就太大了。

  仰头看向大厦。玻璃大厦此刻仍在冒着烟。刻不容缓，他迈开脚步正要往消防局的指挥处走，就在这个时候——

  视线的边缘，看到空中有一个白色的影子。

第9章 玻璃鸟（V）

一九八四年一月二十一日 10：40——

为什么……为什么？

是谁……是谁干的！？

从恰克腹部流出来的血扩散到房间中央，明显已经来不及救人了。没看到凶器。

"恰克——"

伊恩走过去，跟检查特拉维斯的时候一样，用手指按在恰克的颈部，然后静静地摇了摇头。他的表情比起惊讶，更多的是不解："恰克那么警惕，怎么会……"

本来，此时此刻的场景应该是恰克在逼问伊恩，就算他连塞西莉亚一起斥责也不奇怪。

——说，我一个人的时候，你，还有你，你们在干什么？

特拉维斯、帕梅拉、恰克——五个人中三个人都被杀害了，剩下的只有伊恩和自己两个人，凶手只能是他们其中一个。如果不是自己，那嫌疑人就只剩他一个了。

然而无论是逼问他，还是骂他是个杀人犯，塞西莉亚都做不到。

她盯着伊恩。伊恩看起来一点都没有怀疑塞西莉亚的意思，看着也不像是装的。他只是对恰克的死感到不解。

胸口被瞬间的安心填满,但很快又消失了。与怀疑及被怀疑全然不同的另一种恐惧涌了上来。

如果不是他干的——那答案就只有一个。

除了他们两个,现在还有一个人躲在"牢房"里。

在哪里……到底在哪里!?

这时——

"那是什么?"

伊恩突然喃喃道。

顺着他的视线看过去,一个小小的发白的东西掉在房间的角落。

伊恩捡起来,塞西莉亚也跑过去,目光落在那东西上。

是个开关。

一个大小足以藏在手里的乳白色扁平小盒子,上面嵌着一个淡褐色的方形按钮。还来不及问,伊恩就已经毫不犹豫地按下了按钮。

响起低沉的声音,四周的墙壁瞬间变成了透明的玻璃。

"这是——"

她哑然无语地盯着透明的墙壁。伊恩沉默地反复按下按钮。墙壁变成灰色,变成透明,又变成灰色,再次变成透明——像万花筒般切换着颜色。

"原来是这样。"伊恩满意地点点头,"凶手就是用这玩意切换透明度的啊。"

"凶手……是恰克吗?"

既然没有凶器,他的死就不可能是自杀。明知是个愚蠢的问题,她还是忍不住问了出来。果不其然,伊恩摇了摇头。

"温伯格和帕梅拉小姐被杀的时候,他那慌乱的样子怎么看都不像是装的。而且他本来就想不出这么缜密的犯罪计划。不是说能力上,而是性格上的问题。"

因玻璃鸟一事对恰克产生怀疑的伊恩,现在却在为恰克辩解。他的声音里似乎渗着一丝后悔。

那么——凶手现在在哪里?

墙壁变成透明的,到外围的水泥墙为止室内一览无余。已成为尸体的特拉维斯、帕梅拉、恰克三人,然后是伊恩和自己,其他没有任何人的身影。

生者与死者总共只有五个人。哪里都不见第六人。

再一次四下扫视了一圈——视线停在了帕梅拉的遗体上。插在她身上的刀不见了。了断了她生命的凶器,被用来杀害了恰克。而那凶器,此刻跟"第六个人"一同不见踪影。

突然,伊恩拉住了塞西莉亚的手。

"等——伊恩!?"

恋人没有回答,径直向门口走去。

"等,等一下——"塞西莉亚拉住恋人,空着的手慌慌张张捡起炒锅。

出了恰克的房间走到过道上,没多久二人就来到了铁门前。

伊恩在门前蹲下。头发依然粘在上面——位置也跟刚才一模一样。

跟帕梅拉被杀的时候一样——"第六个人"没有经过铁门。

"这是什么意思?"

她的声音在发抖。而与此相对,伊恩的唇角浮起一个笑容。

"哎,这就加深了确信程度。不会错的,这'牢房'的某个地方有一间密室。"

密室?

"等等……等等。不对啊,到底在哪里?我们到处查看,可还是什么都没找到——现在也没有任何隐藏的地方。"

"我们找的方式不对。跟我来。"

伊恩再次拉起塞西莉亚的手。她满心疑惑地跟着他走了出去。

他前进的方向是浴室。

进了更衣处,视线在洗浴间的玻璃墙壁上扫过。面对浴缸,右边的玻璃再往里就是水泥墙。平面图上显示浴室和外墙之间有一条通道。塞西莉亚他们现在就在浴室里透过玻璃看着靠墙的通道。

"如果我的推测正确的话——"伊恩喃喃地说,眼里闪着光,就像终于找到了要找的宝物般,"塞西莉亚,你看好了。那儿有一间密室。"

目光投向他手指的方向——什么也没有。透过玻璃,只有水泥墙挡在眼前。

"站着不动很难明白。要换个位置看。"

会有什么不一样吗?塞西莉亚边想边向前走几步,又转动脖子变换着视角——她不禁叫出声来。

有偏差。

印在水泥墙上的淡淡的阴影和斑痕——这些只有经过极为仔细的观察才能注意到的纹路上,有一处奇怪地断开了。

不,不是在墙上。

是玻璃——透过玻璃映出的影像中,夹着淋浴水管的右侧和左侧连接不上。正常情况下不可能有这种情况。

"伊恩,这是——"

"折射率可变玻璃。"他的口气如同教师在报出正确答案,

"浴室的墙仅一部分用了折射率可变玻璃。大概是与透光率可变玻璃的双重结构。与旁边玻璃的连接处被淋浴的水管隐藏起来。造得真是妙啊。"

"那你说的'密室'呢?"

"不是实际上的房间。是由于折射率可变玻璃而产生的光学死角。凶手就曾躲在那里——恐怕现在也是。"(参见图3)

塞西莉亚险些惊叫起来,她用一只手捂住了嘴。——凶手现在就在那块玻璃后面!?

怎么会……这么大胆的机关为什么会没注意到呢?被关起来之后,还有帕梅拉被杀害之后,曾查看过两次——

不,不对。

不管是第一次还是第二次查看的时候,墙壁都没变成透明的,所以他们不可能看到透过玻璃的成像有偏差。

墙壁只在特拉维斯和帕梅拉刚被杀之后变成了透明的。那时,他们的心思全在两个人的尸体以及是否能看到其他人上,根本顾不上去仔细观察设在"牢房"角落里的机关造成的成像偏差。

这个地方离铁门很远。只要不特意进入浴室,看到的光都是透过几块甚至十几块玻璃的,这样一来,就算是普通的玻璃,光的轨道也多少会产生偏移,大概看不出是折射率可变玻璃导致的偏差。

但是——

"有可能吗,这种光学死角?"

光在水面发生折射的图,在物理教科书上经常看到。

但是前进方向改变之后就一直维持这个方向,这充其量只是在水里的现象。等光到达水底的时候,是一定会被反射和吸

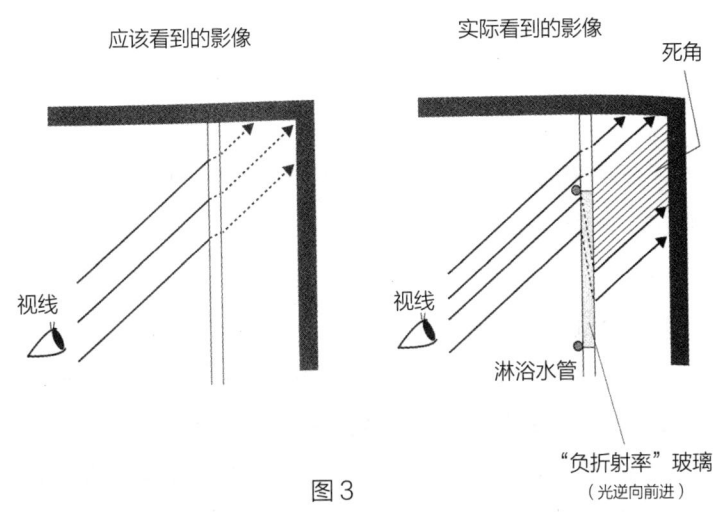

图3

收的。

玻璃也一样。光的折射不仅是从表面射入的时候，穿过背面的时候也会发生折射。这第二次的折射和最开始的折射会互相抵消。

起点和终点的物体——此情况下则是空气——只要是相同的，不管之间夹着折射率多不一样的物质，在理论计算上，光前进的方向不会变。

要形成能藏下一个人的巨大死角，那玻璃应该要无比的厚才行。

"普通玻璃的话大概不可能。不过你回想一下，我的折射率可变玻璃的特点是什么？"

啊……

"负折射率……"

"对，光会反方向折射。这也是相当极端的。具体来说——玻璃平面方向的偏差量，是玻璃厚度的 $(\tan\theta_0 - \tan\theta_g)$ 倍。θ_0 和 θ_g 分别是玻璃外部以及内部的光速度矢量和玻璃平面的法线所成的角。$\tan\theta_g$ 在 θ_g 越接近负九十度时就会越接近负的无限大……总之就是说，只要玻璃厚度有二三厘米，计算下来就足以获得相当于一个人身体的宽度，也就是六七十厘米的死角。"

"但是……那只是斜着看的时候吧？只要绕到正面去……"

会产生折射，仅限光是斜着射入的情况。垂直方向的光不会受到任何影响。正要如此反驳，塞西莉亚注意到了自己的错误。

绕不过去。

正确地说——只有浴室或极少部分的过道，以及挨着外墙的几个房间能绕到死角的正面位置。他们所在的房间都离这些地方很远。（参见图4）

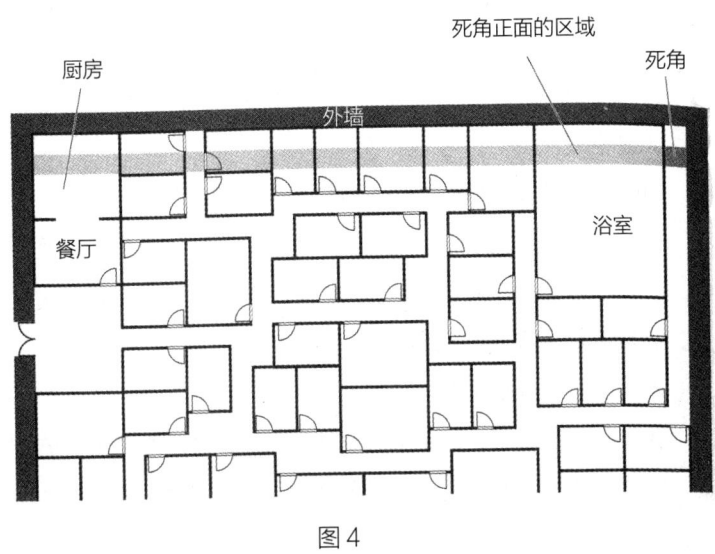

图4

"房间和过道是这样布置的。如果有人要从正面过来的话，用遥控把墙壁恢复成原状就完了。"

这种事情——

"凶手几次把墙壁变成透明的，就是为了让我们以为，除了我们五个之外再没有别人了？"

"应该是吧。他是打算藏身死角，让我们见证他不存在，好让我们疑心生暗鬼。"

好几个谜团都解开了……可是把遥控器留在恰克房间的理由，仍是个谜。

"可你那折射率可变玻璃的项目，不是中断了吗？"

"只是因为没法投入量产。既没有理论上的错误，也能做出样品。桑福德偷偷让人制造，和透光率可变玻璃一起装到了这里吧。虽然不知道这是什么恶作剧。"

不——她觉得她知道。

休是打算把这里当成秘密的观察地点。也许近距离观望被关进"牢房"的人们慌张乱跑的样子是种乐趣。尽管这非常难以理解，自己也不会想这么做。

"塞西莉亚，做好准备了吗？"

伊恩在她耳边低语。她的身体不由自主地缩了一下。

是啊，他们必须抓住凶手——某个应该就在透明墙壁对面的人。

腿在发抖。手心渗出汗水。

"走吧。对方应该也察觉到了我们的用意。不能再让他跑了！"

让墙壁变成透明的开关就在伊恩的手中。凶手从死角哪怕向外逃出一步，身影就会暴露无遗。

——本应是这样的。

二人留心观察，回到过道，转个弯——刚进入凶手应该藏身其中的一条直道，伊恩口中就发出愕然的声音。

"见鬼。"

一个人都没有。

左边是透明的墙壁，右边和最里面是水泥墙。没看见半个人影，只有没有出口的过道通向前方。

扫视整个"牢房"。三名死者染血倒在地上。不见任何活着的人影。

怎么会这样——没有第六个人？

伊恩向里面跑去。塞西莉亚也慌忙在后面追了上去。

在嵌着折射率可变玻璃的地方，伊恩停下了脚步。他的视线在玻璃上扫过，蹲下来凝视着靠近地面的部分。

——那儿印着掌纹。

玻璃上沾着一个淡淡的手掌印，比塞西莉亚的手稍大。

曾有人待在这里，大概是蜷着身子坐在地上，站起来的时候不小心碰到的吧。这里是死胡同，没人会散步走到这儿来还摸玻璃一下。伊恩的推测对了一半。

那么本来应该躲在这里的第六个人，现在在哪里呢？

伊恩更为仔细地凝视着掌纹，突然站起来跑了出去。

"伊恩！？"塞西莉亚慌忙追上去。

恋人跑向恰克的房间。

恰克的尸体跟刚才一样躺在房间里。血腥味和眼前活生生的尸体让塞西莉亚恶心得蹲了下去。

这时——她看到了床下有个蓝色的东西。

是羽毛。靠根部是黑色的，从中间到前端渐变成钴蓝色。一根根羽支剔透美丽。

是玻璃鸟的羽毛。

背上起了一层鸡皮疙瘩。为什么恰克的房间里会有羽毛？刚才没发现——大概心思都在尸体和开关上，所以看漏了吧。

正要叫伊恩，塞西莉亚突然僵住了。不管是恰克的遗体还是玻璃鸟的羽毛，甚至连塞西莉亚，伊恩都不理会。他的视线在墙上扫过，死死盯住门的内侧。

上面有掌纹。

在门的重心处几乎正上方，高度略低于伊恩的脸——应该说跟恰克的脸的高度相同——的地方，印着一个右手掌纹。看来比死胡同里的那个大。

伊恩的嘴唇颤动，声音里交织着混乱和惊愕，完全不像向来显得好整以暇的他。

"为什么……为什么这里会有掌纹！？"

"什么……为什么？"

"这不可能。透光率可变的玻璃上有高压电，这是恰克自己说的。既然没找到刺伤他的凶器，恰克就不是凶手——进一步推理，切换透光率的开关也不是他的东西。他为什么敢去碰不知什么时候会有高压电流过的门！？我害怕得都不敢靠近。"

不行——

她在心里叫道。

伊恩，求求你，别再想下去了。

"只是在察觉这是透光率可变玻璃之前，不小心碰到的吧？"

"不对。如果是门把手附近也就算了，这个位置正常是不会去碰的。假设是开关门的时候碰到的,那应该留下更多掌纹。"

门上的掌纹只有一个,仿佛仪式中烧上去的烙印。

"平常不会去碰的地方,却留下了唯一一个手印。恰克是自己主动去碰的,为了确认玻璃的安全性。还有奇怪的地方。恰克是在帕梅拉小姐被杀之后才告诉我们透光率可变玻璃是危险的。在那之前他为什么不说?明明发现温伯格的尸体时应该就知道墙壁会变成透明的了。答案只有一个——这不是我研制的透光率可变玻璃,根本没有高压电流过。"

伊恩把手按在了透明的墙壁上。

什么事也没发生——伊恩纹丝不动。如果玻璃上有高压电,那可不是痉挛一下就完事的。

塞西莉亚一句话也说不出来。伊恩跪到地上,指着玻璃和地板接触的面。

地上有淡淡的黑线,把狭长的截面划分得更细了……这不是一块玻璃,而是在中间夹了一层薄膜后把两块玻璃粘了一起。

"我还以为夹着透明的电极。原来不是。电压施加在两端的电极上。如果要对整块玻璃通电,正常情况下不会采取这种结构。电压只是施加在里面的薄膜上。大概是液晶吧。不是改变了玻璃的透光率。仅仅是让夹在中间的液晶,像百叶窗的龙骨一样改变分子的方向,变成遮光或者透光的。"

伊恩摇摇晃晃地站起来。眼眸里翻滚着分不清是愤怒还是悲哀,是激动还是疯狂的神色。

塞西莉亚往后退去。炒锅从手中滑落,发出一声巨响。她转过身跑到过道上。从恋人身边逃离,就在几分钟前她是不可能做出这样的行为的。

没逃出几米,手腕就被抓住了。她的身体被硬转了回去,伊恩的手指深深陷入她的肩膀。

"塞西莉亚,是你干的!"

唉——
被他知道了。
绝望与死心,后悔与自责。一切负面情感捏碎了塞西莉亚的心脏。

※

特拉维斯·温伯格来找塞西莉亚商量说想让她帮忙开发新产品,是在四年前,首次在宴会上见过面后过了两个星期的时候。

一开始她想,这是开什么玩笑呢吧。

自己的研究题目是液晶,不是玻璃。她不认为凭她这门外汉水平的浅显知识能起什么作用。在电话里她坚决拒绝了,然而最终还是硬让他说服了。

只需要你给些简单的建议,绝不会把任何研究上的责任强加给你,你只要轻松看待就好——这决定性的一句话确实打动了她。然而起了最关键作用的,尽管带着铜臭,但确实是报酬。

(如果能得到你的帮助,我们会付给你酬劳的——金额够帮到你家的。)

父亲的事业陷入困境,家里背负着高额债务。她多少想帮家里一把,可自己也有助学贷款要还,连每个月寄数百美元的生活费回去都不能保证。

即使这样,如果只是家人和自己的话还能坚持下去,但是塞西莉亚已经遇到了对她而言比谁都重要的人。

如果伊恩知道了自己家里的困境……

伊恩那个人，一定会想办法帮助自己家的。正因如此她才不能告诉他。如果跟他说了，肯定会让他背上极其沉重的负担。

而且——若是他的亲戚知道他跟一个家里负债累累的女人在一起，会怎么想呢？更重要的是，她无法允许自己强加给他任何负担。

……没事，没事的。

只是稍微帮帮忙而已，又不会给谁带来麻烦。只是提提意见就能帮到家里，这还有什么可犹豫的呢。

塞西莉亚给自己找了这些借口，答应了特拉维斯的要求。

特拉维斯给她的"工作"，真的只是让她提提意见而已。

阅读研究员的进展报告——多数是恰克·卡特拉尔写的，附上评论还回去。可能是为了防止泄露，资料都是特拉维斯要跟伊恩碰头或处理其他事由来M工科大学的时候，亲自拿来的。

从无人的会议室拿到资料，在特拉维斯出去时急急忙忙看一遍。再在另一张纸上写下意见，做完之后等特拉维斯来拿回去。塞西莉亚重复做的就是这些事。

资料的内容几乎都是关于伊恩参与的新型玻璃的开发项目的。一开始她也疑惑为什么不让他本人来做，而看了一些资料之后她明白了个中缘由。

伊恩的理论，是连尝试验证都很困难的纸上谈兵。

并不是说理论本身有瑕疵。如果是大学研究者做的基础研究，这是足以自傲的业绩。但是SG公司的立场不一样。他们作为一家公司——那位休·桑福德旗下的盈利团体，必须将项目成果转化为产品，通过销售获取利益。对他们而言，伊恩的理论就如同极寒地带的冰原，壮美，却草木不生。

塞西莉亚的任务主要就是把冰原融化，种下秧苗——和 SG 公司共同思考如何去实践伊恩的理论。

而特拉维斯选择自己来完成这个任务的原因，说实在的，直到现在她也不太明白。

特拉维斯是不是想着自己是伊恩的恋人，应该最了解他的理论。可其实根本不是那回事。自己作为研究者，根本不及伊恩项背。

然而特拉维斯的看法似乎不一样。每次一有什么事他就会说"你把自己看得太低了"。

那是不是社交辞令，她也无从确认。

塞西莉亚知道的仅仅是，伊恩提出的"折射率可变玻璃"，作为量产品来说成不了气候。

以她的意见为基础，特拉维斯和恰克好不容易决定了生产条件，而就在要生产样品之时，SG 公司的研究所试验现场发生了爆炸事故。

是作业员的操作错误——特拉维斯这样说。

但事故真正的原因是对装置造成过度负荷的生产条件，这是显而易见的。

三名员工丧生，导致折射率可变玻璃的研究项目不得不中止。

那不是你的错，特拉维斯说。

但再怎么安慰她也无法打消自责的念头。伊恩好像也在出席相关人员的会议上表达了哀悼之意，可对他而言，实际应用理论说到底是 SG 公司的责任。

因塞西莉亚提出的意见而使人丢了性命,伊恩若知道了这件事会怎么想?

不,在那之前,要是他知道在他不知情的时候塞西莉亚介入了项目一事的话……

——伊恩那个人啊,他也许会笑着原谅自己吧。但那不是他的真实想法。他一定会深深受伤。到了那个时候,他还会继续爱自己吗?

她什么也不能说,拖拖拉拉着任由时间过去。

成立新的项目组之后,塞西莉亚仍在继续她的工作。

然而以爆炸案为界,项目内容明显变质了。

从如何实现伊恩的理论,变成了如何实现跟伊恩的理论相同的东西。

不是从正面挑战透光率可变玻璃的理论,而是研究如何能以安全、简便并能实现量产的方法——即使无视伊恩的理论——实际制造出具有"透光率可变玻璃"功能的产品,这成了最优先讨论的事项。

在合作研究的名目下,这种做法对伊恩而言是明明白白的背叛。

但是,特拉维斯似乎并不觉得自己有错,甚至表现出一种不可再有人牺牲了的悲壮感。对SG公司而言,伊恩的理论岂止是冰原,甚至成了喷出毒气的沼泽。

恰克的心情她无从得知,但他似乎对伊恩多多少少抱有抵触情绪,这在第一次宴会上跟他交谈时她就有所察觉。而无视伊恩的理论,他大概也不会太反感吧。

只有伊恩对此一无所知。

特拉维斯和恰克把沉默贯彻到底。因为距合作研究的合同到期还有不少日子，无视伊恩的理论可能会牵扯到违反合约的问题。

塞西莉亚害怕自己背叛一事曝光，对此也守口如瓶。

各怀鬼胎的结果，就是篡改透光率可变玻璃的研究方向一事被瞒了下来。

如果在这个时候就停止提供帮助，也许还有回头的余地。

然而塞西莉亚没有选择的权利。

她间接导致无辜的员工丧生，又想不负责任地逃离，这能被原谅吗？而且——如果这个时候说要退出，特拉维斯也许会把她的工作说给伊恩听。这份恐惧断了她的退路。

她提议用自己专业的液晶替代透光率可变玻璃，现在想来也是一种逃避。

这是开发玻璃的项目，不能接受以非玻璃的材料为主。这样特拉维斯他们会不会就死心了呢——要说她没这种期待那是说谎。

然而，淡淡的期望被打碎了。

在两块玻璃之间夹入液晶这个主意，不仅没被拒绝，反而受到了称赞，在恰克手中简单干脆地进行到了制作样品的阶段。

得知向休的报告表面上成功结束了，塞西莉亚的胸中反复回荡着安心的情绪——这样伊恩就不会知道了。

听说要在伊恩面前进行样品演示的时候，她曾感到重重不安，但看来特拉维斯巧妙地掩饰了过去。

背叛恋人，甚至还为自己的罪过未暴露而欣喜。她一边向伊恩回以微笑，一边觉得自己从头到脚都脏透了。

——"答案你们应该知道"。

被问到为什么要把他们关起来的时候,帕梅拉转述了休的话作为回答。

听在特拉维斯和恰克耳里,那也许是在说"你们好大胆子,居然敢拿假话骗我"。

而对塞西莉亚而言,那是对她数条罪状的弹劾。

——要不是你助了一臂之力,那些毫无过错的人就不会丢了性命。

——你,背叛了你的恋人。

※

"塞西莉亚,怎么回事!"

伊恩脸色严峻地逼过来。

"对不起……对不起。"

泪水打湿了脸颊。她无力地摇着头,能说出口的只是空洞的道歉。

液晶的驱动基本不需要电压。之所以轻易采用了塞西莉亚的主意,用液晶来制作伪透光率可变玻璃,这是理由之一。

恰克当然知道,所以才敢用手去碰门。不过是确认安全的行为,结果却暴露了塞西莉亚的罪行,这他大概想都没想到吧。

只有伊恩什么都不知道。对他而言,理论的实用化只不过是"无趣的工作"。透光率可变玻璃的现实构成及变化条件——危不危险——等,他甚至都不觉得有必要特意去了解。

直到几分钟之前……

既然口口声声说着有危险的人自己轻易地用手去碰，那高压电一类的解释就是假的，在透明与不透明之间的切换是建立在其他原理上的，其中之一就是液晶。对伊恩而言，这些都是可以轻而易举联想到的。

"你光道歉我什么也不明白。"伊恩晃着她的肩膀，"你给我好好解释！你真的把我……"

声音突然断了。

没有任何征兆。伊恩的眼睛瞪大，口中发出低低的呻吟。
抓着她肩膀的双手没了力气，伊恩缓慢地转向背后。
"见……鬼。"
他只低声说了这一句——无力地推着塞西莉亚，伊恩的身体倒了下去。塞西莉亚失去平衡，跌坐在冰冷的亚麻油地毡上。
"伊恩？"
恋人没回答。脸向下趴在地面上，身体一动不动。背部的白衣服上，红色的痕迹缓缓扩散。
大脑拒绝理解。
塞西莉亚依然跌坐在地，盯着背上染着血伏身倒下的伊恩——又转动视线看向后方过道深处。
什么都没看见。
只有单调的天花板、夹着过道的透明玻璃，朝着尽头的水泥墙延伸开去。
而在这什么都没有的空间一角，塞西莉亚看到了一样红色的东西。

一个染得鲜红、反射着光的、尖锐的东西。

"啊——"

映在视线里的一切突然都有了意义——伊恩倒在地上,背上被刺了一刀。

"哇啊啊啊啊啊啊!"

惨叫从喉咙里冲出。她坐在地上往后退去,脚下跟跟跄跄地站起来。

"救命啊!"她拼命在过道上往前跑,"谁来救救我,谁来——"

眼前忽地开阔起来,是门厅。塞西莉亚冲到铁门前,用尽全力捶打。

"求求你,打开门!放我出去!"

不知门外是否有人,塞西莉亚却不管不顾地苦苦哀求。用力捶门的手上渗出了血迹。

"原谅我!求你原谅我!求求你,我什么都听你的。所以——"

塞西莉亚未能把她的哀求说完。

冰冷的冲击贯穿了心脏。

从喉咙溢出短短的呻吟。

她连回头的力气都没有了。冲击变成了灼热的剧痛。视线里落下了黑红色的幕布。全身的力气、意识,都迅速消失。

——伊恩。

她尝试想起恋人的脸。影子像蚕食般浮现在视野里,但还没连成具体的影像就消失了。

就在意识滑落到永远的黑暗之前——

她似乎听到从什么地方传来玻璃鸟的歌声。

第 10 章 大厦（V）
一九八四年一月二十一日 11：40——

淡灰色的烟顺着消防楼梯升上来，开始流入顶层的楼梯平台。

——不妙。

玛利亚的太阳穴附近再次渗出汗水。烟到底升到这里来了。

顶层的空气中，仿佛东西烧焦的气味渐渐地、实实在在地越来越浓。温度似乎也上升了。就算想要确认火势，可现在烟都升到这里来了，下楼梯相当于自杀行为。

她无法上去楼顶，通往顶层和其他楼层的门也全都锁着。消防楼梯在大厦半腰被毁了。

无处可逃。这样下去，过不了多久就会窒息。

再看防火门。从门缝渗出来的血迹扩散成差不多一张纸的面积，开始发黑凝固。

十一点四十分。只不过隔着一扇门，却无计可施，距某个连名字都不知道的人死去已经过了四十多分钟了。

"开什么玩笑啊！"玛利亚踹了防火门一脚，"你在那儿吧，你个杀人凶手！赶紧开门给我出来！"

回答她的只有沉默。

防火门纹丝不动。也听不到应该在门另一边的凶手的声音。玛利亚一巴掌拍在门上。

——玛利亚,你千万要谨慎行事……绝不可莽撞。

她突然想起那个傲慢的下属说的话。

涟,你可要负责啊。用你们国家的话来说,这就是所谓的言灵?都怪你乱说,现在可真的遇上大事儿了。

理是歪理,但如果不硬把恼火和不满化成语言,就无法压抑内心悄然而至的恐惧。

她倒是没生出惦记自己下属的心思。涟那个人啊,肯定早就从大厦逃出去,正在到处找她呢。那个人可真是,她一边嘟嘟囔囔地抱怨一边想——

怎么办……怎么办?

高度超过二百六十米,消防楼梯毁坏,处于孤立无援的状态,也不知道什么时候会发生下一次爆炸。就算是涟也不可能凭一己之力跑到这种地方来救她吧。

而且现在烟都到了这里,也不能选择抱着膝盖心平气和地等待救援这条路了。玛利亚只能靠自己向外部发出被困的消息,分秒必争地请求官方的救援。涟应该也在为自己奔走,但是NY州的消防及警察对身为外部人员的涟的话能听进去多少呢?

她也很想知道休·桑德福在哪里。如果他和玛利亚一样无法从顶层离开,那他应该早就打开通往楼顶的门请求救援了。到现在还没动静,也许他早就已经从楼顶离开了。这样一来,派人来顶层搜救的可能性就更低了。

一定要采取什么行动……采取行动。

在通往楼顶的楼梯中途,她看到了嵌死的窗户。位置相当高,要打碎玻璃很难,而且还没有工具。听说楼里装了金属探测器，她就把手枪留在了酒店的保险柜里。现在她打心底感到后悔。

那么，胡乱按下楼顶的门的密码，跟彩票一样赌一把？概率令人绝望。是几兆分之一……不，比那还要小吧？

或者用身体撞门，凭暴力把门弄破？

这也是令人绝望的。虽说身为警察身体练得相对健壮，但自己一个人用身体去撞，到底要撞多少次才能把坚固的门弄坏呢？就在犹豫不决之间，时间和能做的选择也正实实在在地减少。

是赌运气还是赌力气？她用手抚着胸口，调节呼吸。

交给运气，不太符合自己的性格。

就在她退后几步，正要对着门突击时——

咔嚓，门发出了声音。

一时收势不住，玛利亚不由得冲出几步。

她以为会有什么东西扑出来，可门依然关着。她谨慎地把手指放到门把上，用力一转——简直无法相信，刚才还怎么弄都纹丝不动的防火门，发出吱吱呀呀的声音向外打开了。

应该是电子锁。尽管不了解具体构造，但大概是哪里的电路因火灾故障了。刚决定不赌运气，就有幸运从天而降，这也太讽刺了吧。

门完全打开了。不愿目睹的景象映在了玛利亚的视网膜上。

一个人倒在地上。

似乎是个女人。黑色长发盖过肩膀，过于瘦削的身体穿着像病号服一样的白衣服，背上一大片都被血染成了红色。看起来是刺伤。未能完全凝固的血有少量流到了防火门外。

她肯定就是隔着门喊救命的那个人。

用手指按在女人的颈部,能感觉到尚有一丝体温,但没了脉搏。玛利亚咬着嘴唇,将遗体的上半身转过来对着自己。

大概二十岁过半吧。表情因痛苦和哀求而扭曲。想着这大概本该是张相貌姣好的脸,玛利亚愈加看不下去了。合上她的眼睛,把遗体放回原位。

目光投向门外。烟的量比刚才增多了,消防楼梯下方闪现黑红色的火舌。

没时间了。顾不上背着遗体走了。玛利亚对死者道过歉,踏入楼层内部。黑红色的血迹斑斑点点地在地上连成线,像是在给玛利亚指路。

楼里很昏暗。

日光灯熄灭了。看来跟防火墙的门锁一样,照明的电力系统应该也毁了。取而代之的是天花板上的应急灯投下的微弱光亮,朦朦胧胧地照出周围的景象。

这是一个布满玻璃的巨大空间。

直达天花板的大玻璃像迷宫的墙壁般围成好几层。用玻璃隔出来的小房间——或者叫笼子更合适——纵横相连。从笼子之间穿行的过道不是一条直线,到处都有岔路和转角。

"这是什么鬼地方……"

她不由问出了声。

地面是亚麻油地毡,天花板和外墙是裸露的水泥。没有窗户。被称为休·桑福德的私人住宅的顶层,居然建有这样一个地方。

这地方是用来干什么的?这个疑问马上有了答案。

玻璃笼子里关着一些奇异的动植物。

羽毛华丽的鸟，白毛的猴子，像豹一样的猫——这里陈列着几头，不，几十头各种不知名的生物。不知是不是感觉到了周围的异常，不少动物都发了狂。

是动植物园——而且养的都是普通的动植物园绝对看不到的生物。

这是珍稀生物的收藏室。玛利亚对生物不怎么熟悉，但也能凭直觉明白这一点。这是违法交易活生生的证据。

玻璃笼子的一角开着一株花，她有印象，应该是还没流入市面的深蓝色玫瑰——"深海"。

署长那个浑蛋，居然私自转卖了。

这就是对玛利亚他们的搜查横加阻拦的理由啊。她想留下证据，但不知道怎么拿出来。那边貌似有一个透明的门，但门是锁着的。

对着玻璃出拳捶打——打不破。手感觉像打在墙上一样痛。这是强化玻璃吧。

找不到能用来击碎玻璃的工具。她暂时放弃，沿着玻璃迷宫向前跑，可还没跑出几米就停下了脚步。

过道前方有人倒在地上。

好像是个男人。被金发盖住的脸对着自己这边趴在地上。他和防火门那儿的女人一样，穿着病号服般朴素的白衣服——背上也被染红了。

"喂！"玛利亚跑过去摇着他的肩膀，"你没事吧？！怎么了！"

没有反应。从手掌传来的温度冷得吓人。来不及了……

倒在地上的不止一个人。

金发男人不远处是第二个人。好像也是男的。褐色的卷发，戴着眼镜。衣服同样是白的。血似乎是从腹部流出来的，在地板上汇成了一片。

稍远处是第三个人。这也是个男的。黑发整齐地梳到脑后，衣服同样是白色病号服——这表达很难说对还是不对。他上半身黏糊糊地染成黑红色，几乎分辨不出原先的颜色。

再远一点儿是第四个人。似乎是女的。扎在脑后的黑红色头发几乎散开，胸口有一摊鲜红的血痕。

所有人都一动不动。她匆匆用手指挨个在颈部按了按，全都没了脉搏，显然已经死了。

看来这些人全都被刺了。但是没看到刀一类的凶器……他们是被杀的吗？

四个人——不，算上防火门边的女人就是五个人。从外表看年龄在十几岁到二十几岁，年纪最大的也只有三十来岁吧。至少明显不是五十多岁的休·桑福德本人。

……是谁？他们是什么人？从哪儿来的？

他们在这种地方做什么？谁杀了他们？

没工夫讶异了。一股烧焦的味道飘进玛利亚的鼻腔。

烟已经追上来了。玛利亚不禁咋舌，丢下死者离开。

从错综复杂的玻璃墙壁之间穿过，突然来到一处开阔的地方。

这是一间如同小宴会厅般的大房间。脚下是柔软的地毯。天花板上挂着奢华的枝形吊灯。房间中央放着椭圆形的桌子和几张椅子。

桌子旁倒着两个人。

一个是估计不到二十岁的少女。灰金色的头发扎成一条马尾。穿着符合年轻人风格的粉色毛衣和牛仔裤，向右侧身倒在地上。

只是她的情形与年轻人应有的感觉相去甚远，极为凄惨。

她的眉心印着弹痕。

以她的头部为中心，地毯染成一片红色。她浑浊的双眸空洞地盯着地毯。从脸颊到毛衣、牛仔裤，到处都溅上了血迹。连右手都从手掌到袖口全沾满了血。

而另一个人是五六十岁的男人。

这个男人在距离少女十几步远的地方，仰面倒在地上。这个人的眉心也被打穿了。宽额头，白发，肥壮的庞大身躯裸身穿着浴袍，露出胸口的肥肉。手脚不雅地摊开在地毯上。

是休·桑福德。

玛利亚目瞪口呆。

这个U国数一数二的实业家，连玛利亚也认得他的脸。可他此刻却变成了一具沉默的尸体。在追查违法交易一案时，她还想总有一天会跟这个人见面的，可实在料不到居然会在发生恐怖爆炸的大楼中，以他杀尸体的形式遇到。

这就是说……旁边的少女就是休的女儿，罗娜·桑福德。

她是被父亲连累的，还是一开始她就是凶手的猎物之一？但不管是哪种情形，这都是让人痛心且无法原谅的。

没看到凶器。也没有人影。后方靠墙摆着一排书架。连成一排的书架有一处断开，那后面通向一个昏暗的空间。

自己好像是从那儿出来的。作为出入口来说，这地方很不自然。是暗门吗？说起来那像迷宫一样的收藏室也是，休的兴趣似乎很孩子气。

隔着桌子，看到对面有一扇门。

一路走过来都没有活人的气息。如果凶手还在，就应该在前面。

对方有武器，而自己赤手空拳。没时间犹豫了。玛利亚冲向书架，拿起一本书塞进套装的胸口。用来防身未免靠不大住，但总比什么都没有好一点儿。她想拿椅子当武器，可拎起来发现相当重，反而会妨碍自己行动，就放弃了。

下定决心后，玛利亚把门完全打开。

是电梯间。

没有人。右边能看到层门。这就是直达电梯吧，可按下升降按钮却毫无反应。要是能运行的话，自己也许一口气就能下到地面了，看来事情不会这么简单。

步步逼近的火势，身在暗处的凶手。被双重危机耗费着心神，玛利亚沿铺着地毯的走廊往前走。

没有人。

应该是休或罗娜的私人房间。餐厅。厨房。

宽敞的楼层中，只要看得见的门她都一一打开查看，但不见凶手的身影。

走到了尽头。从楼层整体来看，这里应该是与玛利亚进来的那道防火门相对的一侧。这边没有门，只有平滑的墙壁。

走廊只有一条路。自己没遇到任何人。

全无凶手的踪迹。

让凶手逃了？可是，凶手能逃到哪里去呢？

就玛利亚的确认来看，能够出入顶层的地方只有两处：玛利亚进来的防火门，以及电梯。

一直走到走廊尽头，这期间玛利亚没遇到任何人。电梯停了。凶手究竟从哪儿来，又逃到哪儿去了？

是在她查看房间里面的时候，从别的房间偷偷溜走了吗？或者刚才就藏身在收藏室的某处？当时如果有人的气息，她觉得她应该会察觉到，但如今既然找不到凶手，就只能认为是她看漏了。

怎么办？要不要去追凶手？在这种情况下可没空慢慢玩儿捉迷藏。关键是连对方逃到哪儿去了都不知道。

楼顶？

因为防火门的锁打开了，她才得以进入顶层。那通往楼顶的门锁可能也打开了。如果凶手避开了玛利亚，从防火门逃去了楼顶的话……

可能会被持有凶器的凶手伏击，但总比在这里拖拖拉拉要好。如果能上到楼顶，自己得救的可能性也更大。

就在转身跑出去的下一刻——巨大的炸裂声在前方响起。

地板摇晃。被突然的风压推着，玛利亚空踏了几步。

带着烧焦味道的尘埃飘起。玛利亚皱着眉，捂住嘴，拨开烟尘——在她的眼前，晃动的红光和惊人的热浪挡住了去路。

"不会吧？！"

电梯间在燃烧。

大概是在直达电梯里放了爆炸物。层门像是被巨人践踏过般从内侧挤坏，喷着黑烟。地毯烧了起来。凶手可能还周到地堆放了可燃物，有种类似柴油的刺鼻味道冲进鼻腔。

无法前进——被火和烟还有热辐射阻拦，到宴会厅的门虽只有几米的距离，玛利亚却无法前进。

透过晃动的火焰和烟看去，火已经往宴会厅方向烧过去了。

妈的！

玛利亚再次转身，沿着走廊跑出去。已经顾不上脚上传来的疼痛，也没有追凶手的时间了。扑进餐厅，关上门。餐厅里摆着高级桌椅，对面是窗户，窗外有无数摩天大楼层层林立。

窗户——没有窗锁，是固定窗。玛利亚抓起椅子，使出浑身力气朝窗户打去。

响起极大的声音。窗户出现了裂纹。两次、三次、四次——每打一次，裂纹都扩大一些。

"你这——"

抡起椅子击出第五下。随着一阵尖锐的声音，玻璃碎了一地。

风狂扫进来。玛利亚险些被吹倒，好不容易才站稳。她从窗边往下看——马上强烈地感到后悔：不看就好了。

离地面好远。

人、汽车、公园的植被，看上去都小得像沙粒。大概是看热闹的人吧，人群像蚂蚁一样远远拥挤在大厦周围。

玛利亚的头依然探出窗外，战战兢兢地把视线移向上方。从窗户上框到楼顶边缘，目测有四五米。中间全是光滑的玻璃，凭一己之力爬上去是不可能的。就算把窗帘拧起来结成绳子，也没有地方可挂。

而且——楼顶也有黑烟冒出。

和直达电梯一样，莫非楼顶也放了爆炸物？这种情况下，也不知救援直升机能不能着陆？

不行……已经无处可逃了。

烟熏的味道更重了。开始有烟从餐厅的门缝侵入。再有几分钟，火势就会蔓延过来了吧。

到此为止了？

当上警察，也曾好几次卷入棘手的案子。她已经有了自己可能会死得很惨的心理准备。但她终究想象不到,等待她的会是这么悲壮的结局。

平时是不是应该更注意一下自己的言行啊。

最后一次见家人和朋友是什么时候来着?跟同事还没打过招呼。鲍勃请他喝酒的钱也还没还。

对傲慢的下属,也没法当面抱怨。

真是的——

在这时候,浮现的居然净是这些无关紧要的后悔情绪。

"开什么玩笑!"从打破的窗户探出身子,玛利亚大叫,"涟,你在干什么!我在这里啊。你听不见吗!?快点叫人来救我,你个笨蛋!"

嘶喊声空虚地随风消散。玛利亚再次深吸一口气——

巨大的阴影笼罩头顶。

白色平滑的圆形气囊。吊舱和支架。
乘风响起螺旋桨转动的声音。

是水母船。

气囊旁边好像标着什么记号,在玛利亚的位置看不清楚,只能勉强辨认出文字。

——"AIR FORCE"。

从吊舱垂下一条类似绳子的东西——是绳梯。从最下端往上一米左右的位置,有人抓着绳梯。大概是为了减少晃动,梯子下端绑着重物。

受侧风和从大厦喷上来的烟的影响,水母船大幅摇晃着。白色机体换了个能够与风对抗的姿势,降低了高度。楼顶传来剧烈的响声。支架应该接触到了楼顶的地面。机体平静了下来,不再左右摇晃。虽看不到楼顶的情况,但从大致位置能猜到,水母船应该是避开了烟喷出的地方。

支架和地面摩擦的声音还在继续。绳梯静静地摇晃着靠近。看到抓着绳梯的人,玛利亚不由惊讶得叫出声。

"约翰?!"

"玛利亚!"

U国第十二空军少校约翰·尼森扯着嗓子喊。

从头盔边缘露出的铜褐色头发,如猎豹般精悍的身体——没错,这个玛利亚极为熟悉的青年军人正抓着绳梯,一副竭尽全力的表情叫道:

"我这就过去!你待着别动!"

玛利亚说不出话来。

有一瞬间全身被虚脱感包围——接着马上袭来一股想笑的冲动。

喂喂,这算什么事儿啊!

陷入走投无路的危机时救援及时赶到,这是哪里的动作片啊,真是的!

回头看向背后。烟从门缝悄悄流入,眼看着浓度不断增加。已经没有一点儿拖延的时间了。

玛利亚转回头再次对着窗户,用椅子敲掉窗框上剩下的玻璃后,把椅子丢到地毯上,两手按着窗框,单脚踩上去探出了身体。约翰的脸色变了。

"住手,别乱来!等我过去——"

"没那时间了。火已经烧到眼前了。我可不想成烤肉!"

绳梯更加靠近。约翰面部抽搐着伸出手臂。

"抓住!"

玛利亚一脚踢在窗框上。
一瞬的失重感。
身体被大力拉了过去。
玛利亚乘势伸出右手,越过约翰的身体抓住了绳梯。

水母船开始上升。
得救了。可现在还不是松口气的时候。
握着绳梯的手渗出汗水。悬在空中的双腿空空荡荡的。玛利亚害怕得不敢往下看。
"太好了。"
听到有人在耳边低语,她才注意到约翰的手臂正牢牢地环在自己腰上。透过夹克能感觉到他的身体在颤抖。
"我刚收到消息的时候,还想会变成什么样子呢。"
玛利亚一时回不出话来——很快轻轻呼出一口气。
"谢谢你救了我。"
耗费莫大心力的绝望感消失了,抬起头就能看到吊舱。绳梯仍在大幅度摇晃着,像晕船一样的眩晕感一直持续也是没办法的。真想快点儿踩到坚硬的地面。
"喂,你摸哪儿呢!你可别趁乱动手动脚的!"
"我只是在给你系安全带!拜托你别动了好不好!"

※

绳梯卷上去花了好几分钟。

和约翰一起进入吊舱,被人搀扶着把脚放下。几名穿着军装的作业员在宽敞的吊舱里匆忙地来回忙活。

终于能喘一口气了。解开安全带,刚走出几步膝盖就一软。

"没事吧!"约翰奔过来。

"没事。"嘴上这么回答,可身体使不上劲。看来体力消耗已经达到了极限。

"真是的,我再三叮嘱过你不要乱来吧。"

传来熟悉的声音。穿着一丝不苟的套装,戴着眼镜,黑发的J国人浮现出既似无奈又像连哭带笑的表情。

"连下属说的话都不会听,你是幼儿园小朋友吗?"

"涟,你太吵了。"

自己上司好不容易捡回一条命,他却一见面就抱怨,这下属真是不懂得体谅人。

"是你叫约翰来的吧。"

"不幸中的万幸。如果尼森少校不是因军务在东海岸这一带的话,可能要晚不少时间才能开始行动。"

就是打电话找到他稍微费了点儿工夫——涟说。

这么说,玛利亚记得听约翰说过他要出差的事儿。是涟的记忆力和应变能力救了她的命。她寻找能最大限度表示感激的话语,可除了一声"谢谢"之外什么也说不出来。涟静静地微笑,只回了句"不用"。

"话说回来,玛利亚,你去了顶层吧?你是怎么进去的?总不会是硬把门踹开的吧?"

"对了!"

她跳了起来。疲劳感一扫而空。

"真的把门踹开了?"涟怔住了。

玛利亚不理会他,逼近下属和青年军人:"涟,约翰。现在能马上回顶层去吗?没时间了,现场——"

吊舱的窗户摇晃起来。
不是因为风,也不是因为螺旋桨,而是一种如同地动的闷响晃动了窗户。

玛利亚奔到窗口,视线投向下方。
大厦如今的模样就像侧面开了个洞的烟囱。刚才的晃动看来是又发生了新的爆炸,浓度不同的烟从侧面打着旋儿升起。
没法靠近吗?正在她咬牙的瞬间——

大厦塌了。

一切在仅仅不到十秒内发生。
中央部分的楼层像蛇腹一样毁坏,上半部分整个垂直下沉。巨大的重量压在下半部,将其压毁。瓦砾相撞破碎,就像用沙子建造的烟囱一般粉碎崩塌。

迟了一拍才响起轰鸣声。玻璃的碎片洒落,大量的粉尘卷起。大厦周围数百米都淹没在了淡灰色的烟尘中。
惊叫声四起。就像被风吹散的沙粒一般,围观人群开始四散逃离。

"十一点五十八分。现场,崩塌。"
玛利亚呆呆地听着约翰压低的声音。

※

"玛利亚，我再问你一次。"涟拿着笔记本和笔，"桑福德父女和其他五个人，在你进入顶层的时候就已经死亡了，对吗？"

"我都说了好几遍了。真烦人。"

在侦讯问话时对同一个问题反复提问是常有的事儿，但一旦自己成了被提问的一方，就感觉太窝火了。问话的还是这个有点儿可恨的下属。"我当时很急，但都挨个摸过脉搏……如果有装死的我绝对会发现。"

当时没空好好检查，但关于这一点她敢赌上她的人头。

"没有矛盾。"

鲍勃·杰拉德验尸官翻着资料。他挠挠白发，微胖的身体轻轻晃着，褐色的眼睛在纸上扫过："根据 N 市警方的验尸结果，七个人的遗体都未从肺部检测到粉尘，认为是崩塌造成的伤口上也未见活体反应。崩塌时已经死亡，这点是可以确定的。但是，每具遗体的状态都很惨。身上多处压伤，全身还被灼烧。现场都成那样了，这也是没办法的……反而是他们居然能调查到这个程度。不愧是'天下的 N 市警察'。"

他频频点头。除了在看的是验尸报告书复印件之外，从旁看去活脱脱就像在专心翻阅凹版写真集的街坊老大爷。

"关于死因和身份，上面是怎么写的？"

"看来还是无法查明所有死者的身份。能确定的只有休·桑福德和他女儿两人，似乎勉强辨认出了牙齿形状和弹痕——但要是没有那边红毛的证言，判断大概挺难的。"

玛利亚九死一生归来三天后。桑福德大厦崩塌的新闻如今在

U 国传得沸沸扬扬。

化成一座瓦砾山的大厦周边，现在仍拉着禁止入内的隔离带。还无法估计瓦砾的清理工作何时能完成。

——目击大厦崩塌之后，玛利亚把她在顶层所见到的情况告诉了涟和约翰。

因为玛利亚马上就被送进了医院，所以不知道涟跟当地警方做了怎样的交涉。总之，基于玛利亚的证言展开搜索的结果是，距大厦崩塌过了整整一天，也就是前天，终于从瓦砾中发现了七个人的遗体。

其中两名死者是休和罗娜一事昨天已经见报，在那之后，媒体报道的混战就不断升温。

玛利亚做完一通治疗，和涟一起回到了 A 州。

一方面也是因为对 N 市警方没完没了的调查盘问感到不耐烦，但最大的理由是险些让媒体查到"大厦崩塌前一刻从顶层救出的神秘女子"住进了哪家医院。要是媒体挤到病房中来，那在各种意义上来说，事情都不会轻易了结。

获救的场面在 U 国全国直播，幸好画面粗糙，玛利亚的身份没有暴露。N 市警方对玛利亚的身份一事，也自始至终只有一句"无可奉告"。

回到 F 警察署后，玛利亚丢下所有杂务，一心扑在大楼爆炸以及桑福德一家谋杀案的调查上。她现在正在 F 警察署的会议室里和几个相熟的伙伴讨论案情。

署长对此默认了。从某个熟人手里借来"深海"的植株，威胁说"有人拿出了私下转卖的证据哦"，他就什么都不说了。看来这一手能用一段时间。玛利亚在心底窃笑。

大厦崩塌中受害的还有另外两百多名伤员。他们基本都是由于逃生时跌倒等原因受的伤。综合崩塌的规模以及当时在大厦内的人数——据说超过一万人——来考虑,包括救助人员在内没有出现死者,这相当于一个奇迹。

然而经济损失巨大。各出租店铺、办公室及埋在地下停车场里的汽车等的赔偿,还未收回成本就寿终正寝的大厦建设费,瓦砾的清理费用……跟桑福德有关的公司,相关人员肯定正在体会焦头烂额的滋味。

在大厦里工作的人则名副其实地丢了工作岗位,要如何给他们提供保障就成了一个大议题。涟看样子也很在意在混乱之中认识的两名女员工的后续情况。

七名死者的死因依然保密,对外则是按所有人都是因爆炸或崩塌死亡来宣称的。何时公布事实,是否会有公布的机会,眼下还难以预料。

"死亡推断时间怎么说的?"

"只写着'至少在解剖之日前一天以上'。遗体受损过于严重是一个原因,尸体发现得较晚大概也造成了影响。不可能推断出具体时间了。"

果然不好办啊。死亡时刻只能用别的方式一点点去查了。

"那父女之外的五个人身份有头绪没有,是不是女佣或照顾起居的人之类的?"

"只有一名是女佣。剩下四名似乎是休·桑福德的客人。"

涟的目光落在资料上。这个案子以辖区所在的N市警方为主体进行搜查。而经过涟的交涉,搜查资料也会发给他们。

帕梅拉·埃里森(31岁)——桑福德家的女佣。

伊恩·加尔布雷斯(28岁)——M工科大学的助教。

塞西莉亚·佩林（26岁）——M工科大学研究生院博士课程的学生。

特拉维斯·温伯格（44岁）——SG公司技术开发部部长。

恰克·卡特拉尔（30岁）——SG公司技术开发部研究员。

涟依次读出五个人的姓名和职位。

"保安在逃生的时候把来访记录带了出来。到案发当天为止，前往顶层后现阶段还行踪不明的就是从伊恩·加尔布雷斯到恰克·卡特拉尔这四个人。女佣帕梅拉·埃里森也音信全无。其他相关人员都一一联系过了。"

"M工科大学？"

世界最顶尖的理工大学。跟纯商人的休的客人感觉搭不上边。

"SG公司跟M工科大学好像在搞合作研究。有人做证说案发头天晚上有个晚宴，邀请了项目相关人员参加。那个项目应该是社长直接管理的。现在N市警方正在寻找人证物证。"

头天晚上有个晚宴？

"就是说四个人都没回家，在顶层过夜，结果牵扯到案件之中？"

"从状况证据可以这么推测。"

涟把顶层的出入情况写在了会议室的黑板上。

●一月二十日（案发前一天）

8：30

休·桑福德及罗娜·桑福德，从顶层到一层

9：30

帕梅拉·埃里森，从顶层到一层

11:00
帕梅拉·埃里森,从一层到顶层
13:00
罗娜·桑德福,从一层到顶层
16:55
休·桑福德,从一层到顶层
17:10
维克多·利斯特(法律顾问),从一层到顶层
17:45
维克多·利斯特,从顶层到一层
17:50
伊恩·加尔布雷斯及塞西莉亚·佩林,从一层到顶层
17:55
特拉维斯·温伯格及恰克·卡特拉尔,从一层到顶层

●一月二十一日(案发当天)
无人出入

"整理总结出保安及监控员的证言及来访记录等,情况就是这样。进出顶层都要经过直达电梯。大家可以看到,被害人在前一天的十八点前前往顶层,那之后就没下来过。唯一的例外就是休·桑福德的法律顾问,他十七点十分左右来访,在被害人到达前就离开了大厦。"

"那个叫维克多·利斯特的法律顾问去见休是为了什么事?"

"他说是一件诉讼案的进展确认。说可能因为他的事务所离得近,休·桑福德常会不事先跟他约定时间,而是有空的时候突

然把他叫过去。案发前一晚叫他过去也是这种情况。"

"那人证物证呢?"

"已经确认到了利斯特律师造访大厦差不多十分钟之前,也就是十七点左右,休从大厦顶层给律师事务所打过电话。算起来休·桑福德是一回到家就打了电话。被突然叫过去这个证言应该不是谎话。"

"律师过去的时候,休父女还有私宅内外没有什么不对劲的地方?"

"他说没有。不过他只见到了社长和女佣两个人。"

瞅着黑板。律师维克多·利斯特到大厦来的时候,顶层有休、女佣帕梅拉以及女儿罗娜三人。就是说他没看到女儿罗娜吗?

突然被叫过去这点感觉有些可疑,但四名客人进入顶层是在维克多离去之后。他无法下手。

"最后两个人——特拉维斯和恰克进入顶层之后的出入情况呢?"

"没有。至少没有通过正式手续进出的人……不管是记录还是证言,都显示前一天的十七点五十五分是最后一次有人出入。"

那之后没有任何人去顶层,也没有任何人出来。

在朋友家喝酒喝得人事不省留下过夜的经验,玛利亚多得数不胜数。但是——

"应邀赴宴的客人全都留下过夜,这说不太通啊。那些人总不能个个都跟休关系特别亲近吧。"

受害人中也有年轻男人。留下男客跟女儿在同一个屋檐下过夜,休不会抵触吗?

"对赴宴的客人而言,事先应该也没打算留下过夜。其中一名受害人——特拉维斯·温伯格十八点十五分左右从顶层给家里打过电话。接电话的温伯格太太说他在电话里跟她说'今天大概回不去了,你先睡吧'。"

另外查明,伊恩·加尔布雷斯和塞西莉亚·佩林十七点左右在 M 地区的酒店办理了入住手续。他们三十分钟之后一同——他们应该是男女朋友关系——离开酒店,之后一直到第二天也没回来。

"哎?等等,九条刑警。这不对啊。"一直保持沉默的空军少校约翰·尼森突然出声道,"如果就近订了酒店,那正常来说,不管晚宴多晚结束都会回酒店吧。假设桑福德盛情挽留,那也得跟酒店说一声啊。"

"哎哟,你居然能留意到这点,不错嘛,约翰。"

"你什么意思?话说我为什么一定要在这里?我只负责把你救出来,跟这次的案子毫无关系吧。"

"我又没叫你,是你自己跑到 F 警察署来的。我不就一心以为你想参与嘛。"

约翰呻吟道:"那是……来探望一下你……"他一反常态地口吃起来,脸上似乎也隐隐泛红。

"哎呀呀,别管这些小事儿了。"鲍勃咧开嘴笑眯眯地说,"人越多讨论就越激烈。怎么说来着,有句老话——"

"是'三个臭皮匠顶个诸葛亮'吧。"涟一本正经地回答,"尼森少校指出的问题,N 市警方的搜查资料中也提到了。不过还写了'不能否定有可能是桑福德硬把他们留下的'。"

"不只是硬留的问题吧。如果说不管是回酒店还是跟外界取得联系,事实上都做不到呢?"

会议室里一片寂静。

"你是说……被关了起来?就在案发的头一天晚上?"

"我得救之后也马上跟你说了吧？除了休和罗娜，所有人都是在类似珍稀生物收藏室的地方被杀害的，而且都穿着相同的白衣服。"

在顶层见到的那凄惨且异常至极的情景在玛利亚的视网膜中重现。

"详细的前因后果我不知道。这完全是我的直觉——他们会不会是去参加晚宴的时候被抓了起来，然后被关在那个地方。"

"然后跟他们说'俘虏你好'，给他们换了衣服，最后还杀了他们？真像某类猎奇电影呢。"

"等等，涟，你在嘲笑我吗？"

没有——涟摇摇头。

"现实中发生的事情远比电影更像电影。这么说有点儿夸张，但不管真相如何，都并非不可思议。"

毕竟是U国数一数二的大富翁所拥有的大厦被炸，坍塌得一塌糊涂。现实比动片片更离奇。

"等等，等等。不管是猎奇也好动作片也罢，总得有个相对合情合理的解释吧。"

鲍勃插嘴道："恐怖分子把桑福德一家和来访的客人监禁起来，把大厦炸了之后逃到什么地方去了。你是这个意思？那他们是从哪里、怎么潜入的，又是怎么逃走的？据说顶层可是处在密切监控下的。"

"不，会不会反而正相反呢。"

"相反？"

"涟，伊恩·加尔布雷斯和塞西莉亚·佩林订了几个晚上的酒店？"

"两晚。资料上这么写的。可能打算晚宴之后在N市市区观光吧。"

"恰克·卡特拉尔呢?"

"他从家里搬出来一个人住。现在还不知道他订没订过酒店,我想他应该没订。"

"特拉维斯·温伯格跟家里人说'回不去'……赴宴的四个人,从案发头一天一直到当天都无法联系上,却没有一个人觉得奇怪?"

三人互相看着。

伊恩和塞西莉亚如果本来要住两晚的话,至少从酒店的立场看,第一个晚上两个人都不回来也不是什么大事儿。约翰指出他们应该跟酒店说一声,但这充其量不过是住客的礼节问题。

一个人住的恰克就不考虑了。至于有家室的特拉维斯,只要设法让他打个电话说"回不去"就什么问题都没有了。

"如果不是恐怖分子在炸毁大厦的时候顺便把受害人监禁起来,而是凶手从一开始就打算监禁他们呢?如果破坏大厦是主要目的的话,恐怖分子没道理要特意给受害人换衣服。凶手跟他们应该是有私仇的,恐怕是为了解除他们的武器才脱了他们的衣服——监禁并且杀害了他们。"

涟抬起头。

"你是说为了不让受害人逃走因此才炸毁消防楼梯吗?把整座大厦炸毁只是伪装?"

"结果把我害得够惨。"

逃生之路被堵死的绝望感鲜活地复苏。那凶手总不可能料到计划实施当天会有警察无意闯入吧。

约翰脸色严肃地交叉双臂:"等等,还是很奇怪。"他摇着头,"凶手要是冲着监禁并杀害受害人去的,那一定要使用炸药的理由何在？岂不是只会引起周围——不，U国全国的注意吗？而且，如果你说的是正确的，桑福德父女的衣服没被换掉吧。凶手为什么只对他们特殊对待？"

"说的也是啊……"

提到这些问题她也头痛。凶手的行动准则总觉得不太一致。

"说到爆炸物，不能从这方面着手追查凶手吗？能把高层大楼整个炸毁，这可不是门外汉干得出来的。"

"这方面N市警方也正在追查。他们认为用的是定时炸弹，或者是无线引爆的……但形势不太对头。"

"就是说？"

"还记得十年前，休·桑福德所拥有的另一栋大楼遭受爆炸袭击的案子吗？案发之后大楼就废弃不用了，直到去年才开始准备拆除——这次案件发生后去调查了一下，发现拆除施工方下订单买的炸药和仓库里保管的炸药数量不一致。"

"盗窃？"

"管理方面似乎相当松懈，什么时候被偷的都无法查明。说是拆除施工的计划本身搁浅了，炸药好像在仓库里放了半年之久。"

"有人听闻要拆除大楼，心想天助我也，偷走了炸药？"

购置炸药本身走的是正规途径。如果被横加掠夺的话，那就无法追踪了。

然而问题是，关于炸药的消息凶手是怎么搞到手的——

"就是说只要跟休·桑福德有关的公司的人，谁都可能有机会？"

对玛利亚的问题，涟点了点头。

"十年前出事的大楼，名义上的所有者是SG公司的子公司。

要多说一句的话，这次的受害人中，有三人——伊恩·加尔布雷斯、特拉维斯·温伯格，还有恰克·卡特拉尔——去年年底也曾造访过桑福德家，好像是去做合作研究的报告……不排除他们那时用什么办法，或者是从桑福德本人口中得到了消息。"

意思就是……从谁能搞来炸药这个角度去缩小凶手范围很难吧。

"就当这能解释炸药的来源，那又是怎么运到大厦里去的？三十七层以上的紧急出口应该都是锁着的。"

玛利亚经过这次案件也确认过了，普通电梯应该只能到三十五层。

"会不会是用了货梯？不同于访客用的电梯，另有用于搬运大型货物的电梯，从一层到七十层都可到达。虽然无法接近顶层，但可以到达中间的住宅层。根据搜查资料显示，到去年年底为止，内部装修的施工人员曾多次使用货梯。"

是混在那里面把炸药运进去的吗？

或者就算不是当时运进去的，也可以偷偷把某层紧急出口的门锁先打开。只要走消防楼梯进入那层，之后就可以通过货梯前往其他楼层了。也不是没这个可能。等所有准备都完成，就只剩下关上消防楼梯的门，趁人不注意坐电梯下到三十五层以下了——尽管得费相当多的体力。

话说回来，如果能搞到紧急出口的备用钥匙，那连电梯都没必要用了。

"但是……"约翰偏着头说，"就算弄来了炸药，还能出入大厦，让最新的高层大楼那么漂亮地——这个表达可能不太合适——崩塌，应该具备相应的专业知识。不能从这一点去缩小凶手范围吗？"

"塞西莉亚·佩林的父亲在U州本地开了一家建筑公司,经营状况似乎差强人意——但因为这层关系,她可能具有关于建筑结构的知识。只是,这个切入点也非常让人头疼……警方指出,要让大厦崩塌,其实用不了懂太多。"

"什么意思?"

"自十六年前建筑基准法令修订之后,新盖的高层建筑即使设计上跟以前相比极大放宽了安全标准,也能通过验收。必备的消防楼梯从六减少到三,柱子和地板的抗火标准也放宽了。不仅如此,还有人说包括这次的桑福德大厦在内,法令修订之后建的高层大楼,大多数都没做过结合实际的耐火试验。据说某研究机构做了测试,发现耐火时间还不够两个小时。"

"等等,那是什么意思?其实那座大厦的结构脆弱得不得了,一阵风就能吹跑?!"

"总能抗得住强风吧……有专家指出,如果大厦内墙——就是围着电梯间的墙壁——烧毁的话,整座大厦可能会轻易倒塌。甚至还有传言说十年前的恐怖爆炸案之后,案发的大楼,最终被弃用也是因为支柱受到爆炸的影响而损坏了。"

是说可能本来只打算炸毁大楼的一部分,没想到火势蔓延,直接造成了坍塌吗?

真可怕……一直相信摩天大楼很结实,突然觉得跟牛奶的纸包装盒一样靠不住了。

休真敢搬进去住啊。就算是为了配合宣传效果吧,难道说他真不知道耐火试验有问题吗?

"相较而言,死亡人数居然能控制在这个范围……不过差点儿就要把你也算进去了。"

"少说冷笑话。"

据搜查报告书说，顶层控制铁门电子锁的电路正好在那个时候烧断，这完全是偶然的。如果那扇门一直打不开，后果会如何呢？

但是……

玛利亚双颊抽搐着，无法把鲍勃所说的当成闲话。

搜查报告书中指出，死者人数少是基于大厦上半部分几乎没人，而凶手仅在无人的区域放了爆炸物等理由。没有人被直接炸死，疏散也相对迅速地完成了。

反过来说，如果爆炸物放在大厦下半部分——挤满了人的购物区或办公区，那死者的数字应该会多一个零。凶手为什么没那么做？

难以认为有两个不同的凶手分别实施杀人和爆炸罪行。出事的时机实在太巧了。

这么一来——难道凶手的目的说到底就是要杀害休等人，本意并不想把其他人卷进来吗？

那么，凶手为什么要采取爆炸这种方法？对约翰的疑问，其他人现在想不出答案。

凶手有强烈的动机要毁掉大厦吗？

"你说的只是'人'的尸体。没能把关在顶层的珍稀生物救出来，实在让人极为痛心。"

"拜托你也别说这种话……好像我就不痛心似的。"

玛利亚见到的珍稀生物一个不剩地成了大厦坍塌的牺牲品。

没有一只被活着救出来。有的被瓦砾压扁，有的被火烧成了灰。如果再早十分钟进入顶层，不说全部，至少也能救出几只。这么一想，不管那是不是什么非法交易的证据，玛利亚都感到一阵苦涩。

关于那些生物的事情没见报。主要的理由是为了不让走私团伙得到消息,但也能看穿搜查相关人员的顾虑:在这焦头烂额的时候,可别再刺激动物保护组织了。

"我也不叫你想开点了。"约翰烦躁地挠着头,"背负太多也是毒药。你要是没得救,那也没有一个能得救的。本来你会在场就可以说是奇迹了。对那些动物的痛惜,只要挖出走私团伙来弥补就好。对吧,对——"

约翰突然不说话了。他移开目光,之后又把认真的视线投向玛利亚。

"玛利亚。"

"是啊,谢谢——啊?约翰,你怎么了?"

"呃……没事。"略显失望的表情在约翰的脸上一闪而过。他咳嗽了一声继续说道:"话说回来——休·桑福德在顶层饲养珍稀生物这件事,还有别人知道吗?受害人死在收藏室,就是说凶手也知道有个收藏室吧。"

就玛利亚能确认到的情况看,通往收藏室的出入口只有消防楼梯一侧的防火门和宴会厅一侧的门这两个。后者设于书架一角的缺口处,知道这扇暗门的人应该不多。

"跟桑福德家有关的人——女儿罗娜和女佣帕梅拉·埃里森毫无疑问应该知道。"涟从一沓资料中抽出一部分,在桌子上摊开,"证据就是在恰克·卡特拉尔家里发现的他的日记。"

恰克的?

玛利亚的目光落在桌上的资料上。那是笔记本的复印件。

横线稿纸上是潦草的手写文章,笔迹不稳,写的人像是心情很激动。

十二月二十日（周二）

该从何写起呢。不，本来我都不知道该不该写下来。……

※

"哈？"一看完，玛利亚就忍不住呆呆地叹了一声，"等等，这什么玩意儿啊。"

涟的解释不假。

休·桑福德在"那个地方"饲养着"非法"生物，罗娜知道那个地方，帕梅拉负责照顾"他们"——不仅是休本人，他女儿和女佣也知道珍稀生物的存在，这些都明明白白写在日记里了。尽管对重要的部分加以掩饰，但"那个地方"毫无疑问就是指那间收藏室。

但是在恰克的日记中，关于那些的记述都很笼统。

"'玻璃鸟'？"

恰克在"那个地方"见到了一种玛利亚从没听过的，如同从童话中出来的一般，鸣叫声悦耳的鸟。恰克受到魅惑，甚至动摇了对恋人的心意，因罪恶感而苦恼。恰克异常的心情被鲜活地描写了出来。

甚至能动摇对恋人爱意的魅惑之鸟？休养了这么一种谜一样的鸟吗？

"你亲眼见过吧？那个收藏室里有没有类似的鸟？"

"倒是有羽毛华丽的鸟，但要说是不是美得让人着迷……"

在生死一线间，注意力还被受害人的尸体分散，她顾不上把珍稀生物一个不落地刻在记忆里。

"鲍勃,你问了也白问。看玛利亚的打扮就知道,她对美的感受绝对靠不住,这是一目了然的。"

"我的套装哪里老土了!"

"不,我想不是那个意思……"约翰小声嘟囔一声,接着表情绷紧了,"九条刑警,关于这什么'玻璃鸟',你有没有想到什么?你们搞到手的交易记录上没有类似动物的记述吗?"

"确实有鸟类的记录,但那是不是'玻璃鸟',光凭日记里的记述没法说。因为也可能只是休自己这么称呼的。而且,跟休交易的走私贩子,并不一定只有我们盯上的这一个。"

"那是什么样的鸟呢?不会真的是像玻璃一样透明的鸟吧。"

"可能指的是'rulikonohadori'——Fairy Blue Bird。"

从涟口中冒出一连串听不懂的发音:"'琉璃(ruli)'是我祖国的古语,是玻璃的意思。分类上和麻雀是同类,据说是一种有着红色瞳孔和黑蓝色羽毛的美丽的鸟。现在还没列入濒危物种名录——但有可能是变异品种。"

收藏室里还有白毛猴子和双头蛇等突然变异的动物。是说"玻璃鸟"可能也是那样的变异品种之一吗?如今珍稀生物多数都被烧了,日记里没有详细描写,想确认也很困难。

但是,更重要的是——

"先把'玻璃鸟'放一放,说说恰克和罗娜吧。他们之间不仅仅是社长的女儿和一名员工的关系吧。"

他们下意识把受害人的属性区分成桑福德一家以及来客。但是,如果有条线能将两者联系起来,那话又得另说了。因为只有前者才知道的消息,后者也许通过恰克也能得知。

"与其说是恰克·卡特拉尔去讨好罗娜,看起来反而是罗娜对他着迷。两人是几年前在宴会上认识的……正如日记中所暗示的,他俩一起坐上电梯的场面曾多次被保安看到。"

"罗娜的父亲知道吗?"

"日记里写着女佣帕梅拉·埃里森曾要求保安不许说出去。保安他们也没有直接跟休本人说话的机会。"

只有当父亲的不知道。世界级的富豪也有点儿可怜啊。

休和罗娜被杀了,罗娜的恋人恰克也被杀了,甚至连女佣帕梅拉和另外三名访客都被杀了。

是谁杀了他们?

那家伙是怎么闯到顶层,又是从哪里逃出去的?

"眼下的疑点就是这些吧。"

涟拿粉笔在黑板上写着。

(1) 凶手是什么人,及其动机
(2) 凶手进入顶层的途径,以及逃脱途径
(3) 大厦被炸毁的理由

"姑且先把(1)放到一边。"约翰沉吟着交叉双臂,"(2)的后半部分,逃脱途径这条倒不难吧。如果是凶手放的爆炸物,那他在停电前坐电梯下去,混在逃生的人群中逃脱,这应该很容易找准时机。"

"那得以凶手不被任何人察觉,自行从顶层下到三十五层以下为前提。大厦内所有电梯都在监控室二十四小时的监视下,包括连接顶层和一层的直达电梯在内,若无人楼层的电梯有异常动作,应该立刻就会被发现。"

"那消防楼梯呢?"

可能是设计上的需要,楼梯在七十一层时转到了另一条楼梯

上,但作为逃生通道应该能从楼顶一直通到一层。

"顶层——七十二层的楼梯平台设有监控摄像头,和电梯一样,也是监控室的监视对象。在第一次爆炸中,消防楼梯被破坏之后的几分钟内监控摄像头的电力系统还在运作。直到大厦坍塌的前一刻都有保安留在监控室里,如果有可疑人物经过,他们应该会注意到。"

"慎重起见我问一下,到摄像头失去影像为止,有什么目击情报吗?"

"案发当天我去问的时候,得到的回答是什么都没有。"

涟边低声说边翻动调查报告书,手突然停住了。

"不,有了。在线路断掉的四五分钟前,有可疑人物从摄像头前经过了两次。还有照片。看来保安把录像带留了下来。"

啊!?

"喂,你早说啊。"

玛利亚从涟的手里一把抢过报告书,翻到下一页,看到一张黑白相片——像是监控摄像头录下画面的一帧——那上面映着涟说的可疑人物。

是个女的。

长发乱糟糟的。套装的纽扣松开,衬衣的下摆露在外边。尽管画面粗糙,但也能看出她表情阴森。那张醉得几乎不省人事的脸惨不忍睹。

"这不是我嘛!哪是什么可疑人物!"

"哎呀失礼了,我没认出来。"

涟一脸淡然。鲍勃也揉着眼角说"唔,最近视力变差了啊"。

玛利亚恨不得一巴掌把这两个人打倒算了。

观察整张照片,七十二层的楼梯平台从天花板到地板都不留死角地映了出来。想躲在阴影里避过摄像头是不可能的。

"就是说,"约翰用力咳嗽了一下,"事实上不存在通过消防楼梯到达顶层的人——就是说无意中也证明了没有看漏可疑人物吧。"

无意中,这三个字的发音带着微妙的抑扬顿挫。没有比这更让人憋火的了。

"但是这样一来,可考虑的范围不是缩小了不少吗?没看到有人逃出,就是说也没看到有人入侵。这不能得出死者七人之中有一个是凶手的结论吗?"

"得不出。"玛利亚断言道,"因为哪儿都没看到凶器。遗体周围任何地方都没有。有人杀了他们后还把凶器拿走了。这是确确实实的,我可以发誓。"

在顶层压根没看到射穿桑福德父女额头的枪,和刺穿五个人的刀。

还有那位在防火门前咽气的黑发女性——

搜查报告书还附上了一张重新冲洗出来的死者生前的照片。

黑发女性只有塞西莉亚·佩林一个。照片中的她带着含蓄、柔和而温暖的笑容。不仅是她,其他尸体生前的面容都和玛利亚见到的凄惨的死亡面孔印象截然不同。

塞西莉亚向门外求救,背上中刀而死。那不是自杀。如果说另外六人中的某个人是凶手,那就是说这个人杀害了塞西莉亚之后,在短短几十分钟内用什么办法把凶器处理掉,又自行了断了性命。

从现场状况上来说,这不可能。

玛利亚的出现仅仅是偶然。如果凶手的最终目的是要毁掉整座大厦,那把自杀的凶器远远藏起来是没有意义的。

凶手另有其人。那家伙是从哪里潜入，又消失到何处了呢？

顶层不是孤岛，食品以及日用品应该会定期运上去。凶手是混在那些货物里潜入的吗？

"食品及床单之类的生活必需品，是女佣帕梅拉·埃里森下到一楼，在保安的监视下，从商家送货员手中接收的。"涟像是看透了玛利亚的想法，开口说道，"那个时候，保安会打开所有货物检查。就是说不会有人藏在里面。不定期运来的货物，以及客人带来的手提箱也一样。自十年前的恐怖爆炸之后，据说对物品的检查要求得很严。"

"也就是说，案发前一天的来客也是？"

"没有特别可疑的东西——保安都这样证言。没有一个客人的包大小够装下一个人的。关于这一点，反而是一个月前的事情比较让人在意。"

恰克的日记里写的是在顶层做"新开发产品的报告"，日期正好是一个月前的十二月二十日。涟指的应该就是这件事吧。

"因为保安要求打开存放机密样品的手提箱，特拉维斯·温伯格一开始好像表示拒绝。最后他虽然同意了，可却要保安报上个人姓名和联系方式，引发了不小的争执。"

似乎是格外重要的样品……不会就是一整套炸药吧？

"顺便说一下，手提箱里面只有一个带电极的灰色板件，像是被塑料包着的一块透明黏土。具体就不清楚了……温伯格不知是不是吸取了教训，一个月之后的案发前一天，只带了相当简单的行李。"

样品的具体内容等之后再去确认，但连放有公司机密的手提箱都要打开，那凶手混在行李里这条线基本就不用考虑了。

就算混进去了，也必须格外小心地潜伏。这样一来，就必须得到定期运入货物的女佣帕梅拉的帮助。

——不，等等。

帕梅拉负责照顾休的珍稀生物。这些生物的饲料又是怎么处理的？收藏室里的动物不止五头十头，应该需要大量的饲料。要是算在桑福德父女的食品里一起运进去那恐怕太多了。

而且，虽说搜证现场已经不存在了，但休是怎么把那些珍稀生物运到顶层的？

这跟在住宅层安放炸弹又不是一回事了。直达电梯有保安，消防楼梯有监控摄像头，把路都封住了。

也有可能是休凭权力封了保安的口。可现在休已经死了，保安没道理继续保密。然而关于非法买卖一事，玛利亚还没听说从保安口中得到了什么重要证言。

指尖抵在下巴上——应该有一条用来运送珍稀生物的通道，如果凶手是通过那条路进出现场的呢？

既不是电梯也不是消防楼梯，第三条路……

"对啊！"玛利亚敲了桌子一下。另外三个人一齐看向她。

"我们真蠢啊！答案明明就摆在眼前，居然会完全没注意到！"

"玛利亚，你反省自己平日里的行为，这么说说倒也没关系，但太突如其来的发言，理智——"

"楼顶啊。"玛利亚打断了下属殊乏敬意的话，"如果电梯不行，消防楼梯也不行的话，剩下的就只有一条路了。凶手是从大厦楼顶入侵顶层的。"

"你说他是从旁边大楼跳过来的？那不可能——玛利亚，你考虑过大楼的高度吗？桑福德大厦比周边的建筑明显高出一个头，所在位置也被道路和公园隔开，和周围有一大段距离。就算拉绳子,也不可能不被任何人看见。"

"不需要绳子啊。你是怎么救我的?"

约翰睁大了双眼。

"你说水母船!"

"休·桑福德那种有钱人,有一两艘水母船也不奇怪吧。坍塌前一刻我也扫了一眼,大厦楼顶的面积相当大啊,轻轻松松就能停下一艘水母船。而且楼顶还有类似直升机起落的标记,肯定是当成休的专用码头修建的。也就是说——过去曾多次有水母船飞到大厦来,对周围的人而言这或许已经成了日常生活的一部分了。"

这样的话,案发的前一天可能有水母船到过大厦。如果凶手偷偷上了船呢?

接应水母船应该是帕梅拉的工作,如果凶手趁她出现在楼顶的间隙,进入顶层的话……

这也能解释珍稀生物是怎么运进去的了。要是从空中飞来的,那就跟电梯、消防楼梯没关系了。

桑福德父女会搬到有安全隐患的大厦顶层,其中一个原因大概也是判断万一有事,可以从楼顶逃生吧。

"如果我的直觉准的话,那应该有什么目击信息。报告书上写了吗?"

"这次主要是保安的证言,还有受害人的身份和行踪。在现场周边探听的消息会另外汇总过来。"

"现在马上给N市警方打电话。还有,你顺便去查一下休·桑福德以及他的公司是否有水母船。"

是——涟站了起来。

※

"你猜对了——不过只对了一半。"

一个小时后，涟回到会议室告知玛利亚。

"正如你猜测的那样，案发前一晚，有不止一个人作证说看到水母船停在桑福德大厦楼顶。并且，去查UFA的水母船购买者名单，发现上面有休·桑福德的名字。购买时间大概是五年前。他搬到大厦之后，把他名下一家物流公司用地划出一块当成停泊处，地点在距大厦一百二十公里以西的州界。"

UFA公司是水母船的生产商。因一年前发生的大型谋杀案，玛利亚和涟曾一起去调查过。水母船购买者的名单也是当时拿到手的。

"我去问了物流公司，了解到水母船一个月大概会开出去一到三次，包括案发头天晚上有人目击到水母船的那次。N市警方也确认说，收到了在大厦楼顶看到水母船的目击证言。当然了，正如玛利亚所指出的，在N市，水母船并不少见。因为有能力拥有水母船的有钱人较多，而且离海近，容易找到水面降落的地方，所以比起小乡镇来，见到水母船的机会要多得多。"

"哦？"鲍勃出声感慨道，"你的直觉偶尔也会说中啊。要是总能保持这个水平，就没有赌马栽跟头的事儿了。"

"我才不赌马呢！"

自己明明老早就洗手不玩儿了。

"然后呢，涟，'对了一半'是什么意思？"

"是停泊的时间和时长。

"综合目击情报来看，水母船降落在大厦的时刻是案发前一晚的十八点五十分，五分钟之后的十八点二十分离开。在其他时段没有目击信息。"

"只有五分钟？"

而且这个时段，应该是——

"跟特拉维斯·温伯格给自己家里打电话的时间重合。正确地说是十八点十八分。温伯格夫人从电话里没听出有什么异常。可以认为这个时候凶手尚未行凶。如果凶手是通过水母船逃离现场的话，那么从结束行凶到坐上水母船，只有仅仅两分钟的时间。"

两分钟——光是上去楼顶坐到吊舱里，这一点儿时间大概一下就过去了吧。加上还要夺走整整七个人的性命，不管是多厉害的凶手也不可能做到。至少要事先杀害除特拉维斯以外的六人。然而……

"从水母船上下来，立即杀害其他六人。等温伯格打完电话后将其杀害，剩下的两分钟冲到水母船上……就算这样时间也太紧张了。"

约翰低声念叨着。

从吊舱下来，潜入顶层，趁特拉维斯不注意了断六个人的性命。时间只有五减二的三分钟。这也不是人力所能及的，再怎么说跟动作片一样也得有个限度。

这么一来——

如果凶手通过水母船"入侵"顶层后并没有离开，而是留在了顶层呢？

或者事先潜入顶层，行凶之后利用水母船"逃脱"？

凶手能用的只是水母船"单程票"。

"而且，结合其他情报考虑，凶手能不能用上'单程票'都要画个问号。"

"什么意思?"

"首先是'逃脱'——记得吗?受害人全都到达现场的时刻本身仅仅在水母船到达前二十分钟。"

涟的目光投向黑板。

17:55
特拉维斯·温伯格及恰克·卡特拉尔,从一层到顶层

"杀害他们至少是在他们到了顶层之后。凶手要是用水母船'逃脱',那么他的时间最多只有二十五分钟……跟三分钟比起来是宽松多了,但就算这样也跟动作大片一样,算是相当紧迫的安排了。"

而且,至少有一个人——塞西莉亚·佩林活到了第二天。

从身负致命伤到实际死亡,有一个时间差也不稀奇。送入医院的受害人抢救无效几天后命丧黄泉的事例,玛利亚也曾经历过好多次。

然而,这个甚至在大厦里安放炸弹的有计划的凶手,会把时间安排得如此紧张,以致来不及确认受害人的生死吗?

反正都要把大厦整个炸掉所以没关系,要这么说的话倒也无从反驳。然而那就没必要在爆炸之前特意去杀人了。因为大厦只要塌了,就算不亲自下手,瓦砾也会致受害人于死地。

"那不就是说只有'入侵'这一个选择了?"

"逃脱"这条线很难考虑。水母船只不过用于"入侵"。潜入顶层的凶手把受害人监禁在收藏室并杀害,在大厦崩塌之前用了什么办法逃走了……这个想法虽也有很多不自然的地方,但至少

从凶手的视角考虑，时间上应该远远比"逃脱"宽松。

但涟摇了摇头。

"据刚才的物流公司说，案发前一天水母船开出去的时候，没人在上面。说是在马上开船之前，有数名员工检查过，不会错的。"

"真的？那飞行员会不会是同伙，在开往大厦的途中让凶手上船了？"

"没有飞行员，是无人驾驶的。"

啊？

"自动航行系统啊！"

约翰猛地抬起头，涟点点头。

"好像是因为一年前的案子，桑福德对此产生了兴趣。据UFA说，那件案子之后，桑福德马上就来找他们，半强迫性地买下了试作品。"

水母船的自动航行系统是UFA一年前开发的，听说受同一时期发生的案件影响，要推迟到今年四月以后才向大众销售。已经生产了几台外接型的样品，是说桑福德搞到了其中的一台？

不管是"深海"还是其他珍稀生物，他似乎是那种想要的东西不管用什么手段都要搞过来的人。"真是……他把这么非法的事情当成什么了啊。"约翰咬着牙说。

据涟说，物流公司检查吊舱内部——那是由数名员工共同进行的相当仔细的检查——之后，水母船在无人状态下起飞。时间是十六点三十分左右。从物流公司所在的州界到N市，要飞将近两个小时。

"那个自动航行系统，不能设定成中途在哪里停一下？"

"他们说因为是样机，所以只能设定一处目的地。案发前一晚将大厦顶层设为目的地——这也有数名员工做证。"

就是说从停泊处到大厦顶层这一路，水母船一直在空中。除非用滑翔伞之类的工具，否则凶手不可能坐进吊舱。对飞机研究造诣极深的约翰也露出为难的表情。

"入侵"这一选项被否决了。这样一来就跟涟说的一样，连水母船跟案子是否有关都无法断言。玛利亚这才意识到，N市警方为什么没把这内容写在搜查报告书上。

"那……水母船十八点二十分离开大厦之后又去了哪里？总不会又跑去撞雪山了吧？"

对鲍勃的提问，涟回答说："返回物流公司了。当天二十一点左右到达，吊舱里依然没有人，也没有任何异常情况。"

"等等。"玛利亚掰着手指，"……多花了一个小时吧。"

去程一小时四十五分钟，如果回程用的时间相同的话，预计返回时间应该是二十点五分。

"水母船的速度受风向的影响很大，一个小时左右的误差完全可能发生。这是 UFA 的看法。"

"水母船是从哪里飞回来的，有记录吗？"

"好像是因为容量问题，不会保存目的地的设定记录。如果是商用客机，那有义务另行安装飞行记录仪，但个人拥有的机体没有这个义务。"

就是说没法确认回程是否去过别的地方了啊。

但是在先前的讨论中，凶手利用水母船"逃脱"这个可能性几乎已被否定。玛利亚不禁感到有种挠不到痒处的烦躁。

"如果跟案子无关，那叫水母船过去是为了什么呢？"

"可能是桑福德要向来客展示。SG 公司的员工说，搬到大厦之前他就曾邀请客人到自己家中，招待他们乘坐水母船。搬家之后，飞行员到停泊处来驾驶水母船也是常有的事。安装自动航行系统之后频度就减少了。"

从高层大楼的楼顶坐上水母船开展空中之旅啊。俯视摩天大楼的夜景肯定会让来客倾心不已吧。

——不，等等。

"到停泊处的飞行员是什么人？"

"每次来的人都不一样。桑福德家事先会跟他们联系，通知他们日期和时间，到时飞行员就会过来。流程就是这样。"

也就是说飞行员是休手下的人。

珍稀生物和饲料是如何运到顶层的，这样一来谜底就解开了。是飞行员——假借该名义的走私贩子——中途装上必要的货物后运到大厦去的。

然而这次是自动航行，去程既没停靠，也没有空中之旅。

空中之旅？

"会不会是这样！"

玛利亚大声说。约翰吓了一跳，看向她。

"玛利亚，怎么了？"

"凶手坐没坐水母船，时间够不够，我们光讨论这些了，但不一定只是这样吧？比如说——顶层的尸体如果不是受害者本人的呢？那些尸体全都是替身，在受害人来大厦之前早就趴在顶层了——受害人完全没注意到尸体，跟凶手一起从楼顶坐上水母船去进行空中之旅了呢？"

回想起顶层的布局。只要关上宴会厅的门，从电梯间就看不到尸体了。

遗体如果是别人的，那"至少到十七点五十五分为止受害人还活着"这一限制就没有任何意义了。原本的七个人中有一个是凶手的可能性也就存在了。

他们穿着病号服一样的衣服，也可能真的是从哪里的医院弄过来的。若破坏大楼也是为了毁坏尸体，不让人认出他们身份的话呢？

三个人互相看着——终于一齐摇了摇头。

"很遗憾，但那不可能。至少休·桑福德和罗娜·桑福德的遗体身份已确认无误。验尸报告上也没发现特别的疑点。"

"塞西莉亚·佩林到大厦坍塌当天还活着吧。如果她是替身的话，凶手为什么到最后一刻才对她痛下杀手？这不是太不自然了吗？"

"他们大部分都是年轻人，就算休·桑福德再有权势，也不可能轻易准备好所有人的替身吧。而且，尼森少校指出的问题如果进一步演绎，那其他的替身也都活到了爆炸发生前的一刻。他们是什么时候，又是怎么被带到顶层的？问题依然不变，反而更加错综复杂了。"

"啊啊，真要命！"玛利亚双手拍在桌子上，"你们啊，为什么抨击我的时候就这么一致？"

"我认为，这是自己发言欠考虑，让大家没法不一致抨击的别人的问题。"涟冷淡地说，"关于凶手如何进出顶层的问题可能还需要一些信息。换下一个题目吧。"

下属的话促使玛利亚将目光投向黑板——"凶手是什么人，及其动机"。约翰和鲍勃也点头表示没有异议。

仔细想想，先不说休，其他死者何处让凶手记恨上了呢？

"他们聚到大厦里，名目是合作研究的晚宴吧。是不是那个合作研究出了什么事呢？"

"好像是出过事。那也是个相当大的案子。"

"啊?"

"三年前,SG公司的研究所发生爆炸事故,数名员工身亡,你记得这件事吗?具体内容没公布——但事故当时,发生爆炸的装置是用来制造 M 工科大学和 SG 公司合作研究开发的样品的。"

玛利亚汗毛倒竖。制造合作研究的样品时发生了爆炸事故?

"N 市警方的报告书上只写了数名员工的间接证词……但也有传言说制造条件极大偏离了正常范围,非常危险。一般发生这类死亡事故时,需要写一份详细的事故报告并上下传阅。然而就连在公司内部,信息都只不过是一些传言而已,也就是说……"

"下了封口令,而且还是高层下的——是这样吗?"

约翰皱起眉。这明显意味着事故的原因并非现场的失误,而是公司——下达指令一方的过错。

"据利斯特律师说,跟事故中身亡员工的家属进行的和解交涉一直持续到现在。为了能让交涉条件向着对自己有利的方向发展,桑福德下了封口令。"

事故的真相如果被死者的家属得知的话——

"来参加晚宴的所有人都是跟制造样品有关的人员吗?"

"估计是。"涟点头回答鲍勃的问题。

"当时,特拉维斯·温伯格和恰克·卡特拉尔都隶属发生事故的研究所。卡特拉尔是现场那边的开发负责人,温伯格是他的上司。伊恩·加尔布雷斯负责有关玻璃状态的理论研究。他曾在著名的学术杂志上发表多篇论文,在同行研究者中也是知名人物。虽然我还没读过,不过据说论文的内容实在太超前,受到了不少研究者说其'不现实'的批评。"

"就是说'极大偏离了正常范围,非常危险的制造条件'是基于这家伙的理论?"

"有很大可能。"

光说不练的理论家吹嘘出来的荒唐的制造条件,公司方的负责人没好好检验清楚就照搬到现场了……是这样吗?

因为高层轻视现场而导致最坏的事态发生,这在任何组织中都是一样的。然而丢了性命的是现场的人,而不是下命令的一方。甚至还把事故的责任全都推给现场,对家属而言没有比这更不可原谅的行为了。

涟提出的第三个疑点——"炸毁大厦的理由",玛利亚觉得她明白了其中一部分。凶手或许是在三年前的爆炸事故中失去了重要的人,为了报复而意图破坏大厦。

"什么人有可能事先得知要举办晚宴?"

"好像SG公司总部的部分员工得到了消息,跟受害者有私交的人应该也有机会知道。只是那之后消息是怎么传播的,想彻查的话很难。"

凶手平时大概一直盯着特拉维斯的动向,他要想获得晚宴的信息,绝非做不到。

"而其他人都只不过是受到连累的?"

对鲍勃的问题,涟摇着头说"也不一定"。

"调查塞西莉亚·佩林的银行存款,发现SG公司以'技术顾问费'的名目定期给她汇款。总额到去年年底为止有七万多美元,比混得差一点的普通员工的年收入还高。"

技术顾问费?

"她本身的专业是液晶工学,跟玻璃几乎没有关系,但她好像会对合作研究提供非正式的技术指导。汇入账户的技术顾问费,她每次都会全部取出。现在还不知道这笔钱她给了谁,但是已经查明她家有大额负债的情况。大概是补贴家里了。"

身为学生却要帮家里还债吗？这钱花得够浪费的——哪怕只是一个闪念，玛利亚也对居然会这样想的自己感到羞愧。

不管是塞西莉亚自己向SG公司提出要为他们打工，还是SG公司知道她家负债来要求她打工，能跟年纪轻轻就在学术界有了名声的伊恩交往，她肯定也有相当的头脑。

塞西莉亚当技术顾问这一事实，不知凶手是不是发现了。如果知道了的话，他会认为塞西莉亚是导致事故的罪魁祸首之一那也不奇怪。

"三年前事故受害者的家属有不在场证明吗？"

"当年事故中死亡的是负责装置运行的两名二十多岁的作业员，以及在现场附近的一名三十多岁的研究员。三人都是单身。已确认大厦爆炸案的前一天到当天，他们所有的亲人都在NY州以外。只是，确认了不在场证明的仅仅是家属。除家属之外，跟死者关系亲近的人——包括是否有这种人——调查还没进行到这一步。"

玛利亚沉默地听着，明白了涟在暗示什么。不能否认事故的死者中，有人有不为人知的恋人，或者接近恋人的人物。

这样的话，谁的情况会符合呢？

"帕梅拉呢？她是从什么时候开始在桑福德家当女佣的？有没有留下雇用时的简历？"

"两年前雇的。出身I州，I大学毕业。在老家工作过一段时间，后来换了工作当女佣。光是追查她的经历，找不到她跟三年前的死者之间的关系。"

"去查。包括跟事故的死者之间的关系，都详细查。"

"不，等一下。"约翰插嘴说，"我不是说调查会白费工夫——可帕梅拉·埃里森自己应该也是被什么人杀的吧？就算她跟三年前的事故有关……不，如果真的有关，那事情不就变得更奇怪了吗？"

"这我当然知道。"

现在是想多要一些线索，不是说这说那地提出一堆疑问的时候。

※

"恐怕说中了。虽然只中了一半。"

第二天，F警察署的会议室。

涟如此表述关于帕梅拉经历的调查结果。

她的经历中有一段空白。

"帕梅拉·埃里森"这名女性出生在I州，从I州大学毕业后，在本地工作了几年，这证据找到了。但是从她离开I州到开始在桑福德家当女佣为止，这之间有几年的行踪是一片空白。

在I州的"帕梅拉"当时体形肥胖，当了女佣之后瘦得像换了个人一样。相似的只有身高和头发的颜色。

"和真的'帕梅拉·埃里森'调包了？"

"眼下只能说，不能否认有这个可能。"涟谨慎地说，"现在正委托N市警方调查她有没有染过头发。从烧焦的尸体上能查到哪一步很难说。"

I州的帕梅拉和女佣帕梅拉其实是同一个人，空白的几年间减肥成功，脱胎换骨，并且她跟三年前的死者是有关系的。也有这个可能，可玛利亚的直觉告诉她这条线大概很薄弱。

调包是两个帕梅拉说好的，还是一方以暴力夺取了另一方的人生,或者是通过某种生意人买卖了身份证明?不管怎么说,她以"帕梅拉·埃里森"的身份潜伏到了桑福德的身边。

只是——眼下还没找出她跟三年前的死者有关联的证据。

如果是不为人知的秘密关系,那靠短期的普通搜查是很难查出来的。而且她也可能跟复仇毫无关系,而是敌国的情报人员,这个可能性也并不为零。

约翰正在帮着查情报人员这条线。在电话中听他的报告,似乎没得到有价值的线索。说完会再做些调查之后,约翰又说了句"你别把自己逼得太紧,玛利亚",就挂了电话。

向涟问了N市警方的搜查情况,也没什么比昨天听到的内容更大的进展。走到瓶颈的感觉渐渐强烈起来。

"我这边继续以三年前受害者身边的人为重点,追查帕梅拉·埃里森的行踪。"

"拜托了。"

"话说回来,"鲍勃从旁开口,"你们原本的工作怎么样了?休·桑福德暗地购买珍稀生物已经是事实了吧。我听说调查取证并不是N市警方在做,而是你们负责的?"

玛利亚呻吟了一声……她倒不是忘了,但卷入无比复杂的事件,珍稀生物非法交易的搜查就排到后面去了。虽然靠威胁署长是可以偷懒,但事情是玛利亚自己挑起来的,总不能一直这么放着不管。

话虽这么说——

休和珍稀生物一同死了,现在留下的只有悔恨和成堆让人提不起兴趣去做的剩余工作。关于其他嫌疑人也不得不比一开始更谨慎地对待。

"这些是在崩塌现场发现的动物尸体清单和照片。"

涟递过来一沓资料，很厚。

"正确的品种划分要等专家的意见——你先把你记得的珍稀生物跟尸体照片比对一下，要是有特征相似的就标出来。要一个一个看，尽可能准确。"

这真是欺负人啊。

"哎呀好啦，我知道啦。"玛利亚从涟手里夺过资料，一张一张翻看。

资料上贴着一排排动物尸体的照片，有的已经烧成炭了，有的身体被压扁。玛利亚习惯了看人的尸体，可这么没完没了地看着小动物面目全非的样子，却感到另一种痛苦。

怀着沮丧的心情，玛利亚翻着资料——

突然，一个可怕的念头一闪而过，贯穿了她的身体。

不会吧。

不会是那样的吧——

"玛利亚，怎么了？"

涟讶异的声音听起来很遥远。

她一脚踢开椅子。

"玛利亚？"

"喂——"

把涟和鲍勃的声音抛在身后，她扑向房间角落的电话。

电话号码应该记在了笔记本上。在套装的内衬口袋里找，没有。把手挨个伸进别的口袋之后，她终于想起笔记本一直放在办公室的桌子上。

"还以为你怎么了呢,你是在练习哑剧吗?"

"才不是!"

玛利亚从会议室冲出去,取回笔记本,再次到会议室抓起电话。办公室的电话都被人用着。

她急躁地转动拨号盘,对方在铃声响起第五次的时候接起了电话。

"喂?我是F警署的玛利亚·索尔兹伯里。上次谢谢你。不好意思突然找你,我有事想跟你商量一下。能帮我个忙吗,艾琳?"

第11章　玻璃鸟（Ⅵ）
一九八四年一月二十六日 14：10——

"那么，会发现什么呢？"

红发上司漫不经心地嘀咕着，目光在宽阔的草坪上掠过。

"不好说。"涟只能照实说，"这里确实是主要的备选地之一，但实际是否选用了这里要看凶手的判断。可能会无功而返，那样的话就只能去下一个备选地点看看了。"

"我知道啊。"

玛利亚瞟了涟一眼，视线又回到前方。

这是一个大到过分的大院子。

大概有三四个足球场大的草坪中，有一条石块铺成的小路，路两侧种着几十棵树。涟他们正前方，也就是院子中央，建有一个在市区的广场都不常见的巨大喷泉。

要是季节合适，这地方会让人生出铺张地席地野餐、奢侈一下的心情。但现在，漂浮在周围的不是温暖的开阔感，而是冰冷的荒凉感。

草坪枯萎，石块缝隙生出了杂草，树木肆意延伸着树枝。喷泉停了，剩下的一点儿水也浑浊成绿色。显然，这里长时间没人打理了。

NY 州郊外，自桑福德大厦崩塌已过去五天。

寂寞的院子内，辖区搜查员在来回走动。大家沉默地把视线投向地面，在树木下面或其他地方挖着什么，但从他们认真的表情里也能读到些许怀疑——大概还不能完全相信是不是真有涟他们要找的东西吧。

喷泉的后面建着一栋宅邸。

那是比普通人家大了几倍的豪宅。但是仔细看过去，窗户及墙壁上蒙着薄薄一层沙尘。应该不是没好好打扫的缘故，而是长时间弃之不用的结果。

这时，螺旋桨转动的声音从耳旁掠过。

薄薄的云层遮盖的空中，巨大的白色身影缓缓驶来。

搜查员退到院子边上。印着"AIR FORCE"标志的水母船以与其巨大身躯不相符的优美动作，静静地降落在草坪的一角。

吊舱里放下舷梯，一个穿着军装的青年跑到涟和玛利亚面前。

"从大厦过来所需的时间大概是九十分钟。"约翰·尼森空军少校放下敬礼的手，"事先的航行测试中，从停泊处到本地大约需要六十分钟。航行过程中始终伴随着风速五到十米的西风。"

看了看周围的搜查员，他继续说：

"玛利……索尔兹伯里警官，这到底是为了什么？"

"之后跟你解释。谢谢你啊，约翰。涟，案件当天这条航线的天气状况怎样？"

"根据气象局的记录，当天的西风风速最大为八米。跟这次的航行测试条件相当接近。"

"就是说……停泊时间在十分钟左右。能行啊。"

玛利亚掰着手指，缓缓弯起美丽的嘴唇。

这时,一个面色强硬的搜查员带着一个年轻的搜查员,一脸不高兴地来到涟他们身边。他们是协作搜查方的辖区负责人和他的一名部下,应该是葛林警部补和卡尼刑警。

"现在要进里面去,你们怎么办?"葛林用拇指指着身后的宅邸。

"当然陪你们一起。"玛利亚立即回答。

宅邸的玄关处飘荡着仿佛鬼屋般瘆人的沉寂。

在涟等人的守望下,一名搜查员把手放到了玄关的门上。随着一阵轻微的吱呀声,门打开了。

"没上……锁?"

约翰皱起眉。严格来说他不是搜查人员,但是包括他本人在内,没人对他在场有异议。

所有人都走了进去。大厅里很昏暗,鼻尖掠过一股腐臭的味道。

玛利亚在墙上摸索着,随着"啪嗒"一声,从天花板投下了光亮。

看来电还没断。枝形吊灯照耀下的大厅跟宅邸的外观一样极尽奢华。长毛地毯,挂在墙上的风景画,厚重的木门。

正门尽管没上锁,但不像有盗贼进入过。涟向四周打量了一圈,视线停在了地毯的一角。

"玛利亚,那个。"

红发上司循着涟的指尖看过去,低声说了句"中奖了"。

其他人也看了过去——气氛紧张起来。

是血迹。蓝白格子图案的地毯上,有一块圆形的黑红色污渍。

"叫人来支援。马上。"

葛林沙哑着声音叫道。卡尼慌慌张张冲出了大门。

十分钟之后，一行人发现了地下室。

大宅邸的深处，毫无一丝华丽可言的水泥楼梯大张着口，通向下方。

楼梯很长。借着昏暗的灯光走下去，出现在涟等人面前的是一扇死气沉沉的铁门。

铁门的旁边排着几个四方形的按钮。各按钮上分别有0到9的数字和符号。

"一样的……跟大厦楼顶的一样。"玛利亚用充满怨恨的眼神盯着按钮。

一名搜查员握住铁门的门把。本以为是上了锁的，谁知跟玄关的大门一样，铁门一下就打开了。

顿时，全体人员都屏住了呼吸。

就在铁门下方的亚麻油地毡上，薄薄摊着已呈黑红色的污渍。像是弄洒了大量鲜红的染料又慌忙擦去的痕迹。

"叫鉴证科来。加派支援！"葛林叫道。

卡尼再次脸色一变跑上了楼梯。

好奇妙的空间。

铁门的正面是门厅。四周围了一圈像玻璃一样光滑的灰色墙壁。水泥天花板上的日光灯忽明忽暗。

过道一直延伸到门厅深处。几米的前方又是墙壁，似乎是一个转角。

迈过地上的黑红痕迹，沿着过道前进。不规则的岔路和转角不断出现，还有同样不规则排列的门。试图在脑子里画出平面图，但房间的配置相当没有规律。

玛利亚打开其中一扇门。约六张榻榻米大的房间里，孤零零摆着一张简陋的铁床。

没有任何其他家具。冷清的地板中央有一处像是擦拭掉黑红色的某样东西的痕迹，跟在门厅那儿看到的一样。

"玛利亚——这到底是怎么回事？"约翰僵硬地问。

"中大奖了。"玛利亚压抑着兴奋之情回答道，"这里就是真正的犯罪现场啊，休·桑福德的这个别第。不，有点儿不同——是搬到大厦之前桑福德一家曾经住的地方。"

"真正的现场？你想说的是——凶手在这里杀害了受害人，又把尸体运到了大厦顶层？不可能，受害人不是应该头一天就进入大厦了吗？直到第二天大厦崩塌之前，既没有机会也没有时间从大厦进出。这应该和你们讨论过了啊。"

"不是啦。不是那个意思——"

"警部补！"玛利亚的话还没说完，卡尼回来了。

"喂，叫支援了没有？"

"之后再说！"卡尼表情紧张，"发现尸体了，在后院。"

※

遗体被埋在宅邸后边的花坛中。

是一个金发男子，年龄应该在二十来岁到三十岁出头。有个搜查员发现土的颜色跟周围不一样，才找到了他。

验尸官正检查放在蓝色塑料布上的尸体。玛利亚能清楚看到尸体的背部——他穿着像是病号服的白色衣服——有一片血痕。

她本想能找到什么蛛丝马迹就好了，没想到结果这么出人意料。在赌场也能这么痛快就好了，轻率的想法在她脑中一闪而过。

"给我解释一下，玛利亚。那是谁？"

约翰用充满混乱的声音问道。

"你不知道?"玛利亚的回答很明快,"是真的伊恩·加尔布雷斯啊。"

突然一阵风吹乱了两人的头发。

"真……的?!"约翰愣了一会儿才应道,"那案发当天你看到的尸体……从大厦瓦砾中发现的尸体,他们都是假冒的?太荒谬了!凶手是从哪儿弄来那些替身的。是头一天用水母船运进去的?别说尸体了,就连凶手本人应该都没时间进出啊。"

"没必要运进去啊。既然是替身,那就是从一开始就一直在顶层的。"

像是听到了晦涩的数学定理一样,约翰皱起了眉。

"我不明白……你是说头一天——不,比那更早的时候,那些替身就已经被运到顶层了?不管再怎么说,桑福德一家也不可能注意不到。到案发为止,难道是桑福德一家养着他们?!"

"就是啊。"

"啊?"

"休和罗娜,顺便一提,还有女佣帕梅拉,是住在顶层的人全都知情的情况下,让他们住在那儿的。恰克·卡特拉尔的日记里不也写了嘛。"

总是一本正经的约翰难得浮现出呆愣的表情。

"恰克·卡特拉尔的?不是啊,那本日记一大半写的都是'玻璃鸟'……"

他的话突然中断了。

过了一会儿,本应极为勇敢的青年军人的脸上眨眼间失去了血色。"荒谬……太荒谬。"他喘息着呼出一口气,一只手捂住了嘴。

"你说他们——桑福德一家,是在饲养人类吗!"

"是的。"玛利亚一边回答,一边生出强烈的憎恶感,"'玻璃鸟'的真面目不是什么鸟,而是活生生的人。"

※

当时刚从玛利亚口中听到她这个假设,就连涟都接不上话来。

真是胡说。本想一笑带过——却愕然发现难以有效地反驳。

那些从大厦瓦砾中发现的玛利亚曾目睹过的尸体,如果都不是受害人的呢?

如果案发头一天,受害人到达顶层的时候,这些替身就已经是尸体了——没人注意到被藏起来的尸体,而是坐上水母船,直接被凶手带到了犯罪现场的话呢?

正如玛利亚所指出的,这样一来,凶手进出顶层之谜就不是个谜了。

前几天,否认玛利亚的假设时所依据的,总结下来只不过一点,就是"替身的尸体是从哪里找来的"。

如果名为"玻璃鸟"的替身,从一开始就被藏在顶层呢……

※

在一直面无表情的下属面前,青年军人继续追问玛利亚。

"不不,你等等,玛利亚。如果我没记错的话,恰克·卡特拉尔日记中所描写的'玻璃鸟',怎么看写的都不是人,而是鸟啊。"

"那当然啦。就算他再怎么是世界大富翁,把人当动物饲养起来都是个大丑闻吧。恋人的父亲——甚至恋人本身也涉及歪门邪道的行为,哪怕是自己的日记也不能傻傻地照实写出来啊。"

——这本笔记要是让别人看到,罗娜还有桑福德社长的处境就危险了。

——不行,怎么写都像在说谎。

"罗娜·桑福德她……对她父亲的所作所为居然没什么想法吗?"

"应该没有吧。照恰克的日记来看,休是自罗娜的母亲死去之后开始养'玻璃鸟'的。那是在罗娜懂事之前,恐怕还分辨不出善恶,而且周围也没有对父亲的行为谏言的人。只要是跟自己父亲一样有权有势的人,谁都可以'饲养人类',她大概被灌输了这样的观念吧。"

所以罗娜才会为了安慰意志消沉的恋人,就像给他看可爱的宠物一样,带他去看了"玻璃鸟"。

当然了,休肯定也叮嘱过女儿"玻璃鸟"的事情不可对外人说。但是对罗娜而言,恰克不是外人。

恰克所受到的冲击应该无从估计。人类被圈养起来,恋人对此却没有任何疑问。而且——还有超越禁忌、罪孽深重的,"玻璃鸟"的魅惑。

恰克爱上的不是鸟,而是活生生的人。

他不敢在日记里写下真实的情况,也许是因为对自己被"玻璃鸟"所魅惑一事感到恐惧,和对恋人怀有内疚的影响。

"休·桑福德是怎么把他们……'玻璃鸟'搞到手的?"

"在儿童保育机构或者医院甄选出来的，或者跟珍稀生物一样暗地里有路子……不知道究竟怎么做到的，但肯定不是什么光明正大的手段。应该是以还不懂事的幼儿或者智能发育迟缓的儿童为主，从中选择了容貌精致的孩子。这方面大概只能一点一点排查了。"

已经让涟去调查了，但儿童保育机构对提供孤儿的信息极为慎重。医院和黑市也不知道能找到多少记录或者证人。若加上U国全国机构的数量——再考虑到"玻璃鸟"的货源可能未必局限在U国——要查明他们的来源，就算有可能，概率也极低。

休的亡妻是玻璃工艺店家的女儿。休把对她的哀思寄托在了"玻璃鸟"这一名称上——这实在是过于荒诞的哀思。

约翰依然难以置信地出声追问："证据呢？有证据证明'玻璃鸟'其实是人吗？"

"倒是没有能用在审判上的证据，但是有旁证。"

"旁证？"

"我找艾琳帮了忙。你也见过她吧，去年那起蓝玫瑰案时？"

"哦，她啊。"

艾琳·迪利特这名少女是创造出蓝玫瑰"深海"的遗传工程学研究者弗兰基·坦尼尔博士的得意门生。去年因侦办蓝玫瑰案，玛利亚及涟跟她有过接触。

"我请她帮我做了一个'DNA鉴定'，非正式的。样本太少，她费了不少劲儿，不过没白费工夫，有了成果。塞西莉亚·佩林留在自己家里的毛发；大厦瓦砾中找到的遗体中，除了罗娜·桑福德的两具女性遗体，共三个样本，我让她对比了一下DNA。三者之间全都不一致。大厦的尸体里，没有塞西莉亚·佩林。"

※

"有几点你要注意……"话筒那边,艾琳·迪利特静静地说,"首先……我想你们也明白,DNA 鉴定尚未被列入司法证据的范畴。就算得到你们所期望的结果,大概也不能用于庭审。

"第二点……要进行 DNA 鉴定,需要至少两个出处不同的样本。换言之,只能知道两个样本是否不同。从一个单独的样本判断该 DNA 属于谁,这是做不到的。

"还有一点……就算是不同人的 DNA,也不能保证鉴定结果一定会显现差异。以我的,应该说是以现在的技术水平,顶多只能分类到三十几条,这是极限了。就是比血液判断更细化一点儿的程度。这样也可以吗?"

※

"我在顶层看到的尸体,除了桑福德和他女儿,全都穿着像病号服的白衣服。一开始以为是凶手为了不让他们逃脱——或者为了不让他们手里有武器,才脱掉他们的衣服给他们换上病号服的。然而,凶手可是连炸弹都用上把消防楼梯炸毁了哦,加之我看不出特意花工夫脱掉他们衣服的意义,所以——我就想会不会是……"

"他们不是被换了衣服,而是一开始就穿着那身衣服……是这个意思吗?"

"反正要把大厦一把火烧掉,那不管穿什么衣服不都无所谓嘛。他们跟别的珍稀生物不同,不是赤身裸体的,这大概是休对女儿最低限度的良心——或者出于教育方面的考虑吧。"

玛利亚曾亲眼看到他们的尸体，然而日后在N市警方的搜查资料上看到他们的面部照片时，有种不对劲儿的感觉始终挥之不去。尽管说当时没有余力记住细微的特点，但只当作痛苦死去的面孔和生前的照片给人的印象不同，就轻易放过了这个细节，现在想来真是懊悔。

只是——玛利亚目击的"玻璃鸟"们的发型都和生前的伊恩他们一样。

这也是助长了玛利亚错觉的一个原因……为什么没对衣服做手脚，却把发型弄成相似的？这一点如鲠在喉。

约翰一副愈加难以相信的样子，但终于死心般地摇了摇头。

"桑福德父女……和'玻璃鸟'一样，是在大厦顶层——跟伊恩·加尔布雷斯他们在不同的时间遭到杀害的啊。"

"先不说罗娜，用'玻璃鸟'充当休的替身大概不太可能。"

验明了桑福德父女的身份之后，大概下意识地认为剩下的受害人尸体都是真身。得知艾琳的DNA鉴定结果后，鲍勃咬着牙说"要是让我来验尸就好了"。

"你隔着防火门听到的声音，不是塞西莉亚·佩林的，而是一个'玻璃鸟'的？"

"她被刺成重伤，但勉强还活着，拼命挣扎到防火门前时才力竭身亡。我也看到了，地上有点点血迹——"

想到她临终的样子，玛利亚不由得表情扭曲。

"凶手没对她痛下杀手，是因为没必要特意去那么做……是这样吗？反正只要把大厦炸毁，她也不可能获救。但要是这么说的话，凶手为什么要杀害'玻璃鸟'？要是会因大厦崩塌而死，那凶手不必亲自动手，结果应该也是一样的。"

"会不会……是为保万无一失？把'玻璃鸟'关进原先的笼

子里，确实能省事儿，可在炸掉大厦之前，他们打破笼子逃出来的可能性并不一定为零。可能为绝后患，凶手才对他们下手的。"

玛利亚边回答边感觉条理不清。她不认为"玻璃鸟"能轻易打破强化玻璃做成的笼子——凶手是格外谨慎的人吗？

"炸毁大厦的真正目的，是因为想抹去'饲养人类的笼子'的痕迹吗？"

在宅邸的一间空屋子里发现了无线电。大概是用无线引爆炸弹的吧。已经让鉴证科他们去详细分析了。

"如果只是放火，会留下笼子的痕迹。那么和其他珍稀动物的笼子的不同之处，比如大小或者设备等细节，可能会被注意到。特意把'玻璃鸟'杀掉也是，我想其中一个理由是害怕尸体都堆在同一个地方被发现，有可能暴露笼子的存在。为了不引起不必要的疑心，凶手选择了把尸体分散开。"

可如果只是想"分散"的话，分别关进其他珍稀生物的笼子里应该就行了……凶手是觉得麻烦吗？

约翰重重呼出一口气，看向休的旧宅邸。

"那个地下室，就是'玻璃鸟'和其他珍稀生物曾经待过的笼子吗？"

地下室的门几乎全部都只能从外边上锁。那是一种牢房。

"看来一年前搬家的时候，暂时撤走了主要的设备。"涟打开笔记本，"那之后，由桑福德相关的房地产公司经手，于这个月初对地下室进行了装修施工。资材的出处上有很多不明之处——已经查明几乎同一时期，SG 公司的研究所进行了玻璃的量产试验。试验的名目是与 M 工科大学的合作研究项目。样品在那之后被送到了刚才说的那家房地产公司。"

"说到玻璃，那灰色的墙就是吧。"

"恐怕是。根据研究笔记，最近伊恩·加尔布雷斯的研究课题是'透光率可变玻璃'。具体原理我也不理解，但好像是通过电压控制透光率的构造。也许就是那个的样品。休大概是担心珍稀生物及'玻璃鸟'的存在一旦暴露，这里可以作为紧急安置场所，所以才让人整修的吧。长期闲置不用的地下室到了今年突然要装修，也暗示了这一点。由于用途不便公开，休对合作研究的相关人员也应该是保密的。"

"暗示？"

有种不好的预感。不会吧。

"因为我们抓到了他走私的把柄？！"

"有这个可能。休·桑福德就算能给警察组织施加压力，大概也无法完全阻止个别搜查员的个人英雄主义吧。所以他考虑到为防万一，要做好准备。"

在酒吧出手镇压打群架的人，结果转了一圈却给凶残的犯罪布置了舞台……这是什么因果关系啊。

"那杀了桑福德父女和'玻璃鸟'，还有伊恩·加尔布雷斯等人的凶手是谁啊。总不会是休·桑福德本人干的吧。"

"符合条件的人不多。知道'玻璃鸟'存在的人，能以休的名义给伊恩他们发邀请函的人，能在他们到达大厦之前杀害桑福德父女和'玻璃鸟'的人，有可能知道旧宅邸有地下室的人——案发前一晚，能从大厦顶层和受害人一起坐上水母船的人……"

"帕梅拉·埃里森吗……那个女佣？"

"是对三年前事故的复仇吧，肯定是。"

间接导致事故的伊恩和恰克·特拉维斯，还有可以说是一切事情元凶的休。

不知道她打算拿塞西莉亚怎么办，但要是知道她是合作研究的顾问，那对她同样心怀仇恨也不奇怪——但连累了罗娜和"玻璃鸟"，这是无论如何也不能原谅的。

不管是地下室里还是在其他地方，都没找到帕梅拉。

擦掉血迹、把尸体埋起来，这至少证明凶手有隐瞒罪证逃跑的意图。犯下这么多罪行的元凶，隐蔽工作却过于拙劣，这让人有些在意。

受发现伊恩·加尔布雷斯尸体的影响，辖区搜查员们的表情远比一开始认真多了。其他受害人的尸体很可能就埋在附近。

玛利亚料中了。

没过多久，搜查员们就分别在花坛中找到了两名男性、一名女性的尸体。

"这就是所有人了？"

在并排放在蓝色塑料布上的尸体前，约翰低声说。

褐色的卷发——恰克·卡特拉尔。尸体旁边放着一副眼镜，应该是他生前戴的。

略年长的男性——特拉维斯·温伯格。生前的照片上向后梳得整齐的头发现在已经乱了，盖住了一半额头。

还有黑色长发的女性——塞西莉亚·佩林。

这些人都跟伊恩一样，身上穿着简朴的白衣服，跟"玻璃鸟"们穿的是一样的。

"'玻璃鸟'就算了，为什么连他们也穿成这个样子？"

"需要拿走身份证、钱还有能成为武器的东西，好限制他们的行动，这是一个原因。再有——就是为了把他们贬低到跟'玻璃鸟'相同的立场，以占据精神上的优势地位。"

"自己是人，而他们是'鸟'，杀死他们根本不用客气……

吗？"

约翰的表情扭曲了。

把目标关在地下，当成鸟一个一个杀害。帕梅拉的憎恨和疯狂可见一斑。

就在玛利亚等人讨论的时候，验尸工作也有了进展。所有人都是中刀身亡，从伤口的位置判断他杀的可能性很大，使用的恐怕也是同一件凶器。初步推断已经死亡四五天了，具体的死亡时间要等解剖之后才能知道。

尚未找到凶器。地下及一楼的厨房有菜刀，可都没有任何血迹。搜查员在宅邸内找了个遍，也没发现其他能当武器使用的器具。

了断伊恩他们性命的凶器，和在大厦里用于杀害"玻璃鸟"的刀具——大概是菜刀之类的——大概是同一件。是把他们带到旧宅邸的时候一起拿来的。要是用旧宅邸的菜刀，搞不好最先受到怀疑的就是女佣帕梅拉自己。

这么找都找不到，是早就被处理掉了吧。看来只好放弃追查凶器了。

就在这时——

发生了一阵骚动。搜查员们站在花坛一角脸色大变。

发生什么事了？

涟向他们走过去，随之脸色严峻地回过头。

"玛利亚，好消息。发现第五个人的尸体了。"

啊？！

玛利亚猛然冲过去，推开搜查员，视线落在他们脚边。

看到从土中挖出的她，玛利亚感到一阵战栗。

是帕梅拉·埃里森。

黑红色的长发。透过女仆装，胸口是一片漆黑的血迹。皮肤已经变成了土灰色。

显而易见，帕梅拉至少死亡好几天了——跟伊恩等人遇害的时间相同。

"不会吧……怎么……"

玛利亚的声音在颤抖。

在她旁边的约翰也瞪大了眼睛。

如果只是死了那还不至于这么震惊——她被埋起来了。

帕梅拉死了之后，有人将她和其他受害人一起埋了起来。

不，不对——是有人杀害了帕梅拉，和其他四个人一起。

验尸官赶过来，检查她的伤口。"是他杀。凶器应该也一样。"压低的声音让周围的搜查员表情僵硬起来。

凶手不是帕梅拉？是谁了断她的性命，把那些受害人埋在花坛下的？

就像做了一场无止境的噩梦。玛利亚拼命摇着头，右手的手指抵在下巴上。盯着化为尸骸已没有了魂魄的帕梅拉——

长久的沉默之后，脑中有火花闪现。

不会吧……

尾 声
一九八四年一月二十九日 16:45——

　　黄昏落到摩天大楼上。

　　落日的余晖斜射过来,许许多多高层大楼长长的影子遮住了地表。

　　冬天的屋顶很冷,吹过的风有时像要把人冻住一样。几步前方是生了锈的栏杆。只要跨过那低低的栏杆一步,前方就是虚空。地面在遥远的百米之下。

　　栏杆随风晃动,响起吱呀吱呀的声音。

　　地面缝隙中的杂草已枯萎。只不过空置了十年而已,这座建筑就会萦绕着如此荒凉的气息。

　　为什么事到如今,会走到这个被抛弃的地方来?他自己也不太明白。

　　他是想让她看看这可以说是一切的开始,让人又痛恨又怀念的风景吗?

　　如今一切都结束了,是只有他自己沉浸在感伤中而已吗?

　　没有答案。他只知道一件事,就是不会再有机会来这里了。

　　他眯起眼睛眺望渐渐沉入摩天大楼之间的夕阳。风更冷了。他立起衣领,就在这个时候——传来吱呀吱呀的声音,他反射性地回过头。

从通向楼梯的门中，出现了两个人影。

是谁？没等他问，其中一个人影先开口了。

"真是巧啊，维克多·利斯特律师。没想到会在这地方见到你。"

他见过这张脸。随风摇动的黑发，整洁的西装，显得理性的眼镜。

"你是……"

是在大厦案件中认识的搜查员，名字应该是……涟·九条。旁边那个打扮实在欠妥的红发美女是什么人呢？

"我是A州F警察署的玛利亚·索尔兹伯里。"红发女人亮出证件，"我听涟说过，他好像受了你不少关照。我就开门见山地说了，想找你做个随机查访，能占用你点儿时间吗？"

律师脑中响起警报。他们为什么——不，是从哪儿开始跟着我的？

"不好意思，我差不多该回事务所了。"

刚要迈出一步，红发警官一句话把他钉在了原地。

"休·桑福德和他女儿罗娜是你杀的吧。"

这不是在提问。红发美女漫不经心却认定他有罪的视线扎入他的胸口。

"我不太明白你的意思。你是说我杀了他们两个人？可我听说一连串的罪行都是女佣帕梅拉·埃里森干的？而且受害人是在我离开之后才进入大厦的。"

"你这回答像是早就有所准备呢。"红发女人浮现如同食肉野兽般的笑容,"确实,你没有机会杀伊恩·加尔布雷斯他们四个人。头一天从大厦出来之后,到案发当天为止,你一直都在事务所附近没走远,这点有包括涟在内的数名证人。然而,要收拾桑福德父女,时间倒是非常充足的。你到大厦的时间是案发前一天的十七点十分,离开的时间是十七点四十五分——这里有半个多小时呢,只杀两个人的话足够了。"

"有机会不等同于付诸行动。因为这个理由就说我是杀人凶手,太牵强了吧?"

"你说合理的怀疑?请放心,有的,绝对够充分。"

"是什么呢?"

"手枪啊。为什么只有桑福德父女是被枪杀的?明明伊恩·加尔布雷斯他们和'玻璃鸟',其他受害人都是被刀刺死的。"

律师的呼吸停顿了。

玻璃鸟也是被刺死的。他确实听到了这句话。面前的两个人——警察,已经看穿他们的真实身份了吗?

他自以为自己表情没变,但似乎露出了马脚。那个名叫玛利亚·索尔兹伯格的警官嘴角扬了起来。

"看你的样子,你也知道'玻璃鸟'啊。"

"你说什么呢。"他生硬地别开话题,"而且,只有他们父女是被枪杀的,这事儿有那么重要吗?也许只是凶手小心起见准备了多种凶器呢。"

"不对哦。"玛利亚一口否决,"既然都有手枪了,那根本没必要用刀,直接射杀所有人不就好了——至少对留在大厦顶层的人可以。对桑福德父女用枪,对同一楼层的'玻璃鸟'却非要用刀,有什么理由要这么做?现场是高层大楼的顶层,楼下就是机房,再楼下没有人,枪声不会被人听到。根本不用客气,开枪扫射不就好了?应该远比起拿刀一个一个刺死简单啊。只要把枪塞在某个受害人——比如休的手里,还有可能把一切都推到休身上。凶手为什么不这么做?"

绵长而令人窒息的沉默降临。最终,红发刑警开口道:

"答案只有一个。杀害大厦里的'玻璃鸟'时,凶手手里没有枪。凶手用刀了结了'玻璃鸟'的性命。这时,持有手枪的第二个凶手出现,枪杀了休和罗娜。凶手不是一个人,而是有几个人。"

"你说的那个'第二个凶手',也就是指我?"

"只有你啊,只有你能把手枪带进顶层。头天晚上飞到大厦的水母船是无人驾驶的,吊舱里没有人,这点已经通过物流公司的数名员工证实了。

"住在顶层的人——休和罗娜,以及帕梅拉也可以排除。要是他们的话,在案发头天晚上之前早就可以准备好枪,采取将珍稀生物运到顶层一样的方法就能做到。这样的话,一开始就可以枪杀'玻璃鸟'。

"最后,伊恩·加尔布雷斯他们四位来客也不可能。搭乘直达电梯前,有金属探测器把关,还有保安检查随身物品。实施犯罪的时间也太紧张,从进入顶层到坐上水母船起飞为止不足三十分钟。他们跟你不一样,要避开其他人的视线,还要把仅有工作关系的休和他女儿罗娜一起叫到宴会厅,怎么想都不可能吧。

"更重要的是,他们自己也被杀了。我不觉得他们有带枪进去的动机。"

"要瞒过金属探测器和保安这一点,我应该也一样啊。还是说因为我频繁出入顶层,跟保安混了个脸熟,所以有可能趁保安不备夹带进去?听起来这欲加之罪未免过分了吧。"

"也不是这样的哦。我们问过保安了,你随身的包不是好几次都弄响了金属探测器嘛,因为有个铝制的文件夹。那里面能藏一把枪吧?"

律师背上流下冷汗……连这种事都查到了?

"当然,一开始保安应该也会检查文件夹里面,但多次触动金属探测器,慢慢地保安也就不再检查文件夹,只是看看包里就算完了。大厦崩塌的前一天也一样,保安是这么说的哦。正因为你多次去顶层,才能耍出这样的把戏。"

"仅仅是假设而已,而且欠缺合理性。你不是说把枪塞在休的手里就好吗?不管假设谁是凶手,这点应该都是一样的。那为什么凶手没这么做?你可别说连炸楼都干得出来的凶手顾不上考虑这么多。"

"哎呀?你不否定自己带枪进去了啊。"玛利亚露出恶魔般的笑容,"——当然,第二个凶手应该也考虑到这点了。但是,把枪塞到休手里这项伪装工作,只有当全部受害人都明明白白死于枪杀的时候才能最大限度发挥作用。'玻璃鸟'和两父女的死因既然泾渭分明,那总会萦绕一个疑问:为什么不一开始就枪杀所有人。

"而且,就算把枪塞到休的手里,受瓦砾挤压的影响,枪也有可能从休的手里脱落,甚至有可能根本发现不了。对第二个凶手而言,与其冒着白忙一场的风险,为了伪装而放弃手枪,还不如继续拿在手里当底牌更好。

"凶手肯定做梦也想不到爆炸当天,竟然会有一个年纪轻轻的警察自己爬到顶层，发现了遭到枪杀的尸体和'玻璃鸟'的尸体，以及没有凶器的现场……对吧？"

他听到自己口内大牙紧咬的声音。

"那么，一开始别用枪不是更好吗？第二个凶手为什么不用和你所说的第一个凶手相同的凶器？"

"那还用说。因为发生了对凶手而言意想不到的意外，让他没空慢悠悠地去拿刀杀人了。"

"意外？"

"第一个凶手刺死了'玻璃鸟'们，这时第二个凶手出现，枪杀了父女二人。只要如实观察情形经过，这点是明摆着的。我说的意外指的是'玻璃鸟'被杀害这件事本身哦。"

"被杀害是计算失误？我越来越糊涂了。对帕梅拉而言，他们的死应该在计划内吧。"

"你打算全推到她身上？很遗憾，事情没那么简单。把枪塞到休的手里就能把罪行全推给他——我是这么说过，可如果最后打算毁掉大厦的话，那本来就没必要杀害他们。只要把父女二人一起和'玻璃鸟'关到收藏室随便哪个笼子里就足够了。之后炸弹自然会连同大厦在内，把他们一并杀掉。

"这样应该可以谱写'未及逃脱，因大厦崩塌身亡'这样一个足够有说服力的剧本的。那凶手为什么宁可冒着被血溅到的风险也要夺走'玻璃鸟'的性命，哪里有这个必要……可现实中，他们被残忍地杀害了。

"为什么？因为'玻璃鸟'的死不是第二个凶手想看到的结果。他们被另一个人杀了，这完全在计划外。而且偏偏是在凶手将计划付诸行动的最后关头。

"第一个凶手既不是杀害伊恩他们的凶手，也不是炸毁大厦的凶手。跟真凶——跟'第三个凶手'毫无关系。第一个凶手发狂,作为第二个凶手的你便'以杀止杀'。"

他没回话。

他无法反驳——她已经看破了一切。

"如果不是帕梅拉,那第一个凶手究竟是谁呢。"

"还用问吗,是罗娜·桑福德啊。恋人——恰克·卡特拉尔的心被'玻璃鸟'夺走了。憎恨让她杀掉了宠物。"

※

罗娜死去的样子,玛利亚至今仍能鲜明地记起。

从脸颊到毛衣、牛仔裤都溅上了血,甚至连右手都从手掌到袖口沾满了血。

若只是被枪打中,流出的血实在太多了。应该更早留意到的。那不是罗娜自己的血,是从"玻璃鸟"身上溅出来的血染红了她的右手——那只曾经握着凶器的手。

※

"你收到紧急联络去了大厦顶层,目击了当时的情形,当场便决定干掉罗娜。既然对罗娜下了手,就不可能让她父亲活着。所以,你连休一起收拾了。

"罗娜刺死了'玻璃鸟',而赶过去的你射杀了罗娜和她父亲。这就是爆炸前一天,伊恩他们到达之前在大厦顶层发生的一切。"

"那……帕梅拉呢?"光问这一句,他就已用尽了全力,"她在干什么？没去阻止罗娜杀害'玻璃鸟'吗？"

"应该阻止了吧，但发现得太迟了。她应该忙着准备迎接伊恩他们，罗娜偷偷地躲过了她。等她注意到收藏室有异变时，罗娜已经对几只'玻璃鸟'下了毒手。

"她父亲休应该也去制止她了。'玻璃鸟'有四只已经断了气，一只受了重伤但勉强还活着，就是我听到声音的那个……然而，区别也只是当场死亡和第二天死亡而已。"

罗娜撕心裂肺的叫声像诅咒般地在他耳边响起。

（放开我！）

被父亲和帕梅拉压着的罗娜，五官扭曲得早已不见平时的娇美。

（这些家伙——是这些家伙不对！都怪他们，恰克他，恰克他——）

"休本人或者帕梅拉，我不知道是谁打的电话。总之你赶到了大厦，枪杀了桑福德父女。既没有慢慢劝说罗娜的时间，也没空选择凶器。要是不快点让她闭嘴，等伊恩他们一来，一切就都败露了。"

"为什么那个时候没连帕梅拉一起杀了？她是头号目击证人啊？"

"还用说吗？因为帕梅拉是你的同伙啊。"

将军——红发刑警露出如此宣告的表情。

别慌。

真相被发现，和会被官方正式承认是两回事。因为职业的关系，这点自己比谁都清楚。

"帕梅拉虽然没杀'玻璃鸟'，但并不是完全无辜的。她本来应该在大厦里，实际上却和参加晚宴的来客一起在相隔甚远的休的旧宅邸。这个事实就表明案子中有她一份。只有她能做到将收藏室及宴会厅的惨状瞒过来客，并带着他们乘上水母船。

"第三个凶手是帕梅拉。目的是伊恩他们的性命，为的是向他们这些导致三年前爆炸事故的人复仇。另一方面，作为第二个凶手的你也有自己的目的，就是取走桑福德父女的命。

"不，换个说法。你真正的目的是救'玻璃鸟'。为了放他们自由，你才策划要炸掉大厦，杀害两父女——不对吗？"

没什么不对的。

多少个日夜，他就是为了这个目的，才利用自己律师的身份，潜伏在休·桑福德的身边。

"为了救'玻璃鸟'而炸掉大厦？"明知身处劣势，他仍试图反驳，"就算不那么干，只要把事实公之于众不就足够了吗？"

"对你而言不够啊。况且一旦试图公开，只会落得还没行动就被毁灭的下场吧。"

"被毁灭？"

"据说休那儿时不时地有各界要人来访。你以为休从未向他们展示过他引以为傲的收藏室吗？把'玻璃鸟'的事公布出来的话，他们生怕扯上关系，也会不择手段地把事实掩盖起来的。你身为律师，跟各界要人接触得多，应该很清楚这一点。

"所以你下了决心，不借助司法手段营救，而是从当权者的视线中消除'玻璃鸟'。你是为此才炸掉大厦的。这样一来，替身的尸体就算在瓦砾之下被发现，也无法辨明身份。"

"把他们作为伊恩·加尔布雷斯等人的替身杀害，就是拯救他们——你说我抱有那种疯狂信徒似的想法？"

"不是啊，正相反。被当成替身的不是'玻璃鸟'，而是伊恩等人啊——在你们原本的计划里。

"将桑福德父女和伊恩等人监禁在顶层，趁机用水母船带'玻璃鸟'逃跑。大厦崩塌，发现身份不明的尸体。人们应该会认为他们的遗体是伊恩·加尔布雷斯等人的，但对知道'玻璃鸟'存在的人而言，会认为尸体里至少有一部分是'玻璃鸟'。你图的就是这个。

"把大厦里众多无关的人卷进来并不是你的本意，所以你没有一口气把大厦炸掉，而是留出足够的时间让所有人能够安全逃离。"

※

涟回想起案发时的情形。

发生了好几次大规模的爆炸，直接死者居然为零，这只能说是个奇迹。简直就像凶手一直等着疏散完毕才炸掉大厦一样。

现在来看，那并不是什么奇迹。要是凶手一边观察现场的情况，一边计算爆炸时机的话，就什么疑问都没有了。

※

"然而，罗娜杀害了'玻璃鸟'，这颠覆了一切。你应该感到格外错愕吧。本应守护的人却在最后关头被杀。"

红发刑警的语气里没有丝毫嘲讽的色彩，反而透着悲痛。

他感到的岂止是错愕。那是仿佛脚下裂开，身体落入黄泉深处一般的感觉。

"本来的计划是,帕梅拉在酒里下安眠药,等所有人都睡着之后,你去大厦顶层,两个人一起让'玻璃鸟'坐上水母船——你们计划的步骤是这样的吧。救出'玻璃鸟'的工作事无巨细都交给帕梅拉,你应该也不放心。

"你手里的枪本来不是准备当凶器的,而是为了万一受害人醒过来时阻止他们逃跑的。然而为了阻止发疯的罗娜,你别无选择,只能用那把枪射穿了她的额头。本应守护的'玻璃鸟'被杀,你也失去了冷静。

"你们被迫修改计划,应该没多少时间了。马上就要到晚宴的集合时间了,水母船也会过来,无暇顾及琐碎的意见分歧了。"

对受了重伤但一息尚存的"玻璃鸟",结果也只能见死不救。

就算采取急救措施,断气也只是时间问题——看上去是这样的。想干脆让其解脱……可她的身影在脑中闪过,就下不去手了。

在这个时候也许还能中止计划。可自从选择和帕梅拉联手开始,计划就不再是自己一个人的了。

在红发警察的旁边,黑发刑警始终保持沉默。他的视线锐利,像在盯着某样看不见的东西。

"让伊恩等人代替'玻璃鸟'坐上水母船——将杀害他们的地点从大厦顶层改为旧宅邸,对当时的你们来说这是最好,或者说是唯一的选择。

"也许可以按当初的计划,把参加晚宴的人、父女二人及'玻璃鸟'一起关在顶层,可这么一来,大厦崩塌之后,发现的尸体数量就会太多了。'玻璃鸟'他们既然已经死了,就只有让伊恩他们离开顶层了。幸好,旧宅邸准备了食品。分量够你或帕梅拉暂时藏匿'玻璃鸟'所需，足够应付较长时间。"

"要是这样……"他的声音变了调。"那为什么帕梅拉死了？你不会说是我杀了她灭口吧？"

红发女人摇了摇头。

"帕梅拉的死亡推定时间和伊恩等人几乎相同，是发现遗体的五天或更早之前——就是案发的前一天或当天。你有不在场证明，这点涟已经查过了。"

"那……"

"这是你的另一个失算之处。你算不到帕梅拉会遭到反击而死。"

"反击？"

"我们检查了他们的死因。"玛利亚从上衣口袋里拿出一张上面写了字的纸展开，"特拉维斯·温伯格，背上中数刀；帕梅拉·佩林，胸部中一刀；恰克·卡特拉尔，腹部中一刀；伊恩·加尔布雷斯与塞西莉亚·佩林，都是背上中一刀。你注意到了吗，只有特拉维斯被刺了好几刀。

"为了洗刷三年前的遗恨，帕梅拉多次挥刀刺在他身上。这可以理解。但其他受害人完全没遭受如此充满怨恨的杀害方式。为什么？明明恰克是现场的开发负责人，而伊恩提出的理论成了事故的元凶，就算对他们怀有比对特拉维斯更深的仇恨应该也不出奇吧。

"能考虑的可能性并不多。帕梅拉第一个杀害了特拉维斯，却被下一个目标乘虚而入，反而被杀了。"

沉默再度降临。

他受不了了，压着声音说："真是怪了……主谋帕梅拉既然死了,那杀人也应该到此结束了啊。"

"悲剧并没有结束。帕梅拉推倒的多米诺骨牌在她死后仍前仆后继,夺走了全部受害人的性命。"

"活到最后的某个受害人,因为太绝望而自杀了?"

"不,没人自杀。旧宅邸里发现的尸体全都死于他杀,这是辖区验尸官的看法哦。"

"荒谬,你是说有个不为人知的第六人,瞒过所有人的眼睛藏在某处?"

"是啊。"红发女人毫不犹豫地断言道,"恰克的日记里写了。'六只玻璃鸟都很美'。可是死在大厦里的'玻璃鸟'是五个人。剩下的一只消失到什么地方去了?"

他听到一声呻吟。

花了好几秒才注意到那是从自己喉咙里发出来的。

"罗娜一个接一个杀害'玻璃鸟',但并非对所有人都下了手。可能是帕梅拉或休阻止了她,只有一只,毫发无损地活了下来。

"你把那一只交给帕梅拉,让帕梅拉把她和伊恩等人一起用水母船带离大厦顶层。留下来只会在大厦崩塌时死去,就算想坐直达电梯带她出去,也必须要从两名保安身边经过。抱着她或拉着她的手,毫无疑问都会被他们注意到。没办法带她出去,只能让她坐水母船逃走。

"在伊恩他们来之前,你应该藏在了屋顶的暗处——比如电梯出入口的阴影里了吧。等水母船来了之后,帕梅拉带伊恩等人进入吊舱内的客舱,你趁他们不注意时背着'玻璃鸟'上去,飞行时也可以藏在驾驶室里。

"重要的是在这之前,要让人觉得所有人都留在了顶层,所以需要他们亲自给外界打电话。只要说些'没忘带什么东西吧'这类的话巧妙引导,让特拉维斯意识到晚归的问题,他自然就会跟家里联系。而关于水母船的事儿,只要说'老爷吩咐要保密',就能不让他们说出来。

"在飞行的时间里,幸存的'玻璃鸟'很老实。帕梅拉能让她乖乖听话——或者也可能是她因家人惨遭杀害的打击昏了过去。"

"你没清楚地回答我的问题。就算在水母船里敷衍过去了,到了旧宅邸,'玻璃鸟'要藏在什么地方?"

这时——

之前一直保持沉默的黑发刑警,突然动了动嘴唇,像是在对身边的红发女人耳语。

"OK,好的,涟。"红发女人的声音微微传入耳中。

突然,黑发刑警挥动右臂。

就像投出牵制球的一流投手那样,既没有准备动作也没有一丝多余的动作。黑发刑警扔出来的那个东西从维克多的身体右侧掠过,在差几步到栏杆、空无一物的地方被弹开了。

是水气球。从本应空无一物的地方发出短促的惊叫。水滴洒落在看不见的空间,映出了人的身影。

空间呻吟着,裂开了。
一名少女从裂缝中现身。

——长长的金发。
——左耳上方插着蓝黑相间的羽毛装饰。
——仿佛透明的肌肤。

——红色的眼眸。
——美丽的容貌不似这世间所有。

是"玻璃鸟"。
"'艾嘉'——"
维克多忘我地低声叫出她的名字。

这情形奇妙至极——就像把大幅风景照片竖着撕开,后面露出了一张脸一样。

但是凝神望去,她不是从异度空间出现的,能看出她身上穿着某样透明的东西。

为了不被人看见,带她来这儿的时候让她穿上了透明的那个东西。

"这就是答案。"红发女人发出"将死"宣言,"这就是由伊恩·加尔布雷斯构建理论,塞西莉亚·佩林添枝加叶,特拉维斯他们偷偷做出来的,布状折射率可控玻璃。

"详细情况我也不完全清楚,不过原理就是这种玻璃能巧妙折射照过来的光,并正好从反面射出。内侧的物体尽管就在眼前,但从外边看就像什么都没有一样。如同隐形战斗机一般。

"据大厦的保安说,去年十二月做报告的时候,特拉维斯带了两件样品上顶层。一个是带电极的灰色板件,那大概就是透光率可变玻璃的样品。另一个则像一块透明的黏土。'黏土'——仔细想想这表达很奇怪。一般来说玻璃的样品应该是又硬又脆的,可为什么会用这种形容软的东西的说法呢?

"保安的话虽不中亦不远矣。那不是黏土,而是布。叠起来塞进塑料袋,就成了一块。特拉维斯应该也不许保安碰样品——

保安一定是在检查手提箱里面的时候,无意识地注意到那个东西晃动起来会有轻微变形,所以感觉会像'黏土'。作为样品,特拉维斯把那个东西——可以叫作'光学迷彩布'吧——交给了休,之后帕梅拉夺走它,让她穿上,令其从他人的视线中消失。"

※

涟看出维克多的脸色变了,从一副拼死的表情,转变成认命的表情,甚至让人觉得安详。

"搭乘水母船到达旧宅邸之后,帕梅拉让伊恩等人下船,让他们在宅邸内的客厅或者什么地方等着。"玛利亚继续她的推理,"趁他们不注意的时候,让穿着光学迷彩布的那位姑娘——她就是'艾嘉'吧——下船,让水母船回去,把她暂时藏在宅邸内的空房间里。

"之后,帕梅拉在伊恩等人的晚餐里偷偷下安眠药,把失去意识的他们搬到地下的收藏室,换掉他们的衣服,自己也一起进去,开始行凶……大致经过应该就是这样吧。

"那时候她连艾嘉也一起带到了地下室。我们在收藏室角落的墙上发现了不属于伊恩等人的指纹。

"虽然也会把艾嘉卷进凶杀里,但考虑到万一有人偷偷进来发现她的话,她可能会逃出去,所以比起把她留在地上,还是放在视线范围内比较放心。地下室中,能藏下她的房间应该也不少。而且——给艾嘉穿的光学迷彩布,也能成为强大的复仇工具。

"只要穿上它,就会很容易趁对方不备下手,也能代替雨衣挡住溅出来的血。行凶之后只要像把衬衫翻过来一样,把沾了血的一面穿在里面,从外面就什么也看不出来。"

就这样,帕梅拉首先杀害了特拉维斯。

在行凶的时候,先把艾嘉藏到别人看不到的地方。

旧宅邸地下室的一角,有面墙上留下了指纹,应该是艾嘉的,已经查明墙上用的是折射率极端不同的玻璃。艾嘉没穿光学迷彩布的时候,就把她带到那儿,嘱咐她决不可乱动。平时艾嘉受帕梅拉照顾,可能已经能听懂一些简单的话了。

行凶之后,帕梅拉在厨房或者浴室用水迅速洗掉沾在光学迷彩布上的血,翻过来给艾嘉穿上,藏到别的房间。就算剩下的人一起查看房间,只要不一步一步走遍整个地下室,就不会发现"有别人在"。

终于,剩下的人发现了特拉维斯。他们最先会怀疑帕梅拉吧,可是既然她身上没溅上血,就不能认定她是凶手。凶器也和光学迷彩布一样,洗掉上面的血迹,藏在女仆装的裙子里边。擦掉水渍的抹布也一样,或者是直接用裙子的内衬擦的。有可能会有人提出搜身,但大概——杀人之后,或者杀人之前——巧妙地对同为女性的塞西莉亚做些诱导,就能不清不楚地带过去。

躲过嫌疑之后,帕梅拉做好了相同的准备,向下一个目标走去——

但是,她却被杀了。

"你们怎么想?"维克多突然问道,声音里已没了敌意,"都弄到了光学迷彩布这种道具,帕梅拉为什么会遭到反击?"

"其实详细的前因后果我本来也不太清楚。"玛利亚将目光投向艾嘉,"但知道只有她活了下来,一切就都可以解释了。帕梅拉接下来要杀恰克,却被艾嘉阻碍了。"

"被艾嘉?"

为什么?维克多露出诧异的表情。

"很简单啊。"玛利亚回答,"因为她爱着恰克啊,就像恰克爱上了她一样。对来见自己的恰克,艾嘉也不知不觉爱上了他。"

涟发挥想象。

恐怕是听到了恰克的声音吧。艾嘉知道了他也在地下,便违背了帕梅拉的命令,走出来找他。

她最终找到了正走在过道上的恰克。恰克有他自己的想法,肯定是要去查看帕梅拉的情形。就算帕梅拉躲过了嫌疑,可光说道理无法消除他的疑虑。

艾嘉跑向恰克——可就在这个时候,帕梅拉从阴影中现身,袭向恰克。

家人惨遭罗娜杀害,艾嘉不管愿不愿意都懂了"杀人"的意思。帕梅拉的表情大概藏在光学迷彩布之下,可看到她握在手里的凶器,艾嘉肯定理解了帕梅拉的行为意味着什么。她本能地扑出来阻止帕梅拉。

受到意想不到的妨碍,帕梅拉被恰克乘虚而入,被夺走了凶器并遭到反击。

"恰克大概惊慌失措。艾嘉应该也至少惊叫了一声。恰克拼命思考,总算勉强理解了眼前的情形。他从帕梅拉身上抢走光学迷彩服让艾嘉穿上,带着她和帕梅拉的尸体一起进了就近的房间。不知是幸还是不幸,没溅到特别明显的血迹。"

切换地下收藏室墙壁透明度的开关,应该是恰克在帕梅拉的衣服里找铁门的钥匙时发现的。但他恐怕没找到最关键的铁门钥匙。

后来的调查中发现,长按开关十五秒就可以打开地下室的门。这机关利用了人的盲点。如果恰克——或者伊恩、塞西莉亚注意到了这个机关，那之后他们的命运应该会有极大的不同。

然而，他们没注意到。

总算能逃离现场，恰克把艾嘉带回了自己的房间，可对他而言事情已经在向最糟糕的方向发展了。把他们关在这里的帕梅拉死了，现在已经无法自行离开收藏室了——他只能这么想。

既然杀了人，就不可能再离开这里。恰克大概苦苦想了很久，然后——

"他脑中闪现恶魔的灵光。干脆把伊恩和塞西莉亚也杀掉，和艾嘉两个人待到最后。"

在离维克多稍远的地方，艾嘉静静地站着。

她的表情处处透着无瑕，略显寂寞。她脑中在想些什么呢？自己身处何种状况，玛利亚说的话——或者说 U 国语本身——她能听懂多少呢？自己的存在暴露了，她却待着不跑，是因为听从保护自己的维克多的话吗？这点涟无法窥探。

恰克下了可怕的决断，他的脑中是否有哪怕一瞬间，闪过他原本的恋人罗娜的脸呢？他可曾为负罪感而痛苦？

但是，罗娜居然杀了艾嘉的家人，自己也成了一具尸体躺在顶层的宴会厅，这是他肯定无法想到的。

罗娜为什么直到最后也没杀情敌艾嘉？

良心和慈悲，不会是这么美好的原因。她是打算让艾嘉好好看着家人死在自己面前吧。

偷偷拿走笼子的钥匙，把艾嘉转移到珍稀生物用的小笼子里关起来，把其他"玻璃鸟"一只一只带到笼子外边，在艾嘉的面前将其杀害——涟的脑中浮现出这样的画面。应该也有看到家人的尸体因恐惧四下逃窜的人，罗娜也一刀刺在了那些人的背上。

应该有一只的发型是模仿恰克的,但对熟悉恋人容貌的罗娜而言,那只不过是似是而非的存在而已。

就这样,罗娜逼着艾嘉看了一场杀戮表演,也许是打算把最想杀的她当成最后的乐趣下手。

罗娜的选择转了一圈回来,最终逼着恋人做出了残酷的决断。

"就是说,是恰克杀害了伊恩和塞西莉亚?那之后又是谁杀了他?是艾嘉?爱着恰克的她对恰克下手?"

"不是啊。恰克杀了帕梅拉之后就没再杀人。在那之前,这次轮到他遭到反击了。"

维克多浮现出哑然无语的表情。

"否则就会如你所说,恰克应该到最后都活着。和艾嘉一起。那么是谁杀了恰克呢?答案是二选一,伊恩或者塞西莉亚。

"发现帕梅拉尸体的时候,恰克为了不让其他两人进入房间——为了不让他们发现艾嘉,应该说了不少谎。比如说……对,比如用开关先把墙壁和门变成透明的,再说'带电,别靠近'。

"能瞬间看穿这种谎言的人,也就是事先知道透光率可变玻璃结构的人,向SG公司提出各式各样技术性建议的人——是塞西莉亚啊。"

涟再次展开联想。

决定杀害伊恩和塞西莉亚之后,恰克把艾嘉藏在了自己房间里。他大概不想让艾嘉再次看到自己的手染上鲜血吧。

了断了帕梅拉性命的凶器,应该依然插在她的胸前。他想去拿回那个凶器。

可塞西莉亚快了一步。

她先于恰克拿到了凶器——恰克来到放着帕梅拉尸体的房间时，她从阴影处出来刺死了他。

她也许脱掉了衣服，这样就算被血溅到也没关系。弄脏了自己的手，这事绝对不能让伊恩知道。他要是知道了，必然会与她分手。"一切都是恰克搞的鬼，他被逼上绝路最后自杀了"。这就是塞西莉亚当时能编出的最好的剧本。

恰克惨叫一声，很快就死去了。塞西莉亚把他的遗体拖到了他的房间。

塞西莉亚自己也竭尽全力了吧。她没发现——恰克的房间里，恐怕就在床下，躲着身穿光学迷彩布的艾嘉。

"对艾嘉而言，这时的心情恨不得哭喊出来吧。然而她一直把自己隐藏起来了，可能恰克跟她说过'不管发生什么事都不要叫'。对她而言，她爱着的恰克的命令是绝对需要服从的。

"继家人之后，连所爱之人都被夺走的艾嘉——在身为'玻璃鸟'活到现在的她的心里，大概第一次萌生了仇恨的感情。"

艾嘉从恰克腹部拔出凶器，穿着光学迷彩服，走出房间去找复仇的对象。在迷宫似的收藏室里，找到塞西莉亚并接近她大概花了不少时间吧。她模仿帕梅拉要杀恰克时所做的，把凶器藏在光学迷彩布内侧带在身上。

而这段时间里，塞西莉亚和伊恩一起发现了恰克的尸体。看到凶器被拔出，塞西莉亚肯定惊愕不已。

艾嘉终于找到了对看不见的凶手心生惧意的塞西莉亚，连同碍事的伊恩一起杀害了。

那个艾嘉，此刻正不言不语地立在风中。

蓝黑渐变色彩的羽毛装饰在她的左耳上，随风摇晃。作为

"鸟"的象征，休大概平时就让他们戴在头上。

现在，一只设计过时的发夹——大概是维克多妻子的遗物吧——固定着那根羽毛，但在别第的地下时是怎样的呢？惨剧发生时，也许羽毛从头发上掉落，他人发现后曾经困惑过吧。负责照顾她的帕梅拉应该也比较注意，用光学迷彩布一直盖住她的头发，其他时候就嘱咐艾嘉不能乱动——但包含细节在内的真相已无从得知了。

※

"姑且问一声，是你把伊恩等人的尸体埋起来的吧？"

红发女人问道。

维克多没回答。

大厦崩塌之后，调查也已经告一段落，到了约好的日子，帕梅拉却没有任何联系。

他确认过没有警察监视之后，开车前往休的旧宅邸，用帕梅拉给他的备用钥匙打开大门，再输入从帕梅拉那儿获知的密码，打开地下室的铁门。

等待他的是伊恩等四人的尸体，跟他们一起气绝身亡的帕梅拉和——

也不去擦拭溅在自己身上已凝固成黑红色的血迹，坐在恰克尸体旁边不停唱歌的一只美丽的玻璃鸟。

细节已无从得知，但明显是艾嘉杀的人。

擦掉地下室的血迹，埋了尸体，处理掉凶器，做这些是为了让人觉得这是"出于自己坚定意志的人"干的。

偏偏爆炸当天，有个警察误入大厦顶层，目击了其他"玻璃鸟"的遗体。可见警察不久之后应该就会查到旧宅邸了。

要完全消除作案痕迹，无论是精力还是时间都不够。自己能做的只有拿走落在地上的羽毛装饰，这样拙劣的遮掩工作至少不会让人怀疑到"玻璃鸟"头上。

※

"请告诉我们。"涟向刚上年纪的律师问道，"杀害桑福德父女，真的只是为了救'玻璃鸟'吗？听说你在这次案发之前，早就已经是休·桑福德的法律顾问了。如果你是当上法律顾问之后知道'玻璃鸟'的真相，那你身为朋友应该会追问桑福德。就算因此失去法律顾问的工作，自己也会置身于危险之中。

"不是这么回事吗？你是从一开始就怀有明确的杀意接近休，寻找下手的机会吗？"

没有回答……问了也是白问。不管答案是肯定还是否定，他的所作所为都无从赎罪。

就在涟放弃追问的时候，维克多突然开口道：

"你们知道十年前，发生在这座大楼的恐怖爆炸案吗？"

果然——玛利亚低声说。

"那时的死者里就有你的家人或者熟人吧。"

"有些不一样。我和她直到爆炸案发生之前还完全不认识。"

"'她'？"

"抱着装有爆炸物的行李袋进入大楼的小女孩。虽然抓到了凶手——但成了炸弹搬运工的她的身份到最后都未能查明。

"不可能查到的。因为就算她留下了遗体，她作为一个人也是不存在的。"

玛利亚的脸色变了。

"不会是……"

"是的,她是'玻璃鸟'。她被养在这栋大楼里,在偷偷跑到外边玩儿的时候,在广场的长凳上遇见了我。"

※

我们的关系仅仅如此。

在大楼附近广场的长凳上并排坐着,任由时间流逝。我和小女孩之间的关联只有这么多。

那是妻子的丧礼之后过了十几天的时候——记忆中是这样的。

不足半年与病魔斗争的日子,只是给了我一些做好心理准备的时间,这也许已经是一种救赎了。但是她走了之后的空虚无从填补,两个人一起度过的回忆统统伴随着痛苦。我为了避免想起妻子,像一具行尸走肉般过着往返于办公室和家之间的日子。

在广场的长凳上坐下,真的只是一时心血来潮。

下班回来的路上,突然停下脚步,在摩天大楼之间的散步小路上随便走着——发现了广场上摆着一条长凳,像是被所有人忘却了一般,孤零零地无人问津。

在长凳上坐下,呆呆望着天空开始成了我每天必做的事情——这时,有一个小女孩出现在我的面前。

她是个奇怪的孩子。

整齐的披肩黑发。白色的衣服。设计可爱的凉鞋。

年龄应该不到十岁。仔细看过去，发现她稚嫩的面容格外精致。

那个小女孩直勾勾地盯着我，那眼神就像第一次见到人类的小动物一样。问她怎么了她也不回答。问她从哪儿来的，她就转向后方，指向映在视线中最高的大楼。那是休·桑福德拥有的大楼。

是去那儿购物跟家人走散了吗，脑中掠过无聊的推测，又马上消失了。当时的我，只有在不得已时才跟他人交流。

那个小女孩爬上长凳，一屁股坐在我旁边，显得一点儿也不害怕我。

要说我没觉得困扰，那是假的。

我和妻子没能生个孩子，所以我不习惯跟幼儿打交道。我开始生硬地跟小女孩断断续续聊了几句。

小女孩的说话方式和她的年龄相符——不，比外表更为幼稚，像是刚开始学说话的婴孩。

最后无话可说了。小女孩靠着我，头搭在我膝盖上睡着了。我不知如何叫醒她，就脱下上衣盖在她身上。

那个小女孩在快黄昏的时候才醒。我跟她说该早点儿回去，小女孩就频频回头地离开了广场。

这经历实在缺乏现实感。

是做梦或者是幻觉吧。但是小女孩脑袋的重量还残留在膝盖上，这不是错觉。

我离开广场。只是一个迷路的小孩吧。我没想过还能再见到她。

但是几天后，那个小女孩又来了。

跟小女孩并排坐在长凳上，成了我新的日常。

那是奇妙的时间。

不玩耍，也没沉浸在深入的对话中。只是并排坐着吹风，看流淌而过的云朵。安静得再无别物——仅仅是平稳的时间。

说起来，感觉跟妻子也是这样度过只有两个人的时光的。

那是什么时候的事儿来着？我在记忆里翻找，突然发现自己已经可以很自然地回想起跟妻子在一起的回忆了。

小女孩来的日子没有规律。

有时连着三天都来，有时会两天都不见踪影。来或不来的日子不分假日或工作日。后来想想，那是受休的展示及楼内的人往来的影响，她能偷偷溜出来的时间并不固定——当时的我根本不可能知道那些，只是以为大概是她的监护人上班时间不固定而已。

我总觉得要是去深入了解小女孩的身世，跟她在一起的时间就会如泡沫般消失。看不到她的日子，我甚至感到一丝寂寥。

和她在一起的日子总有一天会结束，就像毫无预兆的开始一样。我会在小女孩不来的长凳上一直等着，最后一个人离去吧。

不知何时起，我开始暗暗希望那是很久以后的事情。

结束确实没有任何预兆地来临了。

然而那是根本无法预料到的最糟糕的结束方式。

那天，我一如往常坐在长凳上。

不知是因为阳光照射还是工作的疲劳，我眼皮极其沉重，几乎在坐下的同时就睡着了，急忙睁开眼睛的时候，正好小女孩来了。

小女孩突然站住，指着我的脚下。我低头看过去，长凳下靠里放着一个黑色的行李包。

这大概是失物吧。因为在视线的死角，我坐下的时候没注意到。除了我们，还有其他人在这长凳上坐过，这也没什么特别奇怪的。但不知为何，我觉得心里不太舒服。

小女孩怔怔地看着那个包。我跟她说失物应该交给警察，她就点点头，抱起了那个包。对她而言包似乎太沉了，我想应该帮她一下，她却固执地摇着头，一个人走向楼群的方向。

那是永别。

几分钟后，从大楼那边传来爆炸声。

凶手一个星期后自首了。

是一个自己的公司过去被休搞垮的男人。他本想自杀，可到了最后关头恐惧袭来，就把炸弹放在无人的地方逃走了。

死者十三名，负伤者数十名。在 U 国国内的恐怖袭击案件中，这等规模也是近年罕见的。

小女孩始终身份不明，案子的搜查却结束了。

那时候我为什么没去看一眼包里放了什么呢？

我为什么不替小女孩拿包呢？

年幼的小女孩丧命，而行尸走肉的我却得救了。命运的捉弄充满恶意，没有道理可言。

一发生爆炸，我就立即赶过去，大楼入口附近是如同地狱的惨状：窗户炸碎，门炸没了，墙壁坍塌，窜起火焰和烟。人们的惨叫声和警笛贯穿鼓膜。

这些景象成了噩梦，几乎每晚都会出现在脑海中，迫使我一次次从床上跳起来。

我没法去找警察。我和小女孩一起坐在长凳上的样子，就算不多，但也曾被一些人看到过。要是贸然跑去找警察寻求帮助，可能会被当成凶手，给戴上手铐。警察甚至有可能已经在调查我了。就在我拖拖拉拉犹豫不定的时候，凶手被捕，我失去了就那次案件跟警察接触的机会。

之后留给我的只有强烈的懊悔和自责。跟妻子死别让胸口破了一个洞，而小女孩的死往这个洞里灌入了灼热的铁汁。

该死的是你自己。我脑中响彻责怪自己的声音。但是，不负责任地选择死亡，这样的行为也为我所不齿。

怎么能原谅自己在对她赎罪之前，就随随便便地死去呢？

赎罪？怎么赎？

无法挽回她的生命，有可能挽回的，只有她的身份。

案发好多天了，但是没有关于查明小女孩身份的报道。就算曾让U国全国为之战栗，可爆炸案和过去的重大案件一样，慢慢地淡出了人们的记忆。

每个人，甚至连警察在内，大家都想忘掉那个小女孩。

——怎么能容许这种事情发生？最后和她交谈的你怎么能丢下她不管？

那之后，查明那个小女孩的身份，就成了把我留在这个世上的理由。

话虽如此，但连警察都束手无策的身份调查，我要凭一己之力进行，明显困难重重。

事到如今再去找警察交换信息，反而有打草惊蛇的危险。正在我发愁该怎么办的时候，幸运降临到了我的身上。那是案件过了几个月之后。

休·桑福德的法律顾问辞任,他将公开招聘继任者。

通过重重审核,我幸运地坐上了法律顾问的位置,我开始真正——但秘密地——调查,几周后,耳闻了奇怪的传言。

说在是发生爆炸的那栋大楼里,有小女孩的幽灵出现。

发生事故的现场衍生出怪谈并不是什么稀奇的事儿。奇怪的是目击幽灵的传言中,有极小一部分掺杂了事故之前的成分。

——一个穿着白色衣服的小女孩从楼上下来。

不是在小女孩死去的入口大厅,而是在"楼上",这点更令人费解。当时的大楼跟桑福德大厦不一样,公寓部分只有靠近顶层的三层楼,其他楼层基本都是办公区域。

我调查了公寓原先住户的情况,没有跟小女孩年纪相仿的孩子,也没有失踪的孩子。

我问她从哪儿来的时候,小女孩指着大楼。如果她的意思不是"从那边来的",而是"从那里边来的",那小女孩应该住在大楼某处。

我对楼里所有的法人集团重新进行了调查,终于发现了黑暗的端倪。

过去本要租下办公区域中最高楼层的公司破产,那层从几年前就一直空着。

据说是这么回事……

租赁资料上显示,那几层由休的海外公司的分部租了下来。那是在避税港设置了总部据点的一家皮包公司。

脑中升起一个不祥的臆测。

那个小女孩会不会是在那个地方——被休豢养?

休时不时会一个人,或者带着女儿来大楼。
一开始只是单纯以为休有这方面的兴趣而已。但花了更长时间一点点地收集信息,搞清了休真正的兴趣是收集珍稀生物之后,我的推测转向更加可怕的方向。
大概就是这个时期,我心中萌生出对休的厌恶和憎恨。

几乎同时,我第一次作为同伙跟帕梅拉有了接触。
一个三十岁左右的女人,像个影子一样追随桑福德父女,自然且完美地做好分内之事。上一任女佣因年纪大了退了下来,帕梅拉接替了她的工作。尽管初来乍到,但工作起来就像几十年的老手一样。但我注意到,她有时会不顾女佣的身份,狠狠地盯着休。
我之所以会注意到,肯定是因为自己也怀有类似的感情吧。我偷偷地把她叫到办公室,开门见山地问她:
"你恨休·桑福德?"
她仿佛戴着面具的表情有了一瞬间的动摇,声音里带着戒备:
"我不懂您的意思。"
"那我换个方法问。关于休饲养的那些人,你有什么头绪吗?"
帕梅拉一时屏住了呼吸。
"你不必瞎担心。我和你是一样的。"
我跟帕梅拉说了爆炸案的始末,以及我到那时为止调查到的所有情况。那是我第一次跟人说起那个小女孩的事情。
我的话换了别人大概很难接受,但随着我的诉说,帕梅拉脸上的戒备神色渐渐消退。可能正是因为难以置信,她反而觉得可以信任我,至少明白我不是搜查员或情报人员之类的了。

"那么……你的目的是什么?你想知道小女孩的身份,这点我明白了。知道之后,你打算怎么做?"

帕梅拉问我,我老实回答说"我不知道"。

"一开始我想着要赎罪,还没过之后要怎么做。但如果我的推测是正确的话——如果有别的孩子跟她的遭遇一样的话,我无法视而不见。"

帕梅拉叹了一口气。那一声叹息里夹杂着认命甚至在那种感情之上的平静。

"桑福德叫他们'玻璃鸟'……你遇到的可能是从笼子里偷偷溜出来的一只。"

据帕梅拉说,爆炸案发生时,上一任女佣住在大楼的居住区。作为一个女佣,这是破格的待遇。

当时,休在自己家里没有饲养他们的设备,就把伪办公室所在的无人楼层当成笼子。让女佣住在楼上,完成家里的工作之余也负责照顾他们。帕梅拉说出了她的推测。

"可能是因为我嘴严,所以才相信我。就算再找一个人专门负责照顾他们,也会多一个人知道秘密……而且本来'玻璃鸟'就是人。这话本不该我说,但照顾人的话,比起宠物店的店员或动物园的饲养员,女佣才是最合适的人选。"

当时的监视并没有现在这么严。而且在懂事之前就从人的世界隔离出去的"玻璃鸟",本来只有理解一些简单命令的智慧,可能也有个别的,从照顾他们的人说的话语中渐渐有了智慧。小女孩大概就是其中之一,她瞅准女佣和休不在的空当,时不时会出去散步——这就是帕梅拉的推测。

"她的……她们的身份能查出来吗？"

帕梅拉摇摇头。

"顶多只能查到是从哪里的保育机构领回来的吧。就算是桑福德，应该也不至于把身世清楚的孩子从父母身边夺走。"

那人好歹也是为人父母的——帕梅拉又语含轻蔑地加了一句。

尽管已有了心理准备，但是从知道内幕的人口中再次听到这些事实，我变得极度失意。

那个小女孩她……从一开始就没有等她回家的家人，也没有可以回去的地方。

"你刚才说有了智慧的孩子，是说现在也有孩子能理解你说的话吗？"

帕梅拉的表情沉了下来。

"桑德福在案件之后好像立即着手'更新换代'了，大概是知道了幽灵的传言后有所戒备吧——我也被严格命令不可在他们面前说出任何不必要的话。"

"更新换代"这个词让人背脊发冷。帕梅拉说她不知道当年那些人怎么样了。

唯一一个可能知道详细内情的上一任女佣，也因为年事已高，在一年前去世了。

帕梅拉之所以知道一些过去的事情，那是上一任去世之前，在交接工作的时候跟她透露了一定程度的信息。

"上一任跟我说'若可以的话，希望你能救她们出来'。心情变得沉重是事实，可我自己也有其他要干的事情。"

"要干的事情？"

"和你一样。我是为了我自己的目的，才潜伏到桑福德家的。"

大楼发生恐怖爆炸案七年后，休·桑福德名下的建筑再次发生了爆炸。

那是在SG公司研究所发生的事故。现场附近的三名员工死亡。其中一个就是帕梅拉的恋人。

她当时在研究所所在那条街上的咖啡店上班，恋人是店里的熟客。常见的恋爱故事情节。帕梅拉落寞地微笑道：

"无论是警察还是桑福德，恐怕都不知道我的存在。因为我们对家人和店里都隐瞒了我们之间的关系。"

失去恋人，帕梅拉决心复仇。

事故的前一晚，她从恋人口中听到了他工作的内幕。说最近的工作装置运行条件相当勉强，跟上面的人反映说这很危险，上面的人也听不进去。

对她而言，SG公司对事故细节避而不谈，试图以现场的操作失误推脱了事，相当于表明了事故背后有见不得光的罪行。

她辞了工作，把证件等卖给不法贩子，并买下了"帕梅拉"这个身份。这个帕梅拉跟家人已经断了关系，也没有交往密切的朋友，所以冒名顶替出乎意料的简单。

"为什么把这些都告诉我？"

"因为我们都一样。"帕梅拉盯着我说，"我也是，恐怕你也是，想的是同一件事情。仅仅将桑福德的恶行昭告天下，你大概也不只是这么个打算吧？"

就这样，我们成了同伙。

帕梅拉要对引发研究所的事故又试图将之一笔抹销的人复仇。

我要救出"玻璃鸟"，并制裁把他们当动物一样对待的桑福德一家——为小女孩复仇。

我们结成了合作关系。那正好是桑福德大厦竣工，他们一家要搬到顶层去住的时候。

我们秘密制订了计划——杀害复仇对象，救出"玻璃鸟"，毁掉休的权势。

伊恩·加尔布雷斯，特拉维斯·温伯格，恰克·卡特拉尔，还有塞西莉亚·佩林——把他们引到大厦顶层，连同桑福德父女一起监禁起来，让他们成为"玻璃鸟"的替身，将他们杀死。其间，把"玻璃鸟"带到大厦外放他们自由。

最后，毁掉整座大厦。

这是为了消除"玻璃鸟"的鸟笼——活生生的人的牢笼——的痕迹，让死者的身份暧昧不清。还有就是，为了追悼帕梅拉心系之人和十年前的那个小女孩。

如此庞大的计划，我们一点点将其变为现实。

有了一个要把伊恩等人叫来的最合适的名头。SG公司和M工科大学的合作研究项目几乎每年都会举办宴会。如果能在宴会之后，以休的名义将他们这些项目的中心人员叫来参加家庭聚会的话，绝不会有人起疑。

问题是要如何才能让休这么做，这个问题出乎帕梅拉的意料，很简单就解决了。她装作不经意地教唆罗娜——说可以制造一个跟恰克更为亲近的时间。

罗娜的——我们的——提议，对女儿言听计从的桑福德干脆地接受了。

还有一个难题就是如何搞来炸药，这也很快就有了眉目。十年前发生爆炸的那栋大楼计划拆除施工时，是我跟周边居民和施工队斡旋的。没费什么工夫，我就查清楚了施工队的仓库管理情况。

一开始的计划是，帕梅拉给伊恩等人还有桑福德父女下安眠药，我算准时机到大厦顶层，帮忙把"玻璃鸟"带上水母船。

NY州除了休拥有的那一架，其他也有很多水母船来来往往。考虑到万一把"玻璃鸟"带到楼顶的时候被别的水母船上的人看到，我们也没忘把他们的发型弄得跟伊恩他们相似。实际的准备工作是宴会前一天帕梅拉做的。

我们没准备衣服。就算想给他们穿上和伊恩等人相似的衣服，但不到当天也不知道伊恩他们会是什么样的打扮。只要脱掉他们的外套给"玻璃鸟"披上，大概就能够混过去了。

顺利救出他们之后，我在旧宅邸接他们，让水母船回去，藏着他们直到风头过去——我利用休的法律顾问的身份，在郊外准备好了让他们居住的地方——帕梅拉则留在大厦里，完成她的复仇。

我问她要怎么离开顶层，帕梅拉回答说"我没打算离开"。

"完成复仇之后，我就要去找他了……我的旅程到此结束。"

为了在大厦崩塌之后模糊死因，凶器也没使用刀具，而是选择了钝器。

来不及逃生，被压在下面的桑福德父女和伊恩等来客，还有女佣，他们的遗体都在瓦砾中被发现——本来应该是这样的。

我们的纸上谈兵，被嫉妒"玻璃鸟"的罗娜——那个我和帕梅拉都没当回事的女孩一手粉碎了。

※

"是你们从拆除施工队的仓库偷走炸药的吧。"在涟的旁边，红发上司继续说道，"放下炸弹的应该是帕梅拉——可放在大厦的什么地方、放多少,这是谁,又是怎么决定的?你总不会说全都是随便弄的吧?"

维克多摇了摇头。

"当上休的法律顾问之后,第一个工作就是跟大楼的租户商铺交涉,让他们退租。因为必须如实了解情况,所以不管我愿不愿意,都熟悉了高层大楼的设计和实际情况——还有炸弹的构造和制作方法。"

声音里带着些微的痛苦。

这样啊——玛利亚低下头,又再次抬起头。

"跟我来。你有权保持沉默,也有权叫你的律师——哦不,话说回来你自己也是律师。随便你怎么为自己辩护都行。"

玛利亚向维克多迈了一步。就在这时——

少女"玻璃鸟"脚下一蹬地。

发丝飘动,一口气缩短了几米的距离,她像是用自己的身体撞上去般抱住了玛利亚。"呀!"安静的少女出乎意料的行动让玛利亚叫了一声。

"不行,快回来,听话!"

艾嘉猛烈摇头。

——虽没放松警惕,但有了一瞬的疏忽。

维克多拔出手枪,枪口指向涟和玛利亚。

玛利亚的脸绷紧了。

"别干傻事!你已经逃不了了!"

艾嘉不动了,怔怔地看向维克多。大概是感受到了非同寻常的气氛,她无邪的眼眸中慢慢透出恐惧。

"放心吧。我没打算劳烦你们动手。我的任务已经完成了,也知道该怎么处理自己。"

维克多的视线移到艾嘉身上,低声说"对不起"。

"住手——"玛利亚叫道。

艾嘉发出惊叫的声音。

涟冲了过去,可维克多比他早一步把枪口塞进自己口中,扣下了扳机。

黄昏的阳光落在楼顶。地面的颜色跟鲜红的血融为一体。

艾嘉面无表情地瞅着维克多的遗体。涟咬咬嘴唇,向少女走去。

被凶手逃了,逃到了鞭长莫及的地方。就算能把他活着逮捕,这位刚上年纪的律师也逃不过重刑,可身为警察,这起不了任何安慰的作用。

而且比自责的念头更多的是——看着被丢下的艾嘉,涟的心里像是被压了一块大石。

被夺走身为一个人的生存方式,家人惨遭杀害,失去所爱的人,而现在连救了自己的人都丧了命。少女自己的手上也染了鲜血。虽不知道对她会不会有法律的制裁,但她不会有幸福的未来了。

玛利亚也满面苦涩,视线交替在维克多和少女身上移动。涟隔着光学迷彩布,正要按住艾嘉的肩膀,就在这个时候——

艾嘉猛一推开涟的手。

如同食肉动物般的爆发力。涟疼得皱起眉,就在那一瞬间,艾嘉猛然冲了出去,跳上屋顶的栏杆。

"你干什么!快回来!"

玛利亚铁青着脸叫道。

仿佛根本不是站在不稳的地方一般,艾嘉很自然地站了起来。长长的金发从光学迷彩布中露出来,仿佛长尾鸟类的尾羽一般晃动。

艾嘉回头看向他们,露出格外寂寥的微笑。

她蹬在栏杆上,就像从停歇的树上飞起的小鸟一般,身体腾空,消失在楼顶的另一边。

涟和玛利亚并肩冲过去,越过扶手向下看。

没有"玻璃鸟"的身影。

没看到本应跌落在地面的身体,也没看到血迹——
只有从摩天大楼之间吹过的冰冷的风。

参考文献

《9·11 生死分歧的 102 分钟 来自坍塌的超高层大厦内部的惊人证言》（吉姆·德怀厄 凯文·弗林 著 三川基好 译／文艺春秋）（中文译名《102 分钟》）

宫崎川正《玻璃转移的统计物理学》，物性研究·电子版 4(4), 044206(2015)

宫崎川正、尾泽岬、池田昌司《玻璃转移理论最近的发展》，热测定 42(4), 135–141(2015)

加藤纯一《超材料的基础》，精密工学会志 78(9), 767–772(2012)

GURASUBADO WA KAERANAI
Copyright © 2018 Yuto Ichikawa
Chinese translation rights in simplified characters arranged with TOKYO
SOGENSHA CO., LTD.
through Japan UNI Agency, Inc., Tokyo
Simplified Chinese edition copyright: 2019 New Star Press Co., Ltd.
All rights reserved.
著作权合同登记号：01-2019-6074

图书在版编目（CIP）数据

玻璃鸟不会归来／（日）市川忧人著；穆迪译．——北京：新星出版社，2020.1（2025.3 重印）
ISBN 978-7-5133-3768-7

Ⅰ.①玻… Ⅱ.①市… ②穆… Ⅲ.①长篇小说-日本-现代 Ⅳ.① I313.45

中国版本图书馆 CIP 数据核字（2019）第 227705 号

午夜文库
谢刚 主持

玻璃鸟不会归来

[日]市川忧人 著；穆迪 译

责任编辑：王　萌
责任校对：刘　义
责任印制：李珊珊
封面插图：[日]影山彻
装帧设计：冷暖儿

出版发行：新星出版社
出 版 人：马汝军
社　　址：北京市西城区车公庄大街丙3号楼　　100044
网　　址：www.newstarpress.com
电　　话：010-88310888
传　　真：010-65270449
法律顾问：北京市岳成律师事务所

读者服务：010-88310811　　service@newstarpress.com
邮购地址：北京市西城区车公庄大街丙 3 号楼　　100044

印　　刷：北京天恒嘉业印刷有限公司
开　　本：910mm×1230mm　　1/32
印　　张：9.125
字　　数：134千字
版　　次：2020年1月第一版　　2025年3月第十次印刷
书　　号：ISBN 978-7-5133-3768-7
定　　价：49.00元

版权专有，侵权必究；如有质量问题，请与印刷厂联系调换。